JN061526

嚶（はな）の艦（いくさぶね）
上
北村信

昭和16年10月　公試運転中の戦艦「大和」　写真提供：大和ミュージアム

昭和16年7月　呉にて艤装工事中の戦艦「大和」　写真提供：大和ミュージアム

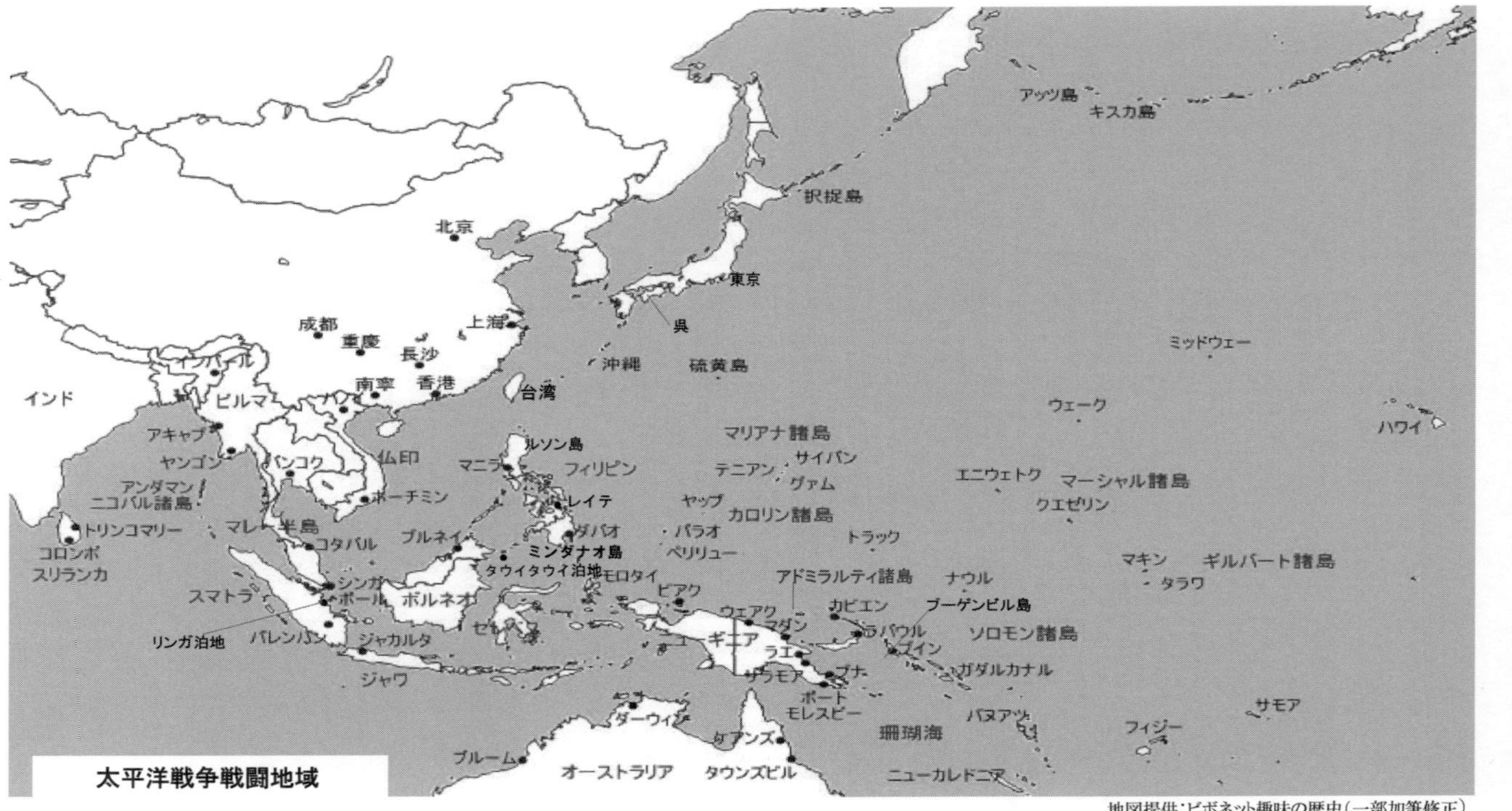

地図提供：ビボネット趣味の歴史（一部加筆修正）

櫻(はな)の艦(いくさぶね)　上

目次

題字　佐藤泰範
切絵　佐賀市「唐人やかた」
藤井敏彦

序章

夕暮れも近いと言うのに、東京神田の町並みはじっとりとした熱気に包まれ、早くも夏の風情(ふぜい)を色濃く漂わせていた。昭和十一年六月のことである。

海軍大佐野中英明は、まとわりつく暑さを暖簾(のれん)で払うと、行きつけの小料理屋に入った。

帽子を取り首筋の汗を拭いながら「客人は」と声をかける。

「もうとっくに」と顔馴染みの女将が、奥に向かって目配(めくば)せをしながら小声で答えた。

「それはいかん」

野中は慌てて奥間の戸を開けた。それでも瞬間的に背筋を伸ばすのを忘れてはいなかった。

「よう、来たか」

客人と呼ばれた男が、精悍(せいかん)な顔に笑みを浮かべる。

「こちらがお願いしておいて遅くなりました。申し訳ありません」

室内のひんやりした空気に触れても、野中の汗はまだ引かない。

「いやいや、こちらが早すぎたのだ。久しぶりに君と会えると思うと気が急(せ)いてな」

「まったく申し訳ありません、先輩を待たすなんて」

また汗がしたたり落ちるような気がする。

「いいから、さあ座れ」

客人の向かいに正座をする。背筋は伸びたままである。

「おいおい、そう固くなるな、いつもの君らしくないな。それより早く料理をたのむよ」

客人の気さくな言葉にほっとしながら膝を崩すと、女将を呼んで酒と料理を注文する。

酒は冷で、つまみは客人の好物である煮物などの田舎料理である。

女将の運んできた冷酒を客人の盃に注ぐ。恐らく客人はこの盃にも口は付けないだろう。元々客人は下戸である。飲み会でもお茶を入れた徳利が用意されている。酒を注ぐ手が少し震えているかも知れないが、客人は気付いていないのか何も言わなかった。そう言えばこれまでこの人の前でこんなに緊張することは無かった。自分が後輩らしからぬ態度をとっていると自覚していたが、客人は気に留める風でもなく、笑って付き合ってくれていた。

普通なら海軍の上官に対する態度ではないのだが、二人は同郷であり、中学校・兵学校の先輩後輩でもある。恐らくは同郷のよしみとやらを感じてくれているのだろう。

「まあ一杯」と注がれた冷酒を一気にあおったが、不覚にもむせてしまった。

「しょうがないな。それでも軍令部のお偉らいさんか」

「すみません、今日は少しお話があって」

「この時期の呼び出しだ、言われなくても解っているよ」

全てをお見通しのように、すました顔で料理を口に運ぶ。

「さて、軍令部第二部第三課長の話とは何かな?」

客人は世間話をするでもなく、最初から本題に切り込んできた。

「新型戦艦のことですが」声をひそめて投げかける。

「いつもの話しか」

「いよいよ決断する頃合いになりそうです。改めてご意見をお聞かせ願いたいのです」

「今更、自分の意見を言ってもどうにもならないだろう。航空本部の若い連中が何度も艦政本部に押しかけてるだろう」

「はい、その度に大喧嘩のようです。戦艦一隻で戦闘機が一千機造れると言われたと聞きました。どこの若いのも威勢の良いのが多くて困っています」

「野中君、若くて威勢が良い、結構なことじゃないかね。私は彼らの威勢が羨ましいよ」

「しかし、若手はやはり手綱を引いておかないと、どこに走り出すのか分かりません」

「それは今のわが国も同じだよ。軍縮会議を反故にしたのはアメリカも同罪だが、それでは際限なき増強競争になる。この島国は一体何処へ行くつもりなのかね」

言葉の終わりに怒気が滲むのを感じて、すーと汗が引く。

客人の言う通り、日本は今年の一月軍艦の保有基準を定めたロンドン軍縮条約を脱退すると、自ら軍備拡張競争の道を選び、独自の艦船整備を始めていた。

その目玉となったのが、後に一号艦と呼ばれる新型戦艦である。

野中は、客人が航空主兵論の推進者であり、従前の大鑑巨砲主義と真っ向から対立していることをよく知っている。客人の航空主兵論は、その経歴を辿ると一目瞭然である。

航空機とのかかわりは、大正十三年に霞ヶ浦海軍航空隊副隊長を命じられたことに始まる。その後一貫して航空関連の要職を歴任、昭和三年には空母「赤城」艦長、同五年海軍航空本部技術部長、同八年第一航空戦隊司令官、同十年には海軍航空本部長となり、現在も中心人物として辣腕を振るっている。

　相手は、海軍航空本部長、海軍中将山本五十六である。

野中が市井（しせい）の小料理屋で会話できる相手ではない。無論休日の夕刻、同郷の先輩後輩が軍服を脱いでの語らいであるが、生粋の航空主兵論者に新型戦艦の話など持ち掛けられるはずもない。

　だが、野中は山本に話をすることによって自分の考えを確かめる必要があった。

　軍令部の裁可（さいか）が下りれば、もうそれは誰にも止めることはできない。新型戦艦の建造は、帝国海軍いや日本の命運をも左右しかねない賭けと言って良いだろう。航空と艦船について野中はどちらかに組するつもりは無かったが、海軍全体の流れからするとやはり大鑑巨砲に分がある。

「本部長」思わず官名が口にでる。改まって何だと言うように、大きな目がこちらを見据える。野中はもはや後戻りはできないと腹を決めた。

「本部長、Ａ一四〇と呼ばれている新型戦艦は、恐らく世界最大、最強のものになります。各国とも新鋭戦艦の建造に着手していますが、ご承知の通り米英はパナマ運河の航行を考えると全幅を抑えなければなりません」

　山本は当たり前のことを言うなとでも言いたげだったが、黙って煮付けの芋を口に運んでいる。何も言われないので話を続ける。

「新型戦艦の全幅は、三十八・九メートル、基準排水量六万四千トンとされています。パナマ運河の幅三十三メートルの制約を受けずに造れる世界最大の戦艦となります」

「野中君、図体が大きければ良いと言うものではなかろう。全ての艦船は入念な艦隊運用計画に沿ったものでなければ意味がない。単純明快に答えて見ろ。新型戦艦の最大の利点は何なのだ」

何を求めてこれだけの巨艦を造るのかと問われている。この答えは限りなく重たい。返答の如何によっては、新型戦艦建造計画が白紙に戻ることすら起こりかねない。何せ相手は海軍航空本部長である。野中は気持ちを静めようと、正座をして背筋を伸ばした。

山本はそんな野中の胸中を察したかのように、野中の盃に酒を満たしながら静かな口調で言った。

「野中君、今日、私は単なる同郷の先輩だ、何でも聞いてやる、決して口外はしない」

そして一言付け加えると頬を緩めた。

「腹でも切られた日には、寝覚めが悪いからな」

都電の虎ノ門駅を降りるとすぐ前に海軍省がある。野中の家からだと都電一本で通えるのでまことに都合がよい。

この界隈には、海軍省のほか外務省や司法省などがあり官庁街を形成している。

海軍省は総煉瓦造り、英国人の設計によるためその佇まいはヨーロッパ調だが、優美と言うよりは力強さが勝っている気がする。

野中は、この建物が嫌いではなかった。特に煉瓦の赤色が際立つ夕暮れ時には、外国にいるような気分にさせてくれる。

その三階に軍令部がある。軍令部は、天皇直轄の組織と位置づけられ、海軍全体の作戦・指揮、装備、教育を統括する任は、まさに帝国海軍の頭脳と言うに等しい。

その中の第二部第三課は、主として軍備・兵器を管轄していた。

野中が自室に入ると座る間もなく、次席の金山少佐が「十時から本会議です」と憔悴(しょうすい)しきった顔で伝えに来る。

「今回の案件は随分と揉(も)めたが、それも今日までだ。金山君、もうひと踏ん張り頼むよ」

「今日で幕引きになりますかね。どちらも譲る気はなさそうですが」

「心配するな、まとまるはずだ」

「課長、何かあったんですか」金子が、すがるような眼を向けてくる。

「何もないけど、きっとまとまるよ」

口にした言葉が如何にも確信ありげであったことに、自分でも少し驚いたが「総長室に行ってくる」と金山に告げると自室を出た。

総長室への廊下を歩きながら、頭の中では数日前の山本との会話を反芻していた。

山本は、新型戦艦に何を求めるのかと聞いてきた。

「本部長、これは軍令部、艦政本部内でもごく一部しか知らない極秘事項です」

「野中君、私は、今日のことを全て忘れるつもりでいる。その上で自分の気持ちを整理する。遠慮するな」

山本の言葉は、野中の背中を押した。

決して他言できないことを漏らす罪悪感は、全く感じなかった。海軍の命運をかけると思えばこの命を賭(と)してと言う覚悟もある。

「新型戦艦の主砲は、四十六センチ砲、三連装三基九門です。世界最強の主砲です」

新型戦艦の主砲の口径については、極秘中の極秘である。もしこの情報が洩れれば、諸外国はそれに対抗しうる同等もしくはそれ以上の口径を搭載するはずである。

世界唯一無比、これが新型戦艦の最大の強みである。

山本が驚いたように目を見開いたが「そうか、四十六センチ砲か」と言うと腕組みをしながら目を閉じた。しばらくして、山本はふうと大きな息を吐いて話し始める。

「君も知ってのとおり来年には九六式艦上戦闘機が正式に配備される。この機は最高速度四百キロを超える。さらに次期戦闘機十二式戦の計画要求書が出される。こいつの最高速度は五百キロを超えることになるだろう。これまでの複翼機に比べると五十キロから百キロの差がある」

野中は黙ってうなずいた。確かに航空機は自分の知っている常識をあっと言う間に超えて行ってしまった。

「野中君、航空主兵論は単なるこけおどしではない。海戦の常識そのものが覆されるのだ」

野中は、思わず最近採用の決まった艦上攻撃機の仕様を思い浮かべていた。九七式と呼ばれるこの攻撃機は、常識とされていた複葉から低翼の単葉となり、脚も引込式になっている。全てが金属製となった機体は、如何にも新世代の軍用機と呼ぶにふさわしい形状と機能を兼ね備えていた。魚雷を抱いたこの攻撃機が、三百キロの高速で突っ込んでくると考えただけでも身震いしそうである。さらに上空には銀色の翼を輝かした九六式戦闘機が、そして今開発中の急降下爆撃機が獲物を狙い旋回しているのである。航空機は何百キロも先から何の苦も無く飛んでくるのだ。どう考えても戦艦や巡洋艦が、相対して砲撃戦を展開している図は浮かんでこない。

「だが、私は別に戦艦が無用と言っているのではない」

　野中の考えを見透かしたように、山本は続ける。

「ましてや新型戦艦が世界最大の大きさを持ち、世界最強の主砲を有するのであれば、それは特別だよ」

「しかし、いざ戦いになればその出番はどこにあるのですか」

　野中は、この疑問が自然に出てきたことに違和感を覚えた。

　――自分はいつから航空の肩を持つようになったのか……。

　山本は、野中の質問には答えず「君も成長したな」と言った。突然の誉（ほ）め言葉に野中は戸惑いを感じたが、山本は笑みを浮かべながらさらに続ける。

「君は、海軍の装備、特に艦船や航空機の整備計画を担当する者として、いつの間にか戦場の全てを俯瞰（ふかん）できる能力を醸成（じょうせい）させてきたのだよ。だからこそ思ってもみない戦艦の使い道に疑問を抱いたのだ。それこそが第二部第三課長の所以（ゆえん）なのだ」

　山本は、嬉しそうな表情を見せながらおいしそうに料理をつまんでいる。野中も身体の中に、ほのかな満足感が広がるのを感じていた。

「君がそこまで腹を割って話してくれるなら、私も私見を言わせてもらう。ただしこれは今日は私見だが、明日は海軍航空本部長の正式見解になる」

「謹んで拝聴いたします」野中は背筋を伸ばした。


　野中が総長室に入る。

　伏見軍令部総長宮（ふしみぐんれいぶそうちょうのみや）は執務中であったが、待ちかねていたかのように長椅子に席を移すと「どうぞ掛けなさい。状況はどうですか」と尋ねてくる。野中は浅く腰をおろすとこの不思議な経歴を持つ総長と相対した。

　伏見軍令部総長宮は、その名の通り皇族の軍人であるが、名ばかりの軍人ではなく、実戦経験も豊富である。日露戦争の日本海海戦において、旗艦三笠で負傷したこともあり、海軍大学長や第二艦隊司令長官の経験もある。このため軍人としての規律を重んじ、皇族風を吹かさないことでも評判であった。だが、東郷平八郎と「宮様と神様」と並び称せられることもあり、まさに大艦巨砲主義の本流でもあった。

　野中は、総長が悔しそうに話したことを今でも覚えている。「野中さん、日本は先進国の仲間入りをしアジアの強国となったものの、米英の二大海軍国に阻まれ、『長門』『陸奥』を除けば二十年を超える旧式戦艦ばかりです。かの国を超える新型戦艦は我が海軍の悲願なのです。これは海軍軍令部総長としての偽らざる心境です」

　だが、軍令部総長は艦船と航空の整備・運用の最高責任者である。いくら海軍の悲願と言っても、航空戦力の重要性が増す中でそれを時代が許すのか、総長自らがこの大きな相反する命題に苦しんでいたのである。

「野中さん、今日の会議で結論を出せますか。もう時間がありません」

「恐らく平和裏に終わると思いますが、紛糾した場合は、この計画案は総長裁定の折衷案であることを強調してください」

「それでも新型戦艦への不満が出るだろう」

「もはや新型戦艦に関しては、議論は尽くされております。抑止力と言うことで押し通してください」

「抑止力？」総長が怪訝そうな顔をした。

野中は、先月山本が私見として語った話しを総長に伝えた。これは今では航空本部の公式見解となっているはずだ。無論、山本と話したなどとは、おくびにも出さない。

あの日、山本は私見としながらも、軍備について語ってくれた。

「野中君、軍は何のためにある。君も知っての通り『百年兵を養うは、一日これを用いんがためである』と言うことに尽きる。この言葉の本質は、戦をしないと言うことだ。軍備を整えるのは戦争をするためではない。戦争を起こさせないために整えておくのだ。それが抑止力と言う最強の武器になる」

山本の言葉が身に染みる。自分は何を考えてこれまで軍備に携わってきたのか。戦争をするためになのか、米英に勝つためなのか。国のためとは思っていたが、やはり何か忘れていたなと気づかされた。

「新型戦艦は、世界最大、世界最強で良いではないか。日本の戦艦には歯が立たない。戦になると勝算は無いと思わせられれば、そこに存在意義が生まれる」

野中は、山本が戦とは何か軍とは何かを熟考してきた、その長い葛藤を垣間見た気がしていた。

「新型戦艦は一隻ではないんだろう。抑止力としてなら数が多い方が良いに決まっている。その一方で、我々は高性能の航空機を整備する。相手が二の足を踏む航空艦隊を編成する。最強戦艦群と最強航空艦隊群で構成された機動部隊の誕生だ。そうすればもう誰も戦を仕掛けてくることはできない。それが自明の理だな」

そして山本は、最後にこう付け加えた。

「野中君、うちの正式空母二隻、わかってるよな」

まるでお菓子をねだる子供のような顔に、野中は笑いながらうなずいた。

至高の時間は瞬く間に過ぎて行った。

小料理屋の外にでると、山本は野中の顔をしっかりと見つめた。

「野中君、その艦は華だよ。――太平洋に咲く帝国海軍の華――それでいい」

山本は、自分の言葉に納得したようにうなずくと、くるりと踵を返して宵闇の中へと消えて行った。

その背中が見えなくなってからも、野中は頭を上げようとはしなかった。

「野中さん……」

見送りに出ていた女将が、心配げに声をかけた。

この年、昭和十二年度から十七年度における第三次海軍軍備補充計画が策定された。俗にいう③計画である。この計画には、艦船本部の押す大型戦艦二隻と山本の求めていた空母二隻が含まれている。伏見軍令部総長宮の折衷案と言う結末であったが、最終会議で抑止力なる言葉が議論になった記録は残っていない。

約半年後の昭和十一年十二月一日山本は海軍次官に抜擢される。そして同月二十六日開催の第四十回帝国議会に戦艦二隻分の予算が提出されたが、建造費は予算規模からその大きさを推測されぬよう数隻の架空の駆逐艦と潜水艦の建造費にも割り振られていた。

第一章　巨艦建造

一号艦

海軍の艦船を製造する工場は、海軍工廠と称され呉、横須賀、佐世保、舞鶴にあった。この四工廠の中で呉海軍工廠は、東洋一の規模を誇り、工員数においても他の三工廠の合計を凌駕していた。このため呉市の人口は、昭和十年には二十三万人を超えて全国でも九番目の大都市であった。したがって、新型戦艦Ａ一四〇・一号鑑の建造が、呉工廠に下命されることは当然の流れであった。

昭和十二年夏、呉海軍工廠造船部長室のドアを、造船技術士官の西島亮二少佐がノックした。

「どうぞ」と声がかかり、ドアを開けると「やっと来たか」と正木造船部長が、書きものの手を止めて迎えてくれた。

「大変遅くなり申し訳ありません。八月十六日付けで、造船部艤装工場主任、器具主任を命じられました」

「まあ、掛けなさい」

正木は応接の椅子を勧めると、自らも西島の正面に腰を下ろした。

「前おきは省略するよ」と言うと「艤装工場、器具主任は臨時だ。Ａ一四〇のことは聞いているよな」と続けた。

Ａ一四〇とは、新型戦艦の呼称であり、二隻の新型戦艦は、新しい順に一号鑑、二号鑑と呼ばれている。

「はい、ドイツ駐在員を命じられておりましたが、Ａ一四〇の建造が本決まりになったとのことで、一年前倒しで帰国いたしました」

「日華事変が始まり、中国での戦闘も拡大してきな臭くなってきた。おそらくすぐにでも建造訓令がでるはずだ。腹を決めてかからなければならんので、来てもらった。ここや横須賀工廠における君の材料統制などの新たな取り組みが評価され、艦政本部からの推薦もあった。数ヵ月後には、船殻工場主任をやってもらうことになる」

そこまで言うと正木は、静かに目を閉じそのままで話を続けた。

「船殻主任と言うことは、この新型戦艦の建造を君に任せるということだ。いまだこの国でこれほどの戦艦を造った者は誰もいない。しかし海軍も私もそれを君に賭ける決心をした。その点を良く肝に銘じて頑張って欲しい」

正木が、西島と心中する気で、この計画に望むことを吐露したのである。

「全力を尽くします」

西島が姿勢を正して答えると、正木は目を開けて笑を浮かべた。

「あまり若いものを脅すのは、年甲斐もないと笑われそうだが、ところで西島くん幾つになった」

「三十五になります」

「三十五か、若いな……。だが新戦艦を造るには、その若さこそが必要なのかも知れん」

正木が、自からの決断を後押しするかのように、首を深く縦に振った。

「設計主任の牧野君は、知っているな」

「はい、艦政本部で一緒でしたし歳も同じです」

「そうか、彼も艦政本部でＡ一四〇の知識もあり、君と同様に評価も高い。すでに昨年末から来てもらっている」

それから正木は改めて「二人とも三十五か。若手の雄二人。設計の牧野と現場の西島、これは呉工廠の名物になりそうだな」と愉快そうに笑った。

だが、すぐに真顔に戻ると「艤装と器具主任の仕事だけでなく、一号鑑の準備もよろしく頼む」と念押しをする。

西島は、造船部長の気持ちを素直に理解したが、すでに胸の内では、現場の西島が一番だと闘志を燃やしていた。

誰にも負けないと言う気概と最新の合理性を武器に、西島渾身の挑戦が始まる。

運転手がドアを開けるのももどかしそうに、車を降りたのは工廠長の豊田である。

小脇に抱えた大きな風呂敷（ふろしき）包みを気にしながら、玄関の階段を駆け上がる。豊田は性急（せいきゅう）に庶務課の扉を開けると、奥に座っていた庶務主任の平田に声をかけた。

「平田君、至急幹部を集めてくれ」

平田は驚いて思わず立ち上がった。平素は物静かな豊田が、これほど取り乱した姿を見せたことは無い。

「工廠長なにごとですか」慌てて聞いたが、豊田はそれにも答えず、乱暴にドアを閉めてしまった。大きな音を立てて二階へ駆け上がって行く豊田をドア越しに追いながら、平田は微かな胸騒ぎを感じていた。


呉海軍工廠二階会議室に急ぎ招集された幹部たちの前に、豊田が大きな風呂敷包みを放り投げるように置いた。

「工廠長、これは？」

中腰で風呂敷を解いた造船部長の正木が、小さく息を呑むのが分かった。幹部たちも一見して目をそらすと口を閉ざしている。

「裁可された……」豊田がため息交じりの声で呟く。

東京の艦政本部へ出かけた豊田が持ち帰った資料だから、新たな艦船の建造資料であることは判っているのだが、豊田を始めとする各責任者の顔には、困惑の色が浮かんでいた。

会議室の扇風機の機械的な羽音が暑さを増殖(ぞうしょく)させるのか、皆の額にはうっすらと汗が滲んでいる。

豊田の横に座っていた総務部長の黒木匡(ただし)中佐が、無言の幹部たちの顔を見回しながら資料を引き寄せる。目がその表紙に釘付けとなる。

窓から差し込む斜光に浮かび上がった分厚い資料の表紙には、墨痕(ぼくこん)も鮮やかに「A一四〇・一号艦　一般計画要領書」とだけ書かれていた。右隅におされた「軍機」の朱印がその重さを物語っている。

「ついに来たんですね……」

誰もが無言で黒木を見つめている。

「黒木くん、もう皆はある程度のことを理解しているが、おおよそのところを披露してくれたまえ」

黒木は、幹部たちの沈黙を意識しながらページをめくった。

「Ａ一四〇・一号艦……」

「基準排水量六万四千トン、満載排水量七万三千トン……」「全長二百六十三メートル、全幅三十八・九メートル……」

「主砲四十六センチ三連装九門……。出力十五万三千五百五十三馬力、速力二十七ノット……」

資料に書かれた数字そのものが、無言の圧力となって押し寄せて来る。いつの間にか口がからからに乾いていた。

「完成期日は、昭和十七年六月十五日、……五年弱で造り上げねばなりません」

それでも周りの沈黙は続いている。

無限に続くような重苦しさに、思わず言葉を飲み込んだ時、豊田が口を開いた。

「世界最大の超弩級戦艦だ――」

腹から絞り出したような声色（こわいろ）に、幹部たちの想いが凝縮（ぎょうしゅく）されていた。

一号艦については、すでに昭和九年には軍令部より艦政本部に大型戦艦建造要求がなされており、その予算も昨年末の国会に提出されていた。したがって、これまでにも様々な仕様や主砲を始めとする装備の検討が指示されており、一部では下準備もなされていたので、概要は十分に承知しているつもりだった。

だが、これがいざ現実のものとして目の前に示されると、その重圧は皆を沈黙させるのに十分だった。海軍は大正十年の戦艦「陸奥」を最後に、戦艦の建造を行っていなかった。

巡洋艦などの造船技術が日々進化して行く中で、二十年近くに及ぶ戦艦建造の空白は、関係者の胸に大きな不安としてわだかまっていたのである。

沈鬱（ちんうつ）な雰囲気の中で豊田は、自らの気持ちと海軍工廠と言う組織としての方向性を整理しなければと考えていた。

「いろいろな問題があるでしょうが、各部門の大きなところを共有しておきたい。これまでの仕様や検討を踏まえて判る範囲で進めましょう」

黒木が口火を切った。

「まずは船渠（せんきょ）の改修が最優先事項でしょう。次が工員の確保、そして機密保持です」

「建造については、予算と工期の問題が重要であります。従来の親方日の丸の体制では達成不可能な課題です。工廠全体の刷新が必要であり、各部門の協力を切にお願いします。設計部門には牧野、現場には西島と言う若手の優秀な主任を配置していただきましたので、何とかやれると思っています」

「主砲の四十六センチ砲は、すでに制作可能との検討結論を報告していますので、造るのには問題ないと思います」

「一号艦の鋼板は、すべてこの工廠内で製造しなければなりません。二号艦のものも併せて製造する必要があります。すでに製造は始めていますが、工期との厳密なすり合わせが必要となります」

Ａ一四〇・二号鑑は、この後、日本最大の民間造船所である三菱重工長崎造船所で建造されることが決まる。

各部門からの発言が続き、少し苛立ちが収まり始める。

その中で造機部の山口部長は、世の苦労を一身に背負ったかのような顔をして俯いていた。

「機関の方はうまくなさそうですね」

豊田が声をかけたので、山口が顔をあげたが目は閉じたままである。

計画書を指で叩きながらしきりに頭を振っている。

「二十七ノットねえ。タービンで四基四軸、十五万馬力でこの化け物が本当に走りますかね」

「艦政本部は実現できると踏んでいるのでしょう」

「もちろん、設計を完了しての最終的な数値ですから、はなから無理と言うことではありません。それにしても他国の三万五千トン級と似たり寄ったりの馬力ですよ、まあ船体構造を含めての話ですから、うまく折り合いは付けているのでしょうが」

そこまで言って山口はもう一度つぶやいた。

「本当に出ますかね……」

確かに山口の言うとおり、機関についてはディーゼルかタービンか、はてまた併用かと構成そのものも二転三転していたし、土壇場でタービンに決定された経緯もある。

「まあ、やってみます、あちらも最大値と考えているようですので」

「しかし、計画から大きく外れる訳には行かないでしょう」

「起工までの修正仕様で、うまく帳尻は合わせると思います」

「そうですね。艦船の最終的な機能数値を、こちらに押し付けられても困ります」

そこに軍令部にも籍を置いていたことのある黒木が口を挟む。

「軍艦ですから速いに越したことはありませんが、わが国の戦艦で三十ノットを超えるのは今回改装された『金剛』くらいですし、米英の戦艦もそこまでは行っていません。確かに艦隊行動として考えると、空母『赤城』『加賀』は二十八から三十を超えるものもありますので支障がありそうですが、この艦の運用をどう考えているのかにもよります。ただ、同一行動の軽空母や補給艦はもっと遅くなりますので、あまり問題はないと考えても良いのではないでしょうか」

「艦政本部との調整を密にやってください」

議論は前に進んでいたが、気分が晴れた訳ではない。

「喫緊（きっきん）の課題は、やはりこの艦（ふね）の機密だな」

豊田が唸るように言うと、疲れを押し込むように目頭を押さえる。

「ここまで機密にする艦なんて、今までに聞いたことないです」

「船渠はどこからでも丸見えですよ」

「屋根で覆（おお）うって、いったい壁はどうするのですか」

「それは現在営繕課で検討を始めております」黒木が苛立った様子で話を遮（さえぎ）る。

「機密保持については、海軍省のお墨付きがありますが、憲兵隊や警察との調整も必須となります。さらには県、市町村への協力要請が必要です。特に本工廠における技師や工員その家族にいたるまでの、徹底した言論統制が求められます。生半可（なまはんか）な考えでは工事そのものが立ち至らなくなります」

　この時、一人の庶務課職員が入って来ると、黒木の横に屈み込み一枚の紙を手渡した。黒木は、その紙を一見して豊田の前に滑らす。豊田は確認するように二度三度読み返し、黒木を見て頷くと、きちんと畳み込んで胸のポケットにしまい込んだ。

　幹部たちが何事かと豊田を見つめている。

「今日は長い会議になりましたが、私も皆さんと同じように言いようのない不安に苛（さいな）まれていました。だがそれでは前に進みません。皆さんどうですか、そろそろ腹を括（くく）りませんか。思い悩むのは今日までにして、明日からは現場で思い切り力を尽くしてください。それが我々の使命です」

　一気にここまで話すと、豊田は立ち上がって姿勢を正した。

　豊田貞次郎、この時海軍中将、海軍兵学校、海軍大学を首席で卒業したエリートだが、軍務局長時代に伏見軍令部総長との確執（かくしつ）があり、航空や艦政本部など技術部門の勤務を余儀なくされていた。この呉工廠もその雌伏（しふく）の時期なのだが、豊田は久々に気力が充実してくるのを感じていた。

　立ち上がった豊田の胸の内には、もうこれまでの不安は浮かんでいなかった。

　組織が大きな物事に立ち向かおうとすれば、関係する誰もが同じ方向に向かう決意をしなければならない。そのためには、半日と言う長い儀式のための時間が必要だったのだ。

　正木以下の幹部たちも一斉に立ち上がると背筋を伸ばして豊田を見つめた。

「先ほど、海軍大臣より第一号艦製造訓令『官房機密第三三〇一号』が発せられたとの報告がありました」

　会議室がピーンと張り詰めた緊張感に包まれ、息をすることさえも憚（はばか）られる。

豊田が、ゆっくりとそして大きく息を吸う。黒木はごくりと喉をならした。

「呉海軍工廠は、本日、只今をもって一号艦の建造に着手します。我々の手で世界最大、最強の戦艦を造ることになります。これは帝国海軍にとっては長年の夢であり、我々にとっては得難い誇りとなることでしょう。皆さんと共にこの壮挙に携われる幸運を素直に喜びたいと思います。……心から諸君の奮闘を祈ります」

平田が一升瓶と湯呑を用意させて、ささやかな宴が始まった。

海沿いの窓を開けると瀬戸内の涼しい海風が吹き込んでくる。

呉の町は、穏やかにこの日を終わろうとしていた。

夕闇に灯る家々の明かりを見ながら、豊田はこの町が大きな嵐に翻弄(ほんろう)される様を思い浮かべていた。一気に湯呑を干す。

「工廠長、苦い酒でしょう」

一升瓶(びん)を抱えて来た黒木が、窓の外を見ながら同じ想いを口にした。

「軍港の宿命ですかね……」

「そうだな。我々にとっても厳しい戦だがね」

「もう、やめときますか」黒木が一升瓶を振った。

「いや、もらおう。いくら苦い酒を飲んでもこの町が救われるとは思えないがね」

この後豊田は、海軍次官や商工大臣、外務大臣を歴任することになるのだが、この時はまだ知る由も無い。

機密

八月下旬、呉海軍工廠の二階会議室で、第一号艦の地域防諜(ぼうちょう)会議が開催されていた。

正面には黒木総務部長、平田総務主任が陣取り、両側に関係機関の担当者が並んでいる。

黒木が挨拶に立ったが、どうにも歯切れが悪い。

「すでに海軍省からの通知も届いていると思いますが、本日お集まりいただいたのは、私ども呉海軍工廠に対する防諜についてのご協力のお願いであります。この場においても詳細をお話しできないことを、まことに心苦しく思っております」

何時もの黒木の調子ではない。どこか奥歯に物の挟まった言い回しが、参加者の不安を掻き立てている。本当のことが言えるならば、どんなに楽だろうと平田も忸怩(じくじ)たる思いを噛みしめながら聞いていた。

「例えて言うならば、この海軍工廠そのものが軍機(ぐんき)扱いとなるとお考えいただければ、分かり易いのではないかと思います。その点をご理解の上よろしくお願いします」

「軍機――」

その言葉に、会場が一瞬どよめく。

軍の機密の重要度は「部外秘」「秘」「極秘」「軍極秘」「軍機」の五段階に分かれている。その最高機密に該当するのが軍機であり、一号艦についてはその詳細はもとより、存在そのものが機密であると言うことである。

　軍機と言う言葉の重みによって、黒木の話しぶりにも納得がいったのか、無用な質問もなく、話は関係機関による対応へと進んでいった。

　普通の背広姿の男が立ち上がった。見かけはごく一般の会社員のようだが、鋭い目つきとその挙動は軍人そのものである。

「呉憲兵分隊長の中村です。憲兵隊は呉線における防諜を『要塞地帯』と同様の扱いとします。列車には憲兵が乗車して車内を巡回し、軍港近くでは海側の窓の鎧戸(よろいど)を閉めさせます」

　始めに憲兵隊が説明を始めたことで、会場が緊張感に包まれる。

　憲兵は軍事警察以外にも行政警察、司法警察の権限を持ち、それは一般の民間人にも適応されている。会場にいるのは役所関係者が多いのだが、憲兵イコール治安維持のイメージが強く、ここでも良い感情は持たれていないようだ。

　中村はそんな雰囲気も我関せずで話を続ける。

「また、軍港を見下ろせる灰ケ峰及び周辺の山については特別憲兵隊を組織して監視に当たり、工廠周辺の岡や高所についても巡察を行います。当然でありますが市内の巡察も綿密にやることにしております。本件につきましては広島の憲兵隊本部も了解しておりますし、応援も出すとのことです」

　本来憲兵隊は陸軍であり陸軍大臣の管轄であるが、海軍の軍事警察に関することであれば、海軍大臣が直接指揮を執ることができる。

　憲兵隊の話が一段落したところで、役人然とした中年の男が立ち上がる。

「呉市の総務部長の小田です。市の管轄ではやはり呉線の海側で、工廠の見えるところが約一キロございます。ここは列車からだけでなく一市民も容易に見ることができますので、市といたしましてはトタン板の壁を造ることにいたしております。営繕の方で、すでに業者発注をしたと聞いております」

「その壁でどれくらい持ちますか」平田が資料を眺めながら質問する。

小田は、手持ちの書類をめくりながら、突然の問いかけにうろたえている。

「耐用年数までは聞いておりませんが、一時的なものだと考えておりますので……」

「こちらの工事は一時的ではありませんよ。少なくとも……」

五年と言いかけたところで、黒木があわてて「平田君」と小声で制した。平田がはっと息を詰めた。存在そのものが極秘のものである。海軍工廠が軍艦を造るところだとは誰もが判っているのだが、それが出来上がるまでの期日を言うのは、やはり情報漏洩（じょうほうろうえい）に等しい。

「小田さん、その件は後ほど」と黒木が助け船を出す。

「わかりました。その他には周辺の高所で工廠の見えるところには板塀を設置します。また軍港に面した全ての社屋や民家の窓、出入り口を戸板で覆い目隠しにします。これには町内会も協力いただくことになります」

話を止めると、ふうと小さく息を吐く。

「何をするにしても市民の献身的な協力なしでは、おぼつかない話です」

小田が顔を上げず背を丸めている姿は、心ならずも市民生活を阻害させざるを得ない行政官としての苦悩を物語っていた。

「県の学務課長の飯崎です」いかにもあか抜けた感じの若い県職員は、恐らく内務省からの出向で高等官と言われる幹部候補生だろう。

「学校においては、防諜の講演会を開催するとともに、選抜者による少年愛国防諜団を組織し、趣旨の徹底を図ることにいたします」

　黒木と平田が思わず顔を見合わせる。子供にそこまでやらせずともと口に出かかったのを、辛うじて飲み込んだ。たったこれだけの話からも呉と言う街そのものが、防諜によって世の中から完全に遮断されてしまおうとしている。黒木は今、改めて軍機と言う言葉の持つ恐るべき力を感じていた。

「広島県警察部警務課の今村です。私どもの組織は比較的多くの人員を擁しておりますので、呉警察署を中心に詳細かつ広範囲な監視体制を構築します。もちろんこちらの計画については憲兵隊ともすり合わせをさせていただきます。また状況によっては特高も関連すると思いますので、県警全体として対応してまいります」

　平田は、県警の今村が憲兵隊とすり合わせなどできる訳がないと思った。憲兵隊は軍隊であり、一行政機関である警察と歩調をあわせることなどあり得ない。憲兵隊の中村も素知らぬ顔をしている。まあ喧嘩（けんか）しないでやってもらえば良いことだ。

「あのー、よろしいでしょうか」

　いかにもこの場には似合わしくないいくだけた感じの老人が、恐る恐る手を上げた。

「私はね、中通りの町内会長の山田と言う者ですが、市内の町内会の会長も引き受けておりますので寄してもらいました」

　老舗の料理屋の主人らしいが、息子がこの海軍工廠で技師として働いて居るのが自慢の種らしい。

「うちの息子がいつもお世話になっております」

黒木と平田を見て頭を下げるので、二人もあわてて会釈をかえす。場の空気が一気に緩み、参加者の顔にも笑みが浮かぶ。

「こんなこと別にしゃべる気は無かったんですがね。先ほど少年防諜団の話がありましたので、それならこちらもやれるかと思い直しました」

何事かと皆が興味を示している。山田は飄々（ひょうひょう）として先を続ける。

「いや大いしたことではないんですが、先日、私のところの女将が折り入って話があると言い出しましてね。その女将が言うには、市内の料理屋の女将や仲居たちが、どこで聞いて来たのか防諜の協力をしたいと言い出したらしいんです」

「子供の次は女将ですか」平田が驚いて思わず声を上げた。

「まあまあ、話はまだ続きがあるんですよ。実はね、この話が芸者衆の耳に入っちゃったらしいんです。それでまた芸者衆が、ここでお国のために一肌脱がなければ、呉芸者の名がすたると大盛り上がりと言う訳です」

さすがに皆があきれた顔をしたが、町内会長はしごく真面目な様子で「如何でしょうか」と聞いてくる。

皆が自分と黒木に注目しているのを感じたが、平田はあまりのことに返答が思いつかない。

「非常にいい方法じゃないでしょうか」

そう言ったのは憲兵隊の中村だった。口調も真剣味を帯びている。

「お話にある皆さんは、ほとんどが夜の酒席にいらっしゃる方々です。人間誰しもお酒が入ると気が緩みます。我々の世界でも情報は酒席からとは良く言われることです。これは一軒一軒の料理屋、料亭に憲兵を配置しているようなものです」

そして、ニヤリと笑を浮かべた。

言われてみるともっともな話で、防諜の趣旨からすると秀逸な策に思えてくる。

「ところで山田さん、この芸者衆はどれくらいの規模になりますか」黒木が尋ねる。

「うちの女将の話じゃ、おおよそ六百を超えると言うとりました」

「オー」と感嘆の声が上がる。

「六百人じゃ広島の憲兵隊より強力な女部隊じゃの」

誰かの言葉に中村が苦笑しながら平田の方を向く。

「平田主任、防諜戦略としては申し分ない方法と思います。憲兵隊はご採択を進言いたします」

平田が黒木を見て同意を求める。黒木は苦笑しながらもうなずいた。

「よくわかりました。それでは山田さん、取りまとめを是非よろしくお願いします」

山田が立ち上がって姿勢を正した。

「山田一彦、謹んで芸者諜報団長をお引き受けいたします」

真面目な物言いなのだが、皆の眼は笑っていた。

その後各方面からの防諜計画が発表され、最後に平田が海軍の体制を説明する。

「海軍は呉海軍鎮守府における海兵団、警備隊、警備戦隊及び防備戦隊などその総力を挙げて対応いたします。関係機関の皆さんとは色んな関連が生じると思われますので、都度調整をよろしくお願いします。問題のある時はご連絡をいただければ、私の方で調整対応をさせて頂きます」

最後に黒木が会議の終了を告げるとこう結んだ。

「これから呉市民の皆さんに大変な不自由をおかけすることは、慙愧（ざんき）に堪えません。ただこれも帝国海軍のためとご協力をお願いいたします」

呉市民にとって、これまでに経験したことない防諜体制下の生活が始まる。


一方、工廠における防諜対策は総務部を中心に検討が重ねられ、九月上旬その素案が初めての工廠内防諜会議に示された。平田が素案の説明を始める。

「まず、工事の従事者については、一人一人に誓約書の宣誓（せんせい）を求めます」

造船部長の正木が頭をかかえながら、つぶやく。

「一人一人って、一体工員が何人いると思っているんだ」

「工廠全体では約三万五千人、その内一号艦に関係するのは、技師、工員、間接部門を含めると五～六千で、最盛期には一万人に達するかも知れません。現場の担当者には写真付きの通門証と特別のバッジを交付し、一号艦の工事に係わる時は必ず確認を行います」

「出入りの度にか？」

「都度確認を行います」

「分かった、分かった、総務部の気のすむようにやってくれ。ただ工事に不都合の出ないように頼む」

正木が目を閉じると半ば投げやりな様子で手を振った。

「では本件は、ご了承いただいたものといたします。次は設計図面関係です。正木部長よろしいですか、これからが部長に最も関係のある所ですが」

平田が鋭い言い回しで牽制すると、正木が慌てて身体を起こした。

「図面は工事担当毎に作成し、その担当しか見れません。図面は毎日必ず設計主任に返却することになります」

「平田君、そんなことをしていると前後左右や上下の関連が全く分からないことになり、思わぬ齟齬をきたすことになる」

「しかし、自分の担当図面と他の図面を合わせ見ることによって、本艦の全体像が掴まれる恐れもありますので、これを徹底していただきたい」

平田は、断固たる口調で言い切った。内心正木が爆発するのではと恐れていたが、すでに諦めたかのようにその口調は穏やかだった。

「そんな断片の情報だけで、本当に艦を造れるのかね」

「もちろん全体像の把握は必要ですから、一般艤装図面や建造仕様書については、必要と認められた者のみに閲覧可能とします。設計室に機密文書閲覧室を設けますので、そこで閲覧することになります」

正木はあきれたように平田を見つめている。

「重要図面は造船部長自らの責任で保管願います。また設計主任は、図面回収後毎日点検を行ってください」

正木が背もたれに身体を投げ出すと大きなため息をついた。平田の説明が続く。

「なお、Ａ一四〇に関わる技師、工員等については、工廠内から優秀者を選抜し、新規採用者については、工廠における身元調査の後、憲兵隊が再度調査を行った上で採用に至ることになります」

説明を聞きながら黒木は、四十六センチ砲はともかくとして、この徹底した機密を実行するための労力と費用、そして携わる人々の不安を考えると果して良策と言えるのか、口には出さぬが納得はしていなかった。

一号艦製造訓令が出されてから、営繕課においては造船船渠の改修工事と船渠を覆う屋根の設計に追われていた。船渠の全長は三百十四メートル、幅四十五メートルあり、この半分を覆うとすれば、その面積は、おおよそ一万平方メートルでテニスコート四十面に相当する。

「これは、艦を作るより大事だな。高さは四十九メートルか、トタンで葺くにしろ耐久性を考えるとやはり強度はしっかり確保しなければいかんな」

営繕主任の岩本が、設計図を見ながら考え込む。

「骨組みは鉄骨ですが、屋根なしの部分も含めて周りは棕櫚縄のすだれで覆います。風が抜けるので屋根の強度は十分だと思います」

係長の本村が自信ありそうに説明していたが、ふと不安げな顔つきを見せた。

「棕櫚縄で覆う側面部分だけでも三万平方メートルになります。これだけの数量を確保できるかどうか。用度で全国手配をかけていますが、懸念事項ではあります」

「それは用度に頑張ってもらうしかないが、変な噂になると困るな。棕櫚の重さに対する強度も確保してあるよな」

「もちろんです。それとまだ艦を作っている訳ではないので、民間の業者をフルに使うつもりです」

岩本は一瞬口元を緩めたが、すぐに真顔に戻る。

「それで良いが、特に防諜対策は業者のお偉方がビビり上がるぐらいで丁度いいだろう。ただ、この工事と改修が終わらねば、本格的な起工にはならない。いずれにしても最短の工数で仕上げるしかない。大変だろうが皆にハッパをかけておいてくれ」

それだけ言うと岩本は主任室の方へ歩き出したが、ふと足を止めて振り返った。

「他に何か？」

「大型クレーンの動きが気になる。クレーンも棕櫚で覆う工夫をしておいてくれ」

船渠の改修は、九月も下旬に差し掛かる頃に始まった。

改修の柱は、船渠底部を一メートル深堀りすることである。現在の深さは十メートルなのだが、一メートル深くするだけで一万五千立方メートルの土砂が生じることになる。これは重さに換算すると約二万トンにも相当する。

十メートルの船渠の底では、大勢の人足が泥まみれになり土を掻き出している。まるでたくさんの蟻がうごめいているようだ。掻き出した土はモッコに集めクレーンで釣り上げられると、船渠に横付けした艀に落とし込まれて行く。

「こんなバカでかいところで、一体何を造るんだ」

人足の一人が作業の手を休めると、地上を見上げて呟いた。その途端、船渠に警笛の音が響き渡る。現場監督らしき男が人足に駆け寄ると尻を蹴り上げた。

人足は一瞬気色(けしき)ばんだ。

「なにしやがる」

何れも気の荒い連中である。男の周りに他の人足が集まってくる。

「作業に入る前に言われたことを、もう忘れたのか」

監督は人足達には気も止めず、尻を蹴上げた男の胸倉を掴むと顔を寄せた。

「いいか、ここのことは何も考えるな。そして絶対に口にするな。かみさんや親兄弟にも言うことはならん。皆も一緒だ」

人足達が顔を見合わせたが、納得の行く顔はしていない。

「俺ら何のために、こんな奈落(ならく)の底で働いて居るのか、教えてくれても損はしねえだろう」

「いくら言われても理由は俺も知らん。ただ話せば憲兵か警察がすっ飛んでくることだけは覚えておけ。忘れるんじゃないぞ。皆もさっさと作業にもどれ」

鋭い警笛の音が、再び船渠にこだました。

同じ頃、船渠の上でも同じようなやり取りが行われていた。

艀の船頭が船渠をのぞき込むような素振りをしながら、測量をしている工廠の技師に話しかける。

「技師さんよ、この工事のことでかん口令が出ているが、一体何なんだ。何の説明も無しに、ただ喋るなと言われてもね」

「そんなことは僕らにも分らん。とにかく口を開かぬことだ」

「でもね……」

その時技師が、不意に視線を逸らした。

「振り向くな、警備船だ」

船頭がもやい綱のゆるみを確かめるような素振りをしながら、海に目を向ける。

その前を白い船体の海軍警備艇がゆっくりと横切って行く。船上には双眼鏡でこちらを覗く水兵の姿が見える。

「くわばら、くわばら」

船頭は技師に目配せすると、何事も無かったかのように降りてきたモッコの紐を掴んだ。


その頃、遠く離れた佐賀県の川副町にある海苔共同組合でも、思わぬ難題が持ち上がっていた。

有明海に面したこの地域は、どこまでも続く遠浅の海に面しており、海苔の養殖が主産業である。

「あのな、そんな馬鹿な話が信じられるか。業者が出し惜しみしてるんじゃないか」

文句を言われた事務員が反論する。

「組合長それは無いですよ。いまさらが出し惜しみしてどうなるもんでもないでしょう。いつもなら即日納品ですよ」

「だけど考えて見ろよ、棕櫚縄も棕櫚のむしろも佐賀どころか、福岡にも無いとは信じられねえな」

組合長がタバコに火をつけると、事務員の男に向けて煙を吹きかける。

「組合長本当だって、信じてくださいよ。この辺りの組合からも問い合わせが来てるんですから、嘘だと思うなら誰でも良いから聞いてみてくださいよ」

今度は事務員が、開き直ってそっぽを向いてしまった。

「しょうがねえな、鹿児島でも聞いてみるか」

小松が電話で誰かと棕櫚の話をしていたが、相手方に「一体どうなってんだ」と言って切ってしまった。

「鹿児島も無いとよ」

「だから言ったじゃないですか、日本中の棕櫚が消えちゃったんですよ」

「おい、県庁に連絡しろ、何とかしなけりゃおまんまの食い上げになっちゃうぞ」

「工廠長、また抗議文がきました」

庶務課長の平田が、工廠長室に飛び込んできた。

「またですか。どこからです」

「今度は、佐賀県知事です」

豊田が手紙を受けとって読み始める。

「どこも大変だな。しかし今の状況じゃ工廠としては謝るしか手はない。平田君わび状を送っておいてください」

「海苔の漁師さん達は、どうするんでしょうか」

「棕櫚を大量に必要とするのは今年だけです。ここを辛抱してもらうしかありません」

そう言ったものの、棕櫚の買い占めで、多くの人が迷惑を被っている現実が存在している。どこかでは警察が捜査を始めたと聞いた。いかに海軍のためと言っても道理が立つとは思えなかった。

豊田が椅子から立ち上がり窓際に歩いて行く。窓の先には、秋の日差しを受けた瀬戸内の穏やかな海が広がっていた。

豊田は、一号艦を造り上げるためには、自分でできることなら泥水でもすすって見せるとこの時改めて腹を括った。

姿勢を正すと胸の内で呟(つぶや)いた。

――あなた方のおかげで、海軍は世界一の戦艦を作ることができます。この一年辛抱をお願いします。

世の中の喧騒(けんそう)を癒(いや)すようにたおやかな波のうねりが、軍港をやさしく包んでいた。

挑戦

造船部長の正木は西島が着任するとすぐに、一号艦建造に際しての基本的な方針をまとめるよう指示を出していた。

「先任の船穀主任を無視するようで申し訳ないが、数ヶ月後には西島くんが船殻主任になることになっている。その点をふまえて、本日その西島くんに一号艦建造に当たっての基本方法について説明をしてもらう。無論これは決定事項ではないので、皆の考えも含めて議論して欲しい」

そこまで言うと正木は、「ふ〜」と息を吐いた。数ヵ月先の船殻主任の人事を口にすることなど前代未聞の話である。だがすでに製造訓令が出た今、その建造責任者の発表を先送りしている余裕などない。

すぐにでもこの責任者を中心に工廠の総力をあげて、取り組まねば完成はおぼつかないのだ。

このため正木は、西島の船殻主任の発令を繰り上げるよう関係方面に働きかけたが、人事の綾とでも言うのか、一向に埒（らち）が明かない。そんな時黒木総務部長が正木を訪ねて来てこう言った。

「正木さん、工廠全体が腹を括らねばならぬ時です。私の一存で十二月一日付けの内示を出します。あくまでも工廠内に限った方便ですが、急場しのぎにはなるでしょう」

正木は、黒木の決断を聞きながら呉工廠と言う組織が、新戦艦建造の方向に舵を切りつつあると実感していた。

九月も残り少なくなった昨日、その内示が総務部長名で工廠内各部門長に発出されたのを受けて、正木は間髪を入れず緊急会議の招集をかけたのである。

造船部には、船殻工場以外に製図工場、艤装工場、船渠工場、船具工場など十工場があり、約六千名が勤務していた。会議には各部署の主だった者が参加していたが、その他の関連部門である砲熕（ほうこう）部、電気部、造機部、制鋼部、総務部、会計部も顔を揃えていた。

秋の気配を感じる頃ではあるが、まだ暑さは衰えていない。まして決して広いとは言えない会議室に、呉工廠の中枢を担う者たちが集まっているのだ。それだけでもその熱量は大したものだが、ここには日常とは違う高揚感も熱気として加わっていた。

普通ならば暑さと熱量で会場全体が騒然となるところだが、会場はむしろ静かな雰囲気に包まれていた。それは誰もが、足元から忍び寄ってくる密やかな緊張感を感じていたからに他ならない。

八月二十一日の建造訓令を受け、工廠各部門も具体的な施工指示が出されている。砲熕部であれば、砲熕兵装計画要領書、電気部には電気兵装計画要領書、造機部には機関計画要領書である。無論、造船部にも一般計画要領書、一般艤装図、最大中央横断図、計画重量重心計算書などが細かく示されていた。

「初めに現在まで届いている設計図面を基に、この新型戦艦の特徴を設計部門にまとめてもらった。説明を牧野設計主任にお願いする」

設計主任の牧野茂が立ち上がった。

東京帝国大学工学部船舶工学科を卒業後海軍に入り、昨年末まで艦政本部で艦船の設計に携わってきたエリート造船士官である。東京出身の牧野は、その言葉遣いにしても如何にもスマートであった。

一方横に座っている船殻主任になる西島は、岡山県出身で九州帝国大学の卒業である。がっちりした体格で歯に衣着せぬ物言いからも好対照の二人であった。

「この席の参加者は、すべてA一四〇の関係者ですが、ご承知のようにこの艦(ふね)には基本軍機と言う網が掛かっております。従って私の説明も秘すべきものは秘すことになり、ある意味一般的な事項となるかも知れません。その点をご理解の上お聞きください」

参加者から「軍機」のところでざわめきが広がった。本当はそこが聞きたいのだと言う意思表示なのだろうが、それは許されるはずもない。全てを明からさまにして人心を一つにするのが最良の方法なのだが、それができないのもこの新型戦艦の持つ宿命なのだろう。

牧野はこの段階で具体的な数値はあまり意味がないと思っていた。それよりもこの艦の持つ特性について話すこと、すなわち正確なイメージを持って貰うことに主眼を置いた。

一号鑑の一番の機密は、主砲の口径であるが、全幅が判れば専門家であればその主砲の口径を推測するのは容易いと言われている。そしてここに集まっているのは造船の専門家達である。

専門家である彼らは、例えば船渠の大きさだけでも様々な性能を推測することができる。

長さ三百十四メートル、幅四十五メートル、深さ十一メートルの船渠、しかも深さは一メートルも新たに掘り下げられて造られる艦が、どれくらいの物かは大方の察しがついている。

それでも話の途中では、何度もどよめきが起った。

それは世界最大の戦艦を、自分たちの手で造ると言う高揚感の現れであり、日本一と自他共に許す自らの工廠に、当然のように建造命令が下ったと言う誇りも、相互に作用していたと言うべきであろう。

「この艦を、同じ性能のものを外国で建造するとすれば、それは基準排水量で七万トンを超える巨体になると思われます。その巨体をいかに小さく作るかが設計上の要点でありましたが、結果的にはそれでもこれだけの大きさになっています。この艦は、排水量や兵装などあらゆる点で最大級の艦ではありますが、その全長は排水量二万五千トン級の空母と変わりません。問題は、巨大になる艦を小さく造ったことで、この艦の構造が極めて複雑になっていると言うことです。全体の構造区画は、一千百四十七もあります。これに注排水装置などが複雑に組み合わされており、甲鉄の厚さも場所によっては四百ミリを超えるところもあります。この艦は、これまで我が国が作ってきた戦艦『陸奥』や『長門』とは全く違うしろ物です。これまでの艦の概念を全て捨てて掛からなければ、完成はおぼつかないと肝に命じていただきたい」

牧野は、説明の最後をこう言って締めくくった。

設計上の話は、ある意味性能・機能の話であり、頭の中の話と言える。身近に特に何かが起こると言う現実感が乏しいのか、会場にはまだ高揚感の色合いが濃く残っていた。

正木が立ち上がって西島に説明を振った。会場の視線が西島に向けられる。

西島は、呉工廠から横須賀工廠を経て、昭和十年に艦政本部に転任したが、海軍上層部はすでにその頃から、西島にA一四〇の建造を託そうと計画していた。

その仕事ぶりはと言うと、与えられた物事に対して決して後ろを見せることはなく、一切の妥協を拒否するだけの度量を持っていた。それは造船士官でありながら併せ持つ軍人としての気概であり、前例踏襲の習慣や数字合わせで仕事をするものは、徹底して無視された。その一方で現場からの有効な提案については、上下の垣根なくそれを受け入れる職人堅気も併せ持っていた。

その手法の強引さから嫌われることも多かったが、現場を何よりも重視し、規定概念を超えた独創的な発想により、切れ者、仕事の鬼と呼ばれていたが、一部からは天才とも評されていた。

新型戦艦の建造の責任者としての資質は、誰もが認めるところであったが、工廠の上層部には、戦艦建造の未経験士官で大丈夫かとの疑念も根強く残っていた。

最初の任地が呉なので、新たな船殻主任になる西島を知らない者はいない。

今の状況は、ある意味一号艦の建造を手土産に、故郷に錦を飾ったと言っても良いのだろうが、それよりも参加者の胸にあるのは、どんな奇想天外な手法を持ち出してくるのかと言う期待と恐れの方が強かった。

西島は、この会議に八つの手法を提案することにしていた。それらは、この時代としてはどれを取っても革新的な手法であり、これまでの親方日の丸に浸かりきった工廠のあり方そのものを、否定することにも成りかねないものであった。当然のことながら反発も大きい。だが、それを受け入れねば、この巨大戦艦の建造は間違い無く挫折する。

西島は不退転の覚悟を持って、この会議に臨んだ。

「この一号艦建造手法の手始めは、船殻内業加工は一切の外注を止め、全て工廠内で行うことにします」

船殻内業加工とは、船殻工事に関する様々な部品、例えば鋼板の切り出しや加工などであり、細々（こまごま）したものは、周辺の造船所に外注されるのが常であった。

西島の第一声に、案の定、どよめきとも悲鳴ともつかぬ声が上がった。西島はそれらの喧騒を無視して第二声を発した。

「これは、一号艦の機密保持と精度確保の為です」

外注すると言うことは、設計図を外に持ち出すことになり、機密保持の観点からも許されることではなかった。

皆が押し黙ったが、一部から声が飛んだ。

「機密保持で外注しないと言う方法は理解出来るが、全てを工廠内で行うとすれば、それに携わる工員が足らなくなる。その対応は出来ているのか」

「無論作業量は増加することになるが、工員の増員は考えていません」

西島の断言に再度質問が飛ぶ。

「作業量が増えても工員を増やさないのなら、皆に倍働けと言うことか」

周りからも同調する声も上がり始めた。西島は臆することなく皆の声を手で制した。

「建造手法の第二として、船殻工場の全ての機械の配置替えを行います。工場内には配置されて何十年も移動してない機械や工程から大きく外れた場所に設置された機械も数多くあり、その非効率性には目を覆うものがあります」

説明の途中から声が上がる。

「現状はそうかもしれないが、工場整備のための時間と工場停止の空白は、致命的な損失になる」

「通常のやり方ならおっしゃる通りの問題が起こります。しかしながら、この配置替えのために工場を止めることなどできません。先ずは効率的配置を検討し、その計画に従って基礎工事や電気配線などを予め用意しておき、現業の合間、合間に一台ずつ配置替えを行います」

皆が押し黙った。頭を巡らしているのだ。西島がさらなる一手を打つ。

「一号艦を担当する技術者、工員は優秀者を優先的に配置するよう総務部に御願いしてあります。総務部の平田主任、その方向でよろしいですね」

平田が立ち上がると「工廠内の人事は、全て一号艦建造を最優先にして対応します。部長会でも了解をいただきました」と断言した。西島は平田に目礼するとゆっくりと会場内を見回して言った。「船殻内業加工は、工場内動線の効率化と優良工員の適正配置により実行致します」

もう異論は無ない。新戦艦建造に浮き立っていた気持ちが一気に冷めてゆく。

「建造手法の第三は、すでにこの工廠でも行われている金物の制式化を材料・器具類についても導入します」

　金物の制式化は、西島が以前呉工廠で手がけた最初の規格化手法である。これまではパイプの継手やボルト、ナット、ネジなどに至るまで、全て設計の段階で決められていた。

　極端に言うと同じ用途の部品でも設計者の数だけ種類があることになり、その調達、管理において極めて非効率であった。

　安価で短期間に艦船を作り上げるためには、その使用する部品は少ないに越したことはない。同一部品を使うことで価格は低廉価し、納入時期のズレで工事が止まることもない。

　西島は、その手法を鋼管類の材料やバルブなどの器具類に至るまで広げることにした。

　金物の制式化は、すでに各工廠にも導入されており、その効果も評価されていた。西島は、この巨大戦艦の建造をきっかけに、その範囲を材料・器具類にまで拡大し、可能な限りの制式化を目論（もくろ）んだのである。これには誰も異論を唱えることは出来なかった。さらに西島が続けて言う。

「第四の手法は、工数管理の徹底です。なぜ工数管理が必要かと言うと、建造予算の問題があります。これまでの艦船では、予算の超過は当然の如く起こっていました。しかし一号艦には極めて巨額の経費が投入されることから、これを超過することは許されない現状があります。さらに昨今の国内外の情勢からして竣工予定の厳守は当然のことと言わざるをえません。これまでの結果まかせでは、成り立たぬ事業です」

　西島がひと呼吸おいた。会場からも息が漏れる。

「この二つの命題を解決するには、厳密な工数管理が必要になります。また、艦船の完成時の重量超過も見逃せません。駆逐艦『夕張』では、三千三百トンが三百トン超過し、巡洋艦『妙高』では、一万トンが完成時には一万一千トンになっています。一号艦でこのようなことが起これば、当然その誤差も大きくなり、性能に与える影響は計り知れません。ましてや船渠で造られるこの艦は、進水さえも出来なくなる可能性もあります。従って工数管理は、日々の各工場、各職区ごとの積載重量と鋼板などの加工重量をベースに、人的工数を積み上げたものを基準にして厳密に行ってまいります」

この工数管理は、西島が横須賀工廠時代に試みたもので、海軍内で実施されるのはこの一号艦が最初であった。

もう誰も口を挟もうとはしなかった。だが、それは投げやりな気分と言うものではなく、求められている事柄の発する重圧によるものであり、決して消極的な思考の発出ではなく、積極的な覚悟を伴ったものに見えた。

会場の熱量が次第に高まってくる。

西島は、それを心地よく受け止めていた。もし各部署・部門の意識が同じ方向を向かなければ、一号艦の建造は無残な結果を生み、自分が腹を切るぐらいでは収まりかねない混乱を招くのだ。今がその好機に感じられた。ここで一挙に正面突破できれば、完成への道筋か見えてくる。西島は声に力を込めた。

「第五の手法は、早期艤装（ぎそう）の併用であります」

会場のあちこちでうなずく者がいた。

少しは理解者がいるのかと思ったその時、想定外のことが起こった。

突然、声にはならない意識の高まりを感じたのだ。

見渡せば、ある者は腕を組んで天井を見やり、またある者は俯いて首を振る。しきりに何かを書く者もいるが、多くは西島を見つめている。

誰かが何かをするわけでもなく、何かを言うわけでもない。

それなのに個々の発する高まりは、幾重にも重なり、多方向からうねりのように西島を包み込んだ。皆が納得して同じ方向を向こうとしている。

うねりのなかで、西島は確信に近い手応えを感じていた。

自分でも少し興奮していると意識していたが、それでも冷静を装い説明を続ける。

「この呉工廠の施設、設備は世界有数の規模と性能を持っています。それは船殻工事の横で艤装工事が並行して出来るということです。さらに施設・設備の能力をより活用するとすれば、ブロック工法の導入も可能です。作業の困難な現場で、無理して工事を行う必要はありません。ここには広い工場があり、出来上がったブロックを船渠に運べる重装備のクレーンも装備されています。可能なものは工場や別の場所で作り、船渠で組み込めばすむのです。このブロック工法の導入を第六の手法とします」

西島は続けて溶接工事の拡大と実物大模型の制作を説き、これを第七、第八の手法とした。溶接工事については、この頃大幅な制限が掛けられていたが、西島は現場の要望が強いこともあり、先々緩和されると腹を括っていた。

「最後に認識していただきたいのは、実際の工事を行うのは、現場の技師であり、工員達だということです。そしてこの工廠の技師、工員は、日本一の知識と技量そして何よりも強い誇りを持っています。我々にとって、これ以上の戦力は望むべくもありません」

そう言って西島は、説明を終えた。

西島が腰を下ろすと、横の牧野が肘で脇腹をつついてきた。見ると牧野の顔には笑が浮かんでいた。この一号艦の工事が困難なことは、詳細設計をする牧野が誰よりも良く知っていた。牧野からのエールと思った西島は、手元にあった紙に素早く殴り書きすると、牧野の前に滑らせた。

それを読んだ牧野が、思わず俯（うつむ）いて笑いを堪えるのを、西島は視野の端に映していた。牧野の手元の紙には「何でもいいから、早く図面を上げてこい」と書かれていた。

一号艦建造手法の説明は、数時間に及んだ。参加者のシャツには汗が滲んでいたが、誰もが口を真一文字に結び、その瞳には強い決意を漲らせていた。

「これまでの説明で何か質問はあるか」

正木が珍しく上気した顔で訪ねたが、誰の手も挙がらない。

「では、本日説明された手法を駆使し、呉海軍工廠の総力を挙げて、一号艦の建造に取り組むことにする。以上だ」

正木がそう言って、牧野と西島にうなずきかけた時、「パン、パン」と音が鳴った。皆が驚いて音のした方を見る。誰かが手を鳴らしたのだ。するとその音が、今度は反対方向からも上がった。そしてそれは二つから三つへと広がり、いつの間にか会場全体が拍手の音に包まれていた。

牧野と西島が一瞬の戸惑いを見せたが、皆の気持ちを察した正木が、笑を浮かべて立ち上がると二人に握手を求めた。

拍手の音が最高潮に達した。

西島は、胸の内にこみ上げて来る熱いものに戸惑いながらも、はっきりと確信していた。

――一号艦、建造準備を完了せり――

起工

造船部の会議の翌日、西島は部下の桜井技師を伴い、市内の料理屋の奥座敷にいた。

「主任、ここならどんな話をされても漏れることはありません」

桜井が知っている料亭だが、話によるとこの料亭の一人息子が造船部の技師をしている関係で、何回か使ったことがあると言う。

「ここのご主人は、防諜会議の役員もされています。十分に根回ししてありますので、ご安心下さい。主任がお見えになると言うことで、一番良い部屋を用意したようです」

確かに今日の客は、あまり外部に、いやむしろ内部にこそ知られたくはない。

「お連れさんがお見えです」中居に案内されて二人の男が入ってきた。

西島と桜井は、下座から客を迎える。

「岡本さん、佐川さんお久しぶりです」西島がそう挨拶して客に上座を勧めた。

客の二人は、それを見て「主任さん、それはいけませんぜ」と入口で正座した。

「今日は、こちらがお招きしたんだから、どうぞ座ってください」と勧めたが、埒があきそうもない。工廠内の序列を言われるとやはり如何（いかん）ともし難い。

「西島さん、この度は主任での赴任、おめでとうございます。偉くなられましたな」

下座に座って、岡本が頭を下げた。

西島が、酒を進めながら言う。

「全ては岡本さんのお陰ですよ」

西島が、この二人と出会ったのは、ずいぶん昔のことである。

ある艦の船殻工事で、工事の進捗が急に遅くなったことがあった。任官したての若い造船官が、工員が怠けているとでも思ったのか、現場に行って大喝した。工員たちは恐れをなして首をすくめたが、そこにいた班長が「ついて来い」と有無を言わさずその造船官を、外板の取り付け現場に連れて行った。班長は既に取り付けられた外板と、新たに取り付ける外販の鋲止めの穴の位置を合わせると「覗（のぞ）いてみろ」と言った。

造船官が言われたように覗いて見ると、正円であるべき円がどこか歪んでいた。「これは？」と首をかしげる造船官に、班長が「この原因は図面なのか、それともスミ掛けか、それとも穿孔なのか。そこらをきっちりするのが造船官の仕事じゃねえのかい。現場で大声上げるのは、十年早くねえか」と言い放った。

鋲打ちの穴の不具合は、現場にとっては大きな迷惑である。現場で調整しながらの作業には、下手すると倍の時間がかかるのだ。

その時、その造船官は「まるで雷に打たれたように、身体全体に電気が走った」と感じていた。艦を造るのは現場なのだと、その事で思い知らされたのである。

造船官は、土下座こそしなかったが、衆目の中、班長に深々と頭を下げて謝った。仮にも士官たるものが、工員に頭を下げることなど有り得ないことなのだが。

ただ、一方の班長も造船官の対応に度肝を抜かれた。幾ら悪態をついても最期は、現場の落ち度にして事を収めるのが日常であった。だがその造船官は、工事の流れの管理を疎かにしていたと、大勢の工員たちの前で謝ったのである。驚いて立ち尽くす班長に、その若い造船官は「これからも色々教えてください」と敬礼をして去って行った。

「こりゃー、どえらい造船官が来たもんだ。参った！」

そう言うと班長は、周りの工員たちに命じた。

「いいかお前ら、今後あの造船官の仕事で、何の理由があろうと遅れることは、この俺が一切許さねえ。おい、お前、他の班の若い者にもよく言っておけ。班長たちは俺が話す」

そう啖呵を切ったのが岡本であり、お前と呼ばれた若いもんが佐川だった。もちろん新任官の造船士官こそが、西島だった。

「若気の至りでした。お恥ずかしい」

西島が、昔を思い出しながら呟いた。

「ところで西島さん、いや西島さんと呼んじゃいけませんね。本来なら私どもが同席することも許されることじゃねえ。西島少佐殿、今度は一体何をやらかすつもりですかい」

「岡本さん、昔通り西島で良いですよ。実は、その西島、岡本の関係を見込んでのお願いがあります」

西島が手にしていた酒を置いて、少し姿勢を正した。

「なんでも言ってください。せっかく西島さんがお戻りになったんだ。この岡本何でもやらしてもらいます」

「それを聞いて安心しました。では、新しい艦（ふね）のことは御存知ですよね」

すでに建造訓令も発せられ、工廠内でも色んな動きが始まっている。だが、この艦は軍機と言う覆いがかかっているので、現場の工員たちがどこまで知っているのか、西島も測りかねていた。

「いやー、西島さん、厳しい質問ですが正直申し上げます。あの船渠を一メートル深掘りした意味がね。恐らく艤装前の船体だけで三万トンは行くでしょう。さらに、艤装の重量を加えると、どこまででかくなるのか見当がつきませんね。おい、佐川、おめえはどう見る」

「はい、班長の読みどおりと思います。砲熕の若いもんからは、どえらい砲が積まれると聞いております。おっと、つい口がすべりました。すみません」

二人には、答え難い話題だったが、流石に現場の観察や情報は的を得ている。だが西島には、これらこそが味方だと思えていた。幾ら極秘にしても、分かる人には分かっているのだ。分かっていることを無理に隠す必要は無い。

「流石です。岡本さんそして佐川さん、お二人だからこそ話させていただきます」

「主任！」と桜井が遮る。

「本当に良いんですか。下手すると首が飛びますよ」

桜井には事前に話をしてあったが、事が事だけにいざとなると、心配するのも無理はなかった。

「桜井くん、私の腹は決まっている。心配はいらない。お二人とも、心して聞いていただきたい。この艦は、基準排水量六万五千トン、世界最大の大きさです。当然その兵装も最強のものになります。まさに世界最大、最強の戦艦です」

岡本と佐川が、目を見開いたが声が出てこない。しばらくしてやっと岡本が声を絞り出した。

「世界一の戦艦……。それを私らが造るんですかい」

「そうです。貴方がたがその手で作るんです。十二月から私が船殻主任になります。岡本さん、一緒に造るんですよ」

この二十年間、日本の海軍は軍縮条約によって、戦艦を建造することができなかった。

それが一転、世界最大の戦艦を造るというのだ。造船官もそうだが工廠の工員にとっても、戦艦の建造は見果てぬ夢であった。それがまさに実現するというのだ。

見る間に、岡本の双眸(そうぼう)が潤む。

「もう、生きている内に戦艦を造れるとは思ってませんでした。そうですかい……世界一の戦艦を造れるんですか……西島さん、ありがてぇ」

そう言うと岡本は、西島に深々と頭を下げた。握り締めた拳(こぶし)が小刻みに震えている。

西島は、猪口の酒を一気に飲み干して膝をすすめた。

庭を望む座敷に、心地よい秋風が吹き込んできた。

「岡本さん、そこでお願いです。工員たちを束ねていただきたい。この工事に携わる全ての工員が、その技術と労力を結集しなければ、この艦を造り上げることはできません」

西島は、昨日の造船部の会議で手応えを感じていたが、現場も同じ方向を向かなければ完成はおぼつかないと思っていた。現在推測される工事量は、公式排水量三万三千八百トンの戦艦「陸奥」「長門」の約二百万工数の倍となる四百万工数である。これを五年で造ろうとすれば、年平均八十万工数、月の工員数は二千六百六十人となり、最盛期には造船部だけで四千人は必要と考えていた。これだけの工員を結束させるには、生半可(なまはんか)な手腕ではおぼつかない。西島は、この仕事に命を賭けるつもりでいたが、一人でやれる事は高が知れている。やはり頼りになるのは、現場にある昔ながらの気質と心意気なのだ。

「岡本さん、佐川さん、力を貸してください。この西島に日本一の戦艦を造らせてください。お願いします」

そう言うと西島は、座布団を外して両手を畳につけて頭を下げた。

一番驚いたのは桜井だった。工廠の技師も士官待遇なのである。

「主任、幾らなんでも士官のすることではありません」

慌てて止めに入る桜井に対し、西島は毅然として言った。

「桜井、君は私の部下だろう。上官が頭を下げているのに君がそんなことでどうする。君からもお願いするんだ」

言われた桜井は、困惑しきって、西島と岡本の顔を交互に見比べている。

突然、岡本が大笑いした。佐川も笑を浮かべている。

「西島さん、どうぞお手をお上げください」

笑いを収めると二人が膝を揃えて正座した。

「西島さん、それにしてもあなたは十数年前と何もお変わりになりませんな。本当に立派な造船士官になられました。わしはそれが何よりも嬉しい。しかもそのお人が、世界一の戦艦を携えて、この工廠に帰ってきてくださった」

岡本が自分の想いを噛み締めるように言葉を紡ぐ。

「あの時、西島さんも御承知と思いますが、わしは話の分かる班長を、佐川は若い衆の主だった者を集め、西島さんの仕事に手抜きをするな、遅れそうな時には、皆で手を尽くせと激を飛ばしました。それは貴方が現場を大切にしてくれる、現場を守ってくれるお人だと感じたからなのです。そのお人が、わしらに頭を下げてお願いされることなどありませんよ。西島さん、わしらに命じて下さい」

二人が姿勢を正して、西島を見つめた。

「岡本！　佐川！　と呼び捨てて下さい。俺が世界一の戦艦を造る指揮をとるから、お前ら死んでくれと言ってください。」

吹いてくる風が一瞬冷たさを感じたのは、座敷の空気の清々しさを含んだからかも知れない。

「西島さん、わしらはこの手を、世界一の戦艦を造ることに使えるんだ。こんな光栄なことはありません。例え死んだとしてもその誇りは、未来永劫（えいごう）語り継がれて行くことになります」

そして二人は、並んで畳みに両手をつくと、静かに頭を下げた。

「西島少佐殿、岡本、佐川の両名、新戦艦建造に命を賭けよとのご命令、喜んでお受けいたします」

岡本の凄みのある声が、覚悟の重さを語っていた。

西島が、何も言わずにうなずいた。

男たちの胸には、難工事に立ち向かう気概と誇りが、満ち満ちていた。

その日の酒宴は、夜遅くまで続いた。

酒が進むと、岡本が遅くして出来た長男信一の自慢話をし、佐川が四つになったばかりの長女文子（あやこ）の可愛さを親ばかだと笑い、西島は、東京に残した家族への想いを語った。

男たちの話題は、尽きることはなかった。

だが、それは心の内を知る者だけの一瞬の賑わいであり、この座敷を一歩離れた瞬間から、荊棘の径が続いていることを誰もが認識していた。

庭の燈籠が闇の中にほのかなあかりを灯し、何時もと変わらず酒席の賑わいを見守っていた。

「本日の部長会において、Ａ一四〇作業日程の最終確認を行う」

昭和十二年十月十五日、工廠長の豊田の発言で最終調整の会議が始まった。

日程に絡む難題は、大きくは三点である。

先ずは、甲鉄の製造能力である。

「ご承知のように、Ａ一四〇で使用される甲鉄は、国内では我が工廠でしか製造できません。しかもこれを二号艦の分も合わせて二隻分作らなければなりません。この数量は公式排水量二万六千トン級の戦艦『金剛』の七隻分に相当いたします。設備の増設も行っておりますが、現有施設で船殻工事に合わせてゆくのは至難の技というしかありません」

製鋼部長の森が頭を抱える。豊田が造船部長の正木に「船殻工事との調整が可能ですか」と尋ねた。「はい、甲鉄の製造限界がある以上、船殻工事をそちらに合わせるしか手がありません。両部で、綿密な予定を立てて調整して行くことになります。船殻工場もその方向で腹を決めております」

「では、この件は製鋼部と造船部にお任せしてよろしいですね。後で大まかな日程の説明もありますが、内部の都合で遅れることは許されません。両部ともそこは肝に銘じておいていただきたい。次の問題は主機関係ですか」

造機部長の山口が、組んでいた腕を解いた。

「Ａ一四〇の汽缶及び主機は、甲鉄で囲うことになりますので、その前に備え付ける必要があります。先ほどの甲鉄製造の問題とも絡みますが、汽缶、主機そのものについては、十四年の春先には納入可能かと思われます。製鋼部、造船部との調整を密にせねばなりません」

「分かりました。これも甲鉄絡みと言うことですが、特に外部の関係各社との調整も抜かりないよう頼みます。それでは最後の問題ですが、正木さんでよろしいですか」

会議は、穏やかに進んでいるように見えていたが、その裏には部署ごとに大きな問題を抱えていた。

それが表面化しないのは、皆が腹を決めているからであり、これほどの大艦を造るには、身命を賭してその任に当たるしかなかったのである。

「これが一番融通のきかない問題かもしれません。それは進水の時期であります。現在進水時の重量は、三万五千トンと考えております。無論、この中には汽缶や主機が含まれておりますが、主砲は進水後でなければ重量過になります。他にどれ位の物が搭載できるか精査してまいります。この重量に合わせたとして、進水時の船渠と船底との隙間は、僅かしかありません。したがいまして、進水の時期は、海面の潮位が最も高い時期に設定しなければなりません」

部長達から、小さなどよめきが漏れた。

「この為、進水時期は、十五年八月上旬とせざるを得ません。ここに合わせて全てが動くことになります」

正木の説明に続けて、豊田がそれをなぞるように言う。事の重要性が高いのが伝わる。

「随分と先の話のようですが、それだけ融通が利かないと言うことです。その点を十分に認識して置いてください。甲鉄と機関、そして進水の時期についての大まかな問題点は、お分かりいただけたと思いますので、これらのことを踏まえた上で、より詳細な予定を説明いたします」

総務部長の黒木が、資料の配布を指示して説明を始める。

「まず、起工は、今年十一月四日です。すでに関係方面との調整も終わっております。大物であります主機積み込みは、十四年五月上旬から、汽缶積み込みは五月中旬からとなっています。そして、変更の難しい進水は、先ほどのお話しの通り、十五年八月上旬ということであります」

黒木が説明を続け、十六年五月下旬から主砲の積み込み、十二月下旬から翌十七年一月にかけて予行運転、一月下旬から二月下旬にかけて公式運転、その後諸々の工事を終えて、昭和十七年六月十五日引き渡しになることが示された。

豊田が会議をこう締めくくった。

「予定が決まると、いよいよ一号艦の建造が始まります。これは呉工廠にとって苦難と栄光の日々となります。ひとえに皆さんの奮闘を期待しております」　それから豊田は、ゆっくりと背もたれに体を預けると、まるで遠くの何かを見るかのように視線を巡らした。

穏やかな口調だった。

「今、唯一無念と思うことがあります。それは、私がこれから五年もの間、この職に留まることは許されないということです」

皆が豊田を見ていた。そして皆が豊田の心情を察していた。

「一度、見てみたかったな。艦（ふね）を……」

豊田が、静かに目を閉じた。

この時期、西島は、自らが提案した建造手法の具体案の検討に追われていた。

特に厄介なのは、工数管理である。過去の戦艦の実績を基に、主要な工事と工数を算出、これに沿って予定搭載重量をグラフ化し曲線を作成した。その時々の搭載重量がこれに基づいて決まることになる。

一方、加工作業にかかる加工重量を加工予定曲線とし、この二つの重量を基に船殻作業の工数を割り出し、工数予定曲線とする。物や加工、労力を量に換算することによって、その作業量を把握し、工数を管理することにしたである。これらの曲線に毎日の実績を落とし込めば、作業の進捗（しんちょく）状況は一目瞭然（いちもくりょうぜん）であり、曲線に適わぬ時は何かが起こったとして対処すれば、工事が順調に進むことになる。

だが、実際の工事量を調べて行くとその凄まじさは、さすがの西島をも驚嘆させるものであった。

船体を鋲接するための鋲の総数は、約六百十万本、溶接の距離は、約三十万メートルと予想され、隔壁の区画は千四百箇所に達した。さらには数十万点に及ぶ部品や外部調達品なども工事の進捗に影響を与えるものとして、絶えず管理して行かなければならなかった。

同時に、早期艤装やブロック工法の手順もスケジュールに組み込んでおかなければならない。

西島は各部署の工場や各部門との調整にも追われていたが、一日たりとも休むことは無かった。

早朝に出勤すると帰りは深夜であり、工廠に泊り込むとも珍しくない。それでも気力は充実している。なにせ世界一の戦艦を造るのである。頭には軍帽を被り作業服の腕には二本線の入った腕章を付けて、工廠内を駆け回った。西島は、頑丈な体に産んでくれた母親に手を合わす思いであった。

十月に入ると、一号艦建造に選抜された技師、工員の発表も行われ、その中には当然のように、岡本、佐川の名前も入っていた。

軍港に、秋の気配が忍び寄り、山々も少しずつ色付き始めていた。


いよいよ本格的な船殻工事が始まろうとしていたある日、西島は事務所で書類のチェックに追われていた。そこに、桜井が息せき切って飛び込んできた。

「主任、甲鉄の鋲(びょう)打ちで、揉(も)め事が起こっています」

鋲打ちは、船殻工事の中心であり、工員のこれまでの経験からしても問題が起こるような要素は少ないはずだった。現場に行ってみると鋲打ちの組長たちが集まっている。

「主任、この鋲の打ち込みは、一筋縄じゃ行きませんぜ」

組長の手には、見慣れた鋲の二周りほど大きな鋲が握られていた。話を聞いてみると皆やったことが無いと言う。これまでの艦で使われていたのは、せいぜい十五ミリで大きくても二十八ミリだった。だが、一号艦に使われる鋲は、三十六ミリから四十ミリである。

一号艦の下部舷側(げんそく)甲鉄の厚さは、艦底付近の七十五ミリが次第に厚みを増し、二百ミリになるところもある。また、上部舷側甲鉄は、戦艦「陸奥」の三百ミリに対し四百十ミリに達する。

確かに皆初めてのことなので、不安がる気持ちも分からないではない。だが、鋲打ちが始まらないと船体は造れない。西島は、ここは正念場と直感した。すぐに岡本と佐川を呼ぶように桜井に命じ、翌日の朝、鋲打ちの班長に現場集合をかけた。事務所で岡本と佐川の意見を聞いた。岡本は「できねえ事はないが、半端じゃねえ」と言い、佐川は「これまでの鋲打ちは、三人一組でしたが、これは五人一組が必要でしょう」と言った。

翌朝、特別に製鋼部に頼み込んで用意された厚さ二百ミリの甲鉄の鋼板が、船渠の横に二枚準備されていた。岡本が二枚の鋼板の裏へまわり、他の一人が真っ赤に熱した鋲をホドに入れて持ってくる。岡本が、その鋲を両鋼板の接続の為に開けられた穴に通す。本来は鋲の頭があるのが正面となる。真っ赤に焼けた鋲の端が、反対側の佐川の方へ押し出される。それを見て佐川が若い男に合図を送り、二人掛りで抱えた六十キロもある空気圧式のハンマーを押し付ける。鋲の端を叩き潰してゆくのだ。

反対側では、ハンマーの衝撃で鋲の頭が押し戻されぬよう、金物を充てて押さえつける。凄まじい断続音と衝撃が、鋼板の表と裏の工員に襲い掛かる。どちらの男たちも足を踏ん張り、歯を食いしばりその圧に耐える。お互いの顔が見えない状態で、相手の呼吸も計らなければならない。あまりの音に耳を塞ぐ者さえいた。岡本が「よし」と声をかけると同時に断続音が止まった。

鋲の端がハンマーで叩き潰されて、二枚の鋼板が強固に接続されていた。鋼板と鋼板の間は、ミリの隙間もなく密着されていた。

西島が「さすがの腕前だが、製鋼部の腕も大したものだ」と甲鉄を撫でながら満足そうにうなずいた。長年鋲打ちに携わってきた組長たちが、その要領を会得するのに時間はいらない。

西島は、鋲打ちを五人一組みに組み替えて、四百五十人から選抜した百二十人の精鋭にそれを託した。

造船船渠は、その床を一メートル深掘りされ、コンクリートで固められていた。

船渠の底に、樫や欅で作られた五十センチ四方の盤木が整然と並べられ、その上に長さ二十メートルの竜骨が据えられていた。これは人間で言えば背骨であるが、それに高さ一・五メートルの肋骨に相当する垂直竜骨が二枚、一メートルの間隔を開けて取り付けられていた。

昭和十二年十一月四日、その日の朝は、いつも通りに始業のサイレンが鳴っていた。出勤してきた岡本が佐川と顔を見合わせた。

「おい、やけに制服組が多いんじゃないか」

「おやっさん、これは尋常じゃありませんぜ。ひょっとすると」

「ああ、違ぇねえ、今日が起工式だ。佐川、船渠に行くぜ」

船渠の中には、加藤呉鎮守府指令長官をはじめ豊田工廠長、正木造船部長やその他の部長、そして牧野や西島の姿があった。起工式は簡単な挨拶、お祓いのあと、垂直竜骨に開けられた穴に鋲を差し込み、加藤司令長官が金槌でその鋲の頭を叩き、あっけなく終わった。船渠の周りから一号艦の建造に携わる工員たちが、式の様子を覗き込んでいた。

岡本が、隣の佐川に声を落として言った。

「いやに質素な起工式だな」

「やはり、極秘の艦なのですね。寂しくて、少し可愛想な気がしますね」

「まったくだ。それより見てみろ、垂直竜骨が二枚も立ってるぜ」

「ええ、私も初めて見ました。西島さんの話は、やはり本当ですね」

「こりゃどえらい艦になるぜ。佐川、抜かるんじゃねえぞ」

そう言って、岡本が佐川の尻を平手で打った。

「分かってますよ。おやっさん、もう大概のところには話を通してあります。任してください」

「頼むぞ。あの西島さんに腹を切らせるわけには行かねえんだ」

そう言うと、岡本は船渠の上を見上げた。そこには最新式の可動型の百トンクレーンが、船渠を跨ぐように据え付けられていた。

岡本の目には、そのクレーンが巨大な甲鉄の鋼板を運ぶ様が、はっきりと写っていた。


建造が始まってとすぐの昭和十二年十二月一日、西島は船殻主任となった。そして工廠長の豊田が去った。


船渠の上をガントリークレーンが、鋼板を下げて自在に行き来する。単純に鋼板が運ばれているようだが、実はここまでの工程こそが、生半可ではない。

艦政本部で引かれた図面が送られてくると、造船部の製図工場が五十分の一あるいは二十分の一の詳細図面を作成する。その形状に曲がりがあれば当然、その構図も作らねばならない。図面が出来上がると船殻工場の原図場で、今度は原寸大の原図を引き、さらにそれを型取りして、実物大の木型を作るのである。その木型が甲鈑工場に運ばれると、鋼板の上に置かれ、それに沿って線引するのだが、線が消え無いようにするために、たがねを叩いて線を彫り込んで行くのである。

そして最後に、その彫り込みに沿って、一枚、一枚丁寧にガスバーナーで切り出して行くのだ。

まさに気の遠くなるような根気と精巧さの求められる工程なのである。

建造（一）二重底

昭和十三年四月、すでに建造開始から四ヶ月が過ぎ、一号艦の艦底の工事も終盤を迎えようとしていた。

「この艦は艦底が二重底になっており、これからこの上に一番下の甲板である船艙甲板が取り付けられる。二重底の厚さは一・四メートル、この艦底を含めたこの艦の区画は千数百箇所になり、極めて複雑である」

西島は、船殻工場の関係者を集め、これからの作業内容を説明していた。「この船艙甲板が出来上がれば、順次上方の第二船艙甲板、最下甲板、下甲板、中甲板、上甲板、最上甲板へと積み上がって行くことになるが、この初期の段階からの検査を入念にやる必要がある」

検査という言葉に、周囲がざわついた。

「ここで言う検査は、水圧試験のことだ。船底の二重底の内側の鋼板を取り付ける前に、この艦底区画全ての水圧試験を行う」

「艦底の全区画ですか、数百はあると思いますが」

「艦底の区画だけではなく、造られる全ての区画を厳密に検査する。それぞれの区画の特徴によって、機能に合った検査は必須である。艦底区画は水圧だが、他の区画では気密試験や油圧試験、耐圧試験もある。これらの検査が終わらないうちは、次の工程に入ることはしない」

「これだけの労力と時間をかけている間に工事を進めれば、次の甲板が出来上がるのじゃないでしょか」

これまでの艦艇の建造では、完成に重点がおかれ、どちらかといえば、検査は付属と見なされがちである。このため竣工間近になっても、次から次へと不良箇所が現れ、その補修に追われるのが通常だった。それは残工事と呼ばれ、その対応に苦慮していたのである。

「もう皆も分かっているとは思うが、この艦は鋼板も甲鉄も今までの艦船とは違う。その補修工事は、これまでと比較にならないほどの煩雑さを伴うことになる。後で不具合が見つかりそれを修正する残工事と、労力をかけても先にその不具合を直しておくのと、どちらが効率的かと言うことである」

西島は、その決意を示すかのように、ぐるりをゆっくりと見回した。

「例えばこの二重底の検査を疎かにし、缶や主機の据付後に問題が発生した場合、状況によっては、この缶や主機を再度取り外すことになる。こうなるとそれに費やされる時間や労力の損失は計り知れないものとなる。場合によってはこの艦の性能そのものにも影響を与えるかもしれない。したがって、各検査の完遂は、避けては通れないものと覚悟して欲しい」

皆がうなずくのを見て、西島は頬を緩めて言った。

「上へ上へと伸びたい気持ちは良く分かる。だが、何も特別なことをやるわけではない。少し念を入れるだけのことだ。これから先、階層が上がるにつれ、通風や電気、蒸気や油圧など配管の穴も多種多様となってくるが、その大きさや位置なども当然、検査対象になってくる。これは艤装工事にも直接影響することになるので、正確性を期して欲しい」

　そして、最後にこう言ってハッパをかけた。

「水圧試験は、艦底を水に浸して行う。数百のブロック一つ一つの水漏れや亀裂、鋲の打ち忘れや不備を徹底的に洗い出せ。そうしないと次には繋がらないぞ」

　これらの検査は、全ての区画が完成するまで、延々と続けられることになる。


　残工事を徹底して排除する検査が終わると、二重底の中心部に主機関室、缶室の構造物が立ち上がる。これは船艙甲板から第二船艙甲板、最下甲板を抜け、中甲板が天井になる巨大な隔壁である。無論、中央部に併せて舷側の取り付けも始まり、次第に船の底部らしき形状も見えてくる。船底からはまだ数メートルの高さだが、最上甲板までは、六層構造で十九・一六五メートルもあるのだ。


　何があったのか、右舷の鋲打ち現場の工員たちの動きが騒がしくなった。

「主任がきた」「大将が来たぞ」とあちらこちらから声が上がり、舷側の作業階段を西島が上がってくる。工員たちは、西島が工数曲線なるものを作って、日々色々なことをチェックしていることを知っている。すなわちその曲線に齟齬（そご）を来たしたからこその直々のお出ましなのである。

「第十四組、何をしてるか！　遅くれた上にやり直しか。弛（たる）んどるぞ」

　西島が、怒鳴り声をあげた。組長や工員たちが首を竦（すく）める。

「これまでこんなことは無かったのに、きちんと説明しろ」

　西島の怒号で、周りの現場からも音が消えた。組長の説明もしどろもどろで要領を得ない。

その時、西島に同行していた桜井に、別の組長がそっと近づいた。桜井は渋い顔をして聞いていたが、西島に合図を送ると班の面々から離れたところで口を開いた。

「どうも工員が一人足らないようです」

「何だそれは、何の報告も上がってないぞ。君は知っていたのか」

「私も聞いておりません。別の組長が言うには、その工員は三日前の夜、酒場で喧嘩をして怪我をしたようです。ただ、それが知られると一号艦の工員から外されると思い、庇（かば）い合って作業をしていたようです」

中尾の話を聞きながら、西島は怒りが冷めて行くのを感じていた。喧嘩をして怪我をすれば、これは自業自得であり、どんな処罰が下るか分からない。当然、一号艦の仕事からは、外されるだろう。

だが、その仲間を庇おうとする気持ちは、平素ではそう強くは現れない。

一号艦の工員である誇りと大戦艦を造ると言う気概（きがい）が、仲間同士の結束を強める。その結束こそが、五年と言う歳月を超越した頑張りを生み出してくると西島は確信していた。

「組長、直ちに補充の工員を手配する。励め」

それだけ言うと西島は、桜井に「後は任す」と言って作業階段を下りて行った。

桜井は、怪我した工員のことを不問に処理せよと命ぜられたのだと理解した。

西島の後ろ姿に、十四組の工員たちが深々と頭を下げていた。その時、西島が振り向きもせず、軽く右手を挙げてそれに応えた。

息を詰めて、成り行きを見守っていた周りの工員たちから「おー」と言う声が上がり、その顔には、屈託のない笑顔が広がっていった。

　後日、岡本が西島に囁いた。

「見事な大岡裁きだったようですね。工員たちが二度と主任に、迷惑を掛けちゃいけねと言ってますよ」

特高警察

　だが、これだけの大事業である。そう全てがすんなりとは行かない。

　西島が総務部長の黒木を訪ねたのは七月に入ったばかりの頃だった。現場責任者が来ると言うことは、ろくな事ではあるまいと黒木は思った。

「どうもうちの工員が、特高に目を付けられたようです」

　やっぱりかと黒木は思った。それにしても、初めて西島と一対一で向き合った気がしていた。対する相手は、正しく艦船造船界の風雲児である。

　当初は工廠の上層部でさえ、戦艦を始めて造るこの若い責任者で良いのかと疑心暗鬼だったと聞いていた。ただ、建造が始まるとこの男は、神出鬼没、ありとあらゆるところに現れ、ありとあらゆることを解決して、順調に工事を運んでいる。もう誰も手出しをできないところまで、この男は上って来つつあると黒木も思っていた。

　日に焼けた浅黒い顔に、生気が漲っている。

　特にこの男の評価すべき点は、工員たちからの信頼である。工廠内の人間関係でうまく立ち回っていると言う風評もあるが、単身の身を案じて昼の弁当を届ける者も大勢いるという。それが重なり夕食、夜食に回ることもあると聞いた。

黒木は、現場の仕事をある意味羨ましくさえ思っていた。雑用の多い総務の仕事に比べれば、現場は、おおらかで張り合いのある世界に見えていた。せっかくの機会である。黒木は、この巡り合わせを大切にしようと思った。

西島が、整然と経緯を説明する。

ある飲み屋の一室で工員仲間が、改造工事をしていた巡洋艦「最上」の話に及んだ。その話をどう曲解したのか分からないが、たまたま同じ飲み屋に居た一人の特高が、機密事項だと騒ぎだしたのだ。

「よく引っ張られませんでしたね」

「その工員の中に、佐川という切れ者がいたんですよ」

「その名前は聞いてますよ。岡本、佐川は、昔、西島さんの教育係だったとね」

西島が、少し照れたように笑を浮かべた。

「流石に総務部、地獄耳ですね。そのとおりです。彼らのお陰で今の自分があると思ってます」

噂話をさらりと肯定する度量と、自分の立場に固執しない姿勢に好感が持てた。

「その佐川が、文句があるなら海軍工廠と喧嘩する気でこいと啖呵を切ったそうです。その場は佐川の気迫に押されて終わったようですが、あの連中がこのまま手を引くとは思えません」

「そうでしょうね。工廠に押しかけるとすれば、この総務部でしょう」

「対応をお願いできますか」

本当に申し訳なさそうな言いようだった。筋の通らぬ事なら上官でさえも無視すると言う男にはとても見えなかった。

「今、工員たちに動揺を与えたく無いんです」西島の立場ならそれももっともである。

黒木は、本気でこの話を受けようと思った。

だが、以前喧嘩で怪我をした工員を造船部が総務部に報告もせず、勝手に不問にした件で、主任の平田が腹を立てていた。黒木は、工員の管理上の責任は、一義的には現場の部門にあると考えていたので、敢えて取り上げようとはしなかったが、平田は今でも納得はしてないはずである。

この話を受けるにしても、平田には相談しなければならない。それならいっそのこと、平田と会わせて見ようかと思った。自分でも子供じみた真似とは思ったが、腹に一物ある平田に、この男がどう対応するのか見てみたいと言う誘惑には勝てなかった。「お呼びでしょうか」と平田が入ってきた。

西島を見ると表情が険しくなったのが分かった。工員と特高の話をすると「都合が悪くなると、尻拭（しりぬぐ）いは総務部ですか」と皮肉を込めた云い方をした。それを聞いて黒木は、やはり会わせるべきではなかったかと思った。

黒木を挟んで向き合った二人が無言のままで座っている。何か言わなければと思った時、西島が立ち上がった。突然のことであった。

「総務部には、これまでも機密保持、組織の改変、優良工員の配置などで、大変なご迷惑をかけたと思っております。これから先も、まだまだ色んなことで御世話になると思います。私は、船殻主任として工廠内の工事や工員のことについては、一切の責任を負う積もりでおります」

平田が真顔で「それが出すぎた意識じゃないのか」と食いついた。

黒木は、片手で平田を制した。

「今申し上げましたとおり、工廠内の一切の責任は取らしていただきますが、相手が部外の場合は、この範疇を超えてしまいます。私が知っているのは、工廠内に限られたことであり、部外となった場合は、その対応も責任も負うこともできません。今回の件は工員に関したものではありますが、特高や憲兵隊、あるいは鎮守府、海軍省など部外にも波及する可能性があります」

西島が微動だにせず話しを進める。

「工員の言動や行動で、私の至らぬ点があれば、如何様にも御詫びいたします。しかし、今回の件は、誰が悪いのでもありませんが、機密保持の観点からは工廠全体に影響する問題であります。これを解決できる能力は造船部にはありません。その能力と権限をお持ちなのは、総務部だけであります」

そこまで言って、西島が息を継いだ。浅黒い顔が少し赤みを帯びているように見える。

「私はいま、一号艦建造のためにだけ命をかけております。それを邪魔するものが居るのであれば、本当は、この私が直接この手で葬りたいのです」

黒木は、西島の話を聞いているうちに、この男の心情が単純なものに突き動かされていることを知った。一号艦建造のためなら何者でも排除する。葬ると言う言葉に、その一念が良く現れていた。

つい子供の喧嘩かと、口角が上がりそうになるのを堪えた。

「私のやりたいことを、代わってやっていただけませんか。お願いします」

そう言うと西島は、前に座っている平田に、四十五度の最敬礼をした。

黒木は、今度は平田がどう出るのか、興味深く見つめていた。

平田は、西島が頭を上げる前に立ち上がると姿勢を正した。そして西島が頭を上げるのを見計らって言った。

「天に代わりて不義を打つ！　お申し出の件、不肖この平田が確と承りました」

至極真面目な言いようである。

黒木は、思わず吹き出しそうになって口を押さえ、慌てて立ち上がって二人に背を向けた。

何だ、結局は二人とも子供の喧嘩の精神か。だが、この単純さは、軍人にとっては、好ましいことかもしれない。

黒木は、そう思いながらも、笑いを堪えるのに必死だった。

後ろを向いて肩を揺らしている黒木を、西島と平田が怪訝そうに見つめていた。


特高の対応を、黒木は全て平田に任せた。

それにしても、平田の「天に変わりて……」のくだりを思い出すと、今でも吹き出しそうになる。この件を平田がどう処理するのか、黒木には楽しみの方が勝っていた。

それから数日後、その平田が部長室に報告に来た。

「今日の午前中に、特高の係長以下三名が訪ねてきました」

普段と変わらぬ物言いである。黒木は少し拍子抜けした気がしたが、まさか楽しんでいるとは言えない。

「相手さんは、何を言ってるのかね」

「佐川を出せの一点張りです」

「それで、君は何と」

「はい、工員の佐川が海軍工廠と喧嘩する気で来いと言ったそうなので、私は帝国海軍と一戦交える気かと言ってやりました。たまたま港内に一等巡洋艦「八雲」が碇泊しておりましたので、あの老朽艦でも主砲は二十センチ、砲弾重量百キロ、射程一万八千メートル、呉警察署は、命一下、一瞬で吹き飛ぶだろうなと脅すと、青くなって引き上げました」

黒木は、依然として子供の喧嘩の続きを聞いている気分だったが、意外にも平田はさらに先を読んでいた。

「特高が二度と工廠に来ることは無いと思いますが、奴らの執念深さは、注意が必要です」

黒木は、一瞬我に返って尋ねた。

「次があるのか」

「はい、今度は佐川の自宅が狙われる恐れがあります。工廠内では動きが取れませんが、自宅なら何時でも踏み込めます。その可能性は十分あります」

「しかし、何時来るかも分からないものを、どうやって対応できるのかね。まさか工廠の警備隊を貼り付ける訳には行かんだろう」

単純な話と思っていたが、意外と手間がかかりそうだ。

「おっしゃる通りです。もしそんなことをすれば、広島の警察部との諍(いさか)いになります。一号艦建造の真っ只中で、他組織との揉め事は避けなければなりません。現場に雑音を入れてはならぬと心得ております」

　もうすっかり平田も、西島の思考に同化してしまった。だが、黒木はこれで良いのだと思った。空前絶後の戦艦を造っているのだ。工廠内の誰一人として他に目を向けることは許されない。

「自前で対処できないとしたら、一体どうする気だ」

　これまでの話から、平田が代案を持っていないはずはない。性格はやや単純だが、これまでも仕事をそつなくこなしてきた。黒木は、その代案に期待した。

「憲兵隊を使いたいと思います」

「憲兵隊！」黒木が思ってもいなかった組織の名前だった。

「はい、呉憲兵分隊の中村ですよ。機密関係で何度も顔を合わしておりますし、気心も知れております。それに特高と憲兵隊は、公安維持、思想弾圧などその職務が重なる部分がありますが、それが返って軋轢を生み、結構対立構造になっているようです」

「すると、その憲兵隊をけしかけて、特高を叩くのか」

「そうです。そうすれば表上は、単に特高と憲兵隊の諍いであり、工廠には何の関係もありません」

　黒木は、平田の策を聞いて、別の一面を見た気がした。

「案としては申し分ないが、果して憲兵隊が思いどおりに乗ってくるかだな」

「部長、お任せ下さい。西島の頼みに答えて見せます」

　平田がそう言って部屋を出て行った。いつもより張りのある背中を見送って黒木は、人の一途な思いは、岩をも徹すのかと改めて実感していたその日の夜、工廠の工員宿舎に怪しい人影が現れた。それも三つである。

呉憲兵分隊の中村は、昼間の平田主任からの電話のとおりだと思った。工廠を尋ねた特高に違いない。中村は、部下たちに「手加減無用、徹底的にやれ」と指示を出して、宿舎の暗闇に身を潜めた。

佐川という工員の宿舎の前で、三人の男たちが立ち止まった。それが合図だった。四方から一斉に憲兵が飛びかかった。

「何だ、貴様ら」と言った時には、もう顔と腹を殴られていた。倒れ込んだところを両脇を抱えられるようにして、宿舎から離れた空き地に引きずられて行った。一番年配の男が「貴様ら、俺らを誰だと思ってんだ。特高だぞ！」と怒鳴り声を上げたが、すぐに軍靴で腹を蹴られ、苦しそうに体を折った。

「呉の憲兵隊だ、なんで特高がこんな所をうろついている」

中村が年配の男の髪を掴んで上体を引き起こし、顔を覗き込んで聞いた。憲兵隊と聞いて年配の男は一瞬驚いた表情を見せたが、「憲兵隊なら同じ諜報だ。わしらがこんな仕打ちを受ける云われはないわ」と中村の手を払い除けた。次の瞬間、中村の右手が男の顎を捉えていた。

意識が朦朧（もうろう）となった男に向かって中村が吠えた。

「帝国陸軍をなめるな！　呉海軍工廠の機密、諜報については、陸軍大臣より海軍大臣に対しその権限の委譲が行われ、我々憲兵隊は海軍大臣の指揮下において行動している」

中村が気付けのつもりか、男の頬を二、三発張った。

「だから、特高さんよ。あんたの所だけじゃなく、他のどんな所も我々を抜きにして、工廠に手出しはできんのだ。分かったら手を引け。二度目があればその首が飛ぶぞ」

　中村が、腰の軍刀を鳴らした。


　翌日、平田が黒木の部屋へ報告に来た。

「部長、全て上手く収まりました」

　その顔が、嬉々として見えた。黒木は、何か一つの大きな事件が解決したような気分を味わっていた。物事とは、そう難しく考えることは無いのかも知れない。人間が浅はかな知恵を巡らすので、色んなことが却って難しくなっているのだ。

　子供の喧嘩でも良い、思った一念で生きてゆけば、道は自ずと開ける。

　そう二人に教えられたのかも知れないが、二人のやり取りを思い出して、黒木はまた笑ってしまった。

建造（二）設計と現場

　西島は、製鋼部の担当者と牧野設計主任の部屋にいた。

「七月が終わると、いよいよ中央防御部分の工事が始まりますので、意見交換をしておきたいと思います。西島さん直近の大物は、火薬庫ですね」

　牧野が、設計図を見ながら尋ねる。

「各砲塔の火薬庫床材の甲鉄百ミリから工事を始めますが、この床で火薬庫は三重の床になります。すでに下部の二重底の工事は始めており、今の所製鋼部との取り合いは順調です」

製鋼部の山岡がうなずく。

「下部舷側に続く上部舷側の甲鉄は、四百十ミリですが、船渠内での工事が可能ですか」

「現在の重量計算では、船渠内での取り付けは重量過多となるため、進水後になる予定ですが、出来れば一部だけでもやりたいとは思っています」

「少し時間をいただけるのなら製鋼部は助かります。二号艦の分もありますので」

山岡の話を聞きながら、西島は以前牧野から聞いた防御機能の説明を思い浮かべていた。

「一号艦は、集中防御方式で設計されており、船体の主要防御区画は水線長の五十三パーセントに達します。主要防御区画は、主砲、火薬庫、発令所、缶室、主機室、そして発電機や舵関係の処室が該当します。これらは、ほぼ船体中央部に纏めてあります。これをすっぽりと甲鉄で囲い、この艦と同等の主砲弾を受けても耐えられる構造になっています」

西島が尋ねる。

「防御区画が、水線長の五十三パーセントと言うのは、戦艦『長門』や『扶桑』に比べると随分少ないのではないですか。確か両艦とも六十パーセントは超えてたと思いますが」

「無論、防御区画が多いに越したことはありませんが、その分重量が増して行くことになります。重量が増えれば、艦は際限なく大きくなるということになり、幾多の性能を犠牲にすることに繋がります。以前、普通に造れば七万トンを超えると言いましたが、その機能、性能を維持しつつ最小化した結果と考えざるを得ません」

「最強の攻撃力を維持するために、その防御範囲を、即沈没の危険のある火薬庫、動くための機関や舵関係、攻撃力の主砲そして司令塔などの戦闘能力の維持のためのものに、限定したとの理解で良いですか」

「そのとおりです。戦場において、離脱することなく最低限の戦闘を継続する機能を保持できる範囲とお考え下さい。なお、これ以外に間接防御として防水区画の細分化、注排水装置の設置などが考えてあります。しかし何れをとっても西島さんの負担に繋がることになりますね」

そう言って牧野が、ぺこりと頭を下げたことを思い出した。

設計屋さんの理論だけで、現場に無理を押し付けられるのはゴメンだが、牧野も艦政本部と工廠の狭間に立って苦労していることは、良く分かっているつもりだった。

今日も、お互いの意志の疏通ができればそれで良い。

「防御区画は、上部舷側は四百十ミリ、中甲板は二百ミリ、主砲の前面は六百五十ミリ、天蓋は二百七十ミリの甲鉄で覆いますが、防御区画だけでも必要な浮力が確保されています。極論すれば、防御区画以外が全て破壊されたとしても、その区画だけで浮いていられると言うことです。この区画の重量は、全重量の三十四・四パーセントであり、戦艦『長門』は三十・六に過ぎません。これは現存する戦艦の中で最も高い比率であり、この艦が不沈戦艦と呼ばれる係数の一つです」

牧野の話が一段落したところで、製鋼部の山岡が牧野に尋ねた。

「我々が開発した甲鉄があったので、艦政本部もA一四〇の建造に踏み切れたと聞いていますが、牧野さん、あなたも本当に不沈戦艦と思われているのですか」

「はあ」西島が驚いて声を上げた。

「山岡さん、私は艦船の設計者です。基本的に沈まない設計をしてあります。しかし軍艦は戦闘艦です。砲弾や魚雷、爆弾がどこにどれくらい命中するのか、誰も予測できません。運悪く同じところに命中すれば、いかに四百十ミリの甲鉄も耐え切れないかも知れません。だから本当の不沈戦艦は存在しないと思います。ただ、私たち設計屋は、極力不沈艦に近づける努力をするだけです」

そう言う牧野の顔に、一瞬影がよぎるのを西島は見ていた。

打ち合せが終り、牧野と二人きりになると声を落として尋ねた。

「あんたは、一号艦の欠点に気付いているのじゃないか」

牧野の顔色が変わった。

だが、それでも動揺は見せず落ち着いて答える。

「西島さん、あなたも物を作られる人だ。ただ一個の部品なら百パーセント保証の物が出来るかも知れない。しかし、艦船は三十数万点もの鋼板や部品、機器類を組み合わせで造られています。その組み合わせの不都合や強度、極端に言えば、ボルトの締め忘れが一つあっても百パーセントにはなりません。だから、不沈艦は存在しないと申し上げたのです」

牧野が大きく息を吐いた。

「無論、心配なことはありますよ。昨年行われた甲鉄の実験で、四百十ミリの甲鉄は四十六センチ砲の砲弾に耐えました。世界最強の甲鉄と言って良いでしょう。ただし、その甲鉄を支える構造材の継手や結合部分の強度が、本当の戦闘の際に耐え切れるのかが分かりません。……ここが設計屋の限界かも知れませんね」

牧野が腕を組んで沈黙した。西島は牧野の苦悩が良く分かった。

物を造る者にとって、百パーセントは永遠の課題である。この若い設計者は、その命題に心を削られているのだ。西島は、自分はまだ良いと思った。自分たちには設計図があり、白紙に絵を描く訳ではない。そう思えるからこそ、牧野の苦悩が良く理解できるのだ。

「牧野さん、気持ちは良く分かる。だがこの艦は、戦艦としての大きさ、武装の強大さ、そしてそれらを構成する様々な物の非凡さが、お互いのバランスを保つ極限にまで来ているのだと思うよ。一方のバランスを修正すれば、もう片方のバランスが崩れる。それを際限なく修正して行けば、結局は机上の空論で終わるしかない――」

西島は、そう言って額の汗を拭った。夏は盛の頃を迎えている。

「その極限のバランスは、本当に危ういものかも知れないが、我々は現実に、今それを造っているのだ。もう後へは戻れない。私はそのバランスを信じるよ」

西島の目は、牧野をしっかりと捕まえて離さない。

「牧野さん、あんたが途中で設計を放り出さずに良かったと思う。私は感謝している……。不沈艦では無いかも知れないが、世界最強の戦艦を、あんたのような優秀な設計者と造れるんだからな」

西島が、軍帽を被ると軽く敬礼をした。部屋を出てゆく途中で振り返ると笑いながら言った。

「あんた、今度私のいる現場に顔を出せ。夏場の呉工廠名物、天日と甲鉄で焼いた目玉焼きをご馳走するよ。間違っても半袖じゃ来るなよ。甲鉄に触ると自分の腕が焼けるぞ」

流石に「現場の西島」だと思った。牧野は、その後ろ姿に腰を折って敬礼した。

開け放たれた窓から、熱風に混じって涼やかな海風が吹いた。

牧野は、その目玉焼きを食べて見たいと思った。

夏場の船殻工事の最大の敵は、その暑さである。船渠の半分は屋根で覆われていたが、中央から船尾にかけては、直に日差しが降り注ぐ。強烈な日差しは、鋼鉄を火傷をするほどに熱した。西島が言ったように、目玉焼きどころか、やかんでお湯も沸く。

鋼鉄の表面が焼けると、その下の区域は猛烈な高温になる。各種の補修、検査そして艤装をする者にとっては、まさに灼熱地獄（しゃくねつじごく）である。

西島は、そのような環境についても人一倍気を使っていた。どうしても必要な時は、優先的に曇りや雨の日を選び、早朝や日没後に回すなどの調整を怠らなかった。

一方で暑ければ汗をかく。汗をかけば小まめな水の補給が必要となる。だが、日差しのあるところでは、すぐに水がお湯になってしまう。このため現場で使用されたのは、昔ながらの木製の水桶であった。木の桶なら、焼けた鋼板の熱を上手く吸収してくれる。菰（こも）を被った水桶とどんぶりに盛った塩の置かれた給水所が、そこかしこに設けられ工員たちの安全を守っていた。

そのためか、夏場になると決まって道具屋から水桶が姿を消すので、市民の間では一種の風物詩になっていた。

この頃、西島が建造手法の一つに上げていた溶接の制限緩和が行われ、その範囲が大幅に増加して行くことになる。工数と工期短縮を命題とする西島にとっては、飛び上がるほどの朗報だった。

火薬庫床甲鉄を張り始めると、船体の構造物も上へ上へと伸びてくる。それに併せて舷側も膨らみを増し、船首、船尾の形も整ってくる。艦内の階層も増え、それに比例して区画も増えてくる。だが、それは想定外のことを引き起こした。

　桜井が頭を抱えていた。

「主任、最近工員からの注文が多いんですよ」

「昼飯の出前でも増えたのか」

　珍しく西島がとぼけてみせたが、それにも桜井は反応しなかった。

「迷子ですよ。迷子！」

「迷子？」西島は、思わず大きな声で尋ねた。

「子供の迷子じゃないですよ。工員が迷子になって、効率があがらないんです」

　全体で千数百になる区画は、一旦天井の鋼板が張られてしまうと、まさに迷路だった。

　自分の持ち場がわからずに、艦内を彷徨（さまよ）う工員が続出していた。その中でも前後を見誤ると、悲惨なことに半日もうろつく羽目になる。

「櫻井くん、至急携帯版の見取り図を作ろう。総務部に掛け合って来る」

　物事が分かっているからこその素早さである。西島は総務主任の平田と相対していた。

「簡易の見取り図がなければ、作業効率が落ちるんです。機密保持はわかりますが、作業が進まなければ意味がありません」

「西島さんの頼みですから、何とかしてあげたいのですが、恐らく拒否されるでしょう」

　機密保持は言い出せばきりがない厄介（やっかい）な事項である。平田が腕組みをして唸った。

　西島は工員の機密漏洩の件を、平田が憲兵隊を使って上手く収めてくれたので、何か代案を出してくれるのではと期待していた。

平田は、まだ唸っている。

さすがに無理かと思った時、平田が唐突に聞いてきた。

「西島さん、落書きは好き？」思わず西島は「はぁ？」と言ってしまった。

「例えばですよ、壁に矢印だけを書けば、見た目は単なる落書きですが、矢印の方向が艦首と決めておけば、立派な方位標識になります」

西島が顔を輝かせた。平田の考えがストンと腹に落ちてきた。

「隔壁の扉やマンホールの出口にその区画の数字だけを書けば、居場所は分かります。その数字の上にもう一つ数字を書けば、その先にある区画が分かります。でも知らない人には、単なる数字の落書きです」

翌日、西島は真っ先に矢印の落書きをした。

艦内の落書きについて、どこから漏れたのかは分からないが、鎮守府から如何なものかとの注文がついた。平田は、何のことか承知してないとしらを切った。

建造（三）プロペラと球状艦首

舷側が膨らんで来ると次は、艦底部分に収める機器類の設置も始まる。その初めが舵と推進器のプロペラである。

舵は、主舵と副舵がある。主舵は畳み十九畳分三十八・九平方メートルの大きさであり、副舵と直列に艦尾よりに設置され、左右三十五度の可動域を持っている。艦底でこの舵を支える艦尾材は、長さ二十メートル、高さ八メートル、幅二・六メートル、総重量九十一トンの巨大な鋳物製だった。

　西島が心配したのは、この取り付け場所が、艦底から艦尾へかけての曲がりの途中にあるため、運搬、取り付け、鋲打ちの諸作業が極めて困難となるからである。

「桜井くん、艦尾材の取り付けの工員の選定をよろしくたのむ」

「心得ております。岡本さん、佐川さんにも相談して選抜しましたので、間違いないと思います」

「慎重の上にも、慎重を期してくれ。この艦の建造部材の中では最大の重量だ。あの斜めの場所での鋲打ちは骨がおれるぞ。」

「装着には、直径四十ミリの鋲を五十本打つ予定にしています」

　西島は、これまでの工程の中で、久々の緊張を感じていた。

「舵の次はプロペラだが、これも大物だ。マンガン青銅鋳物製、三枚羽根で直径五メートル、重量は先端の覆いを含めて三十五トンが四基だ」

「はい、プロペラシャフトが約六百三十ミリになります」

「右舷のプロペラは右回りで、左舷のプロペラは左回り、四基は平行ではなく、中側の二本は艦尾に少し寄せられている」

　設計図を見るだけで、舵を中心に左右に四基が整然と並び、光りによっては金色(こんじき)に輝くプロペラ群が醸(かも)し出す壮大な景観が伝わってくる。

「問題は、シャフトの芯出しを慎重に行わなければなりません」

「上手く芯の中心を出さなければ、艦の振動やシャフトの破損に繋がる。温度変化や現場の振動も影響してくる。シャフト工事は、やはり深夜に行うことになるだろうな」

西島は、艦尾の工事に手を取られてはいたが、次の日の朝には、その姿は甲鉄工場にあった。

「植田さん、お手数をかけます」

西島が、甲鉄工場長に頭を下げた。

「いやー、この工場以外でこれを作れるところは、ありませんと言われちゃ嫌とは言えないよ」

西島が植田に頼んだのは、艦首波を軽減するための球状艦首と呼ばれる部分の製造である。

牧野が言う。

「従来の艦船は、傾斜艦首と言われる斜めの艦首ですが、この艦は、最強の主砲を基に、いかに小さく機能的に造るかが当初からの課題でありました。このため艦の艦首部分で起こる艦首波を打ち消すことで、速力の確保と船体の長さを抑えることにしました。戦艦では初めての試みです。この艦首を取り入れることで、最大で十パーセントの抵抗減となり、船体で三メートル、重量で三百トンの軽減なされることになります。これらの効果により、軸馬力に置き換えると一万馬力以上の節約に繋がると考えています。もちろん建造費の節約にも貢献します」

西島は、この艦首を現場で作るのは、非効率と考えていた。

球状艦首は、傾斜艦首の船底部分が球状に膨らんで飛び出ている。

この球状の部分を作るには、二十五ミリの鋼材を熱で柔らかくし、ハンマーで叩きながら丸みを出さなければならない。しかもその突出部分は三メートルにもなる。

これは、艦首を作ると言うよりは、鉄を使った工芸品を作るような作業になる。当然並外れた熟練工が必要となるため、鉄を扱いなれた甲鉄工場に依頼したのである。そして艦首部分を船渠外で製作し、船体に組み付ける方法は、ブロック工法そのものであった。

「艦尾も最終段階にきています。この艦首ブロックが付けば、この艦の威容が見えてきますね」

そう言いながら西島が、その丸みを愛おしむかのように、手のひらで撫でた。

その時、金槌で鋼板を叩いていた工員が立ち上がって、西島に顔を向けた。

「いい出来ですね。この曲線は」

西島が、丸みを撫でながら声をかけると、工員は帽子をとって最敬礼をした。

相当な熟練工であることは、髪の白さが表していた。

「西島主任さん、お目にかかれて光栄です」

甲鉄工場の熟練工が言う言葉ではなかった。西島が「どうされたのですか」と尋ねると、工員は姿勢を正したままで言った。

「もう数ヵ月前になりますが、私の家内の親戚筋の工員が、揉め事を起こして主任さんに助けていただきました。本当にありがとうございました。その男は、あっしが張り倒しておきましたので、金輪際、主任さんにご迷惑をかけることはねえと思います」

西島は、工員が何を言っているのか理解できず、怪訝な顔をして突っ立っていた。

すると隣にいた植田が、肘で西島を突きながら耳打ちした。

「ほら、喧嘩で怪我して休んだ鋲打ち工、彼の親戚筋らしい。私は彼から聞いたんだが、こちらでも結構評判だったよ」

西島は、やっと思い当たってうなずいた。

「主任さん、その代わりと言っちゃ何だが、この艦首、わしの一生一代の仕事としてやらしてもらいます。どうぞご安心ください」

西島が声をかけようとしたが、工員は一礼すると仕事を始めてしまった。

「奴（やっこ）さん、恥ずかしいんだよ。憧れの主任殿に物が言えたんだからな。西島さん、人の工場にまで信奉者を作るなんて越権行為だよ。だが、羨（うらや）ましい限りだ……。あんたの艦は、間違いなく良い艦になるぜ」

工場の中でも、冬が近いせいか首筋を撫でた風が、冷たく感じた。だが、西島の胸の内には、熱いものが込み上げていた。

植田の言葉が嬉しかった。それは、工廠全体が一号艦に向いていることを示している。

西島は、溢れ出ようとするものを隠すように、軍帽の庇（ひさし）を深く下げた。

西島の耳に、赤く熱した鋼板を叩く金槌の音が、規則正しく何時までも響いていた。

昭和十四年の年が明け、岡本の宿舎に佐川の家族が訪れ、賑やかな正月の宴が始まっていた。

二つ並べたちゃぶ台の上には、岡本の妻スエと佐川の妻香代子が作ったおせち料理が並べられ、男たちの前にはもう数本の徳利が横を向いていた。岡本とスエの間には信一が陣取り旺盛（おうせい）な食欲を見せている。佐川のあぐらの上には、文子（あやこ）が晴れ着でちょこんと座っていた。

「それにしても、こんなに上手く進むとは、思ってもいなかったぜ」

少し顔を赤らめて、岡本が佐川に酒を注ぐ。

「やっぱり、あの主任さんは、ばけものですぜ。普通の造船官なら、現場で経験を積んだ連中の知識に敵うはずはないんですがね。俺たちが知らねえことでも、よく勉強してますよ。もう大方のもんは、とうに手を上げてます」

佐川が盃を干すと、文子が不思議なものを見るかのように、顎のあたりを見上げている。

スエが「文ちゃん、お父さんがお酒飲むのそんなに珍しいの」と笑いかけると、きょとんとしている文子に代わって「お父さんは何時も帰りが遅いから、ご飯一緒じゃないもんね」と香代子がすねた口調で答えた。

「面目ねえ、役立たずの上役がいて」

岡本が頭を掻くと笑いが弾けた。

「ところで、主任さんは、東京へ帰られたの」スエが心配顔で聞いた。

「いやー前に聞いたところじゃ、出張の時に帰れるんでと言われてたので、帰ってねえのじゃないかな」

「じゃあ、今日もお一人ですか」気の毒そうに香代子が顔を曇らせた。

「ああ、溜まってる仕事を片付けるには、休みの日が一番だと言われてたな」

皆が思わず窓の外に目を向けた。もう辺りは薄暗くなっている。誰も居ない工廠の主任室で、一人書類をめくる西島の姿が思い起こされた。

「ここにお呼びすれば良かったね」スエが思わず口にした。

「ばかやろう！　こんなぼろ家にお呼びできるような方じゃねぇんだ。それが出来るなら苦労はねぇよ」

岡本が奥歯を噛み締めた。

実は、岡本と佐川は年の瀬が迫った頃、その話を西島に入れていた。

「お二人の気持ちは、ありがたく頂きます。ただ船殻工事もこれからが佳境です。ここで気を緩めるわけには行きません。お二人と私が近いことを皆知っています。だが、全ての人が受け入れてくれているとは思いません。だからと言って何かが起こる訳ではありませんが、私は万全を期したいのです。この艦が出来上がるまでは。……私の気持ち分かって頂けますよね」

そう言われて二人は、黙って頭を下げた。

「おやっさん、飲み直そう」

佐川が徳利を上げた。酒の勢いである。場はまたたく間に賑わいを取り戻した。文子が箸の先に刺した小芋を頬張っていた。

「文ちゃん、大きくなったら何になるの」スエが聞いた。文子はしばらく首を傾げていたが「文ちゃんね、お嫁さんになる」と大きな声で答えた。

大人たちの顔に笑が広がった。

「じゃあ、誰のお嫁さんになるの？　おばちゃんが当ててみようか、きっと大好きなお父さんね」

文子は、お父さんと言われて首をまわして佐川の顔を見上げている。今度は佐川の頬が緩んだ。ところが文子は、食べかけの小芋を置くと「文ちゃんね……、お兄ちゃんのお嫁さんになる」と言ったのだ。

皆が一斉に吹き出した。岡本が酒で膝を濡らし、スエは口を抑えて笑い転げた。香代子が笑いながらも気の毒そうに夫の顔を覗き込むと、佐川は苦笑いを浮かべてぐいと酒を煽った。文子が困ったように指を咥えると、佐川の胸に顔を押し当てた。

　岡本が満面の笑を浮かべて、佐川に酌をする。

「大介、すまねぇな、お前よりうちのばか息子だとよ……おい信一、よかったな、お前何とか言えよ」

　見ると信一は、昆布巻を咥えたまま固まっていた。

「文ちゃんが、おめぇの嫁さんになってくれるんだってよ」

　岡本が小突いても信一は、固まったままだった。だが、その頬は林檎のように赤かった。

「よし、今夜は許嫁のお祝いだ。大介！　飲め」

　祝宴？　ともあれ賑わいは、夜が更けても続いていた。

建造（四）機関と主砲

　主砲の火薬庫工事が最盛期を迎えていた十四年二月、西島は造機部長の山口を訪れていた。

「部長、主機や缶の積み込みは、当初五月頃からと予定されていましたが、進捗状況はいかがですか」

「こちらや外の企業の周辺機器類も、目鼻が付いているので、予定通りと言って良いだろう」

「機関関係工事は、船体の缶室、主機室を含め最終段階に近づいてますので、問題は無いと思われますが、製鋼部の鋼板製造が、予定より遅れているのが気にはなってます」

　西島が、設計図を広げる。

「すでに、ご承知のとおりプロペラの設置も完了しました。現在の工事は、缶室十二室、主機室四室に掛かっています。一軸につき缶室三室、主機室一室を直列に置いた構成ですので、艦の推進力を守る上では、理想的と言えます」

山口が図面を覗き込むと「やはり船体の幅が広いからこその配列だよな、缶一つがやられたくらいでは、速力には何の影響もないだろう。特に内側の二軸は、安泰かも知れん」と改めて感心する。

「効用はあるのですが、部屋の隔壁（かくへき）が多くなることは、鋼板も増えることになり、その鋼板の細工に手間取っているようです」

「そうだな、機関関係は特に配管が多いので、穿孔（せんこう）作業などは普通の隔壁より随分手間をくうだろうな」

「以前は現場で穿孔も行っておりましたが、鋼板も厚く非効率なので、可能なものは工場で穿孔工事を行ってもらっております。このため鋼鉄隔壁の出来上がりが遅れたとしても、現場作業の効率化で十分取り返すことができます」

「製鋼部は、二号艦の甲鉄も作っているんだろう。そりゃ大変だよな」

「工期厳守と厳命されておりますので、頑張ってもらうしかありません」

山口は、自分の担当のことのように、額に皺を寄せた。

「ところで部長、この機関構成では一軸当たり約三万八千馬力、四軸合計で十五万三千馬力となりますが、機関担当として最大速力二十七ノットはどうなんですか」

「設計の牧野君とも話をしたんだが、これ以上の速力を考えるとどうしても船体を長く造る必要がある。海軍は世界最大の戦艦を造ろうとしている訳ではなく、主砲の大きさから割り出した最小限が今の船体だ。特にこの艦の集中防御計画により、機関室は分厚い甲鉄で覆われるため、大規模な修繕が必要となれば、その甲鉄を外さなければならない。安全で完成度の高い機関を入れるとすれば、現状が精一杯だろう。そのために艦本式高低圧タービンの出力も九十パーセントまで落としてある。最初設計図を見た時から不安を感じてはいたのだが、球状艦首を導入したりそれなりの対策は講じてある。後は祈るだけだな」

結局山口から確証めいた言葉は聞けなかったが、西島は牧野を信じることにした。

あの球状艦首が、きっと効果を出してくれるはずだ。

手に触れた時の優雅な曲線と、一生一代の仕事と言ってくれた熟練工の顔を思い浮かべると、その思いは確信に変わって行った。

火薬庫の工事と並行して三基の主砲の砲支筒の工事も始まっている。

この主砲について、西島には忘れられない出来事があった。

それは、まだ西島が艦政本部に在籍していた昭和十年頃の話である。

既にこの頃、西島は計画主任からA一四〇の建造を研究するよう言われていた。その主任が参考になればと、装備を担当していた軍令部第二課の担当者との会合の場を設けてくれたのである。

一年後に呉工廠に赴任することになる牧野も一緒であった。場所は赤坂の料理屋の個室である。

軍令部の担当者も二名のはずだったのだが、一名が遅くなるとのことで、先に始めることにした。

「現在計画中のＡ一四〇は、四十六センチ砲の搭載が最優先事項である。分かっていると思うが、未だこれ以上の主砲を搭載した戦艦はない」

初対面の挨拶をし、酒を一口飲んだ後の第一声がこれである。相手は第二課の宮城中尉と名乗った。すでにこの頃西島、牧野は造船少佐であったが、相手が軍令部だけに宮城を上座に座らせていた。

第一声を聞いて、西島は厄介な男だなと眉をひそめた。隣りの牧野の顔色を窺うと、いつも通りの平静を保っている。

「この砲の最大射程距離は四十二キロ、我々は、米国が新造の戦艦であっても最大で四十センチ砲、距離は三十七キロと想定している。これにより、相手戦艦からの砲弾が届かないところからの砲撃が可能であり、この距離を保っていれば一切の傷を受けることなく相手を撃沈することが出来る。この砲弾は重さ一・五トン、如何なる戦艦でも十発も当たれば轟沈だ。」

「計画の趣旨は、よく理解しております。アウトレンジ戦法ですよね」

牧野が口を挟みながら酒を注いだが、西島は遠にその気は失せていた。

「そのとおり」宮城が鷹揚にうなずく。

「諸外国がこの口径を知れば、それ以上の砲を乗せた戦艦を作ろうとするだろうが、設計から始めて完成までは、少なくとも五年はかかる。その間、我が海軍は絶対的優位を保つことができるのだ」

宮城が酒を煽ると、二人の顔を舐め回すように見て「ふっ」と鼻で笑った。

「しかし、我々が如何に素晴らしい計画を立てても、それを君らで造れるのかな。そちらの方が問題だな」

西島は、おそらくこの男は、二人が大学出身であることを知っており、単なる技術屋としか見ていないのだ。ならば兵学校出の海軍士官がいかほどのものか、試してやろうと思った。大人気ないとは思ったが、その時には、もう口から出ていた。

「それよりも、問題はその運用なのではないですか。離れて撃てば良いと言われますが、四十二キロ離れたところから射って、どれぐらいの命中率を考えているのですか」

案の定宮城が口籠（くちごも）ったが、かろうじて「戦艦長門の射撃訓練では、三万二千メートルで十二パーセントの命中率との報告がある」と言った。

「ただ、四十キロ超えると相当命中率も落ちますね。それに相手の船は見えませんし、しかも高速で移動してますよね。風の影響だけでも数百メートルはズレるんじゃないですか」

宮城の顔が、赤くなったのが分かった。酒のせいだけではなさそうだ。

「そのために、観測機も搭載するのだ」

宮城にとっては想定外の話になったのだろうが、西島はさらに突っ込んだ。

「観測機を飛ばさなければならないのなら、制空権がなければなりませんね。もっとも海軍も九式艦上戦闘機や九六式陸上攻撃機の開発もされているので、問題ないんですかね」

流石に言い過ぎと思った。案の定、牧野が「西島」と小声で牽制したが、すでに宮城の顔が憤怒の形相（ぎょうそう）に変わっていた。

「貴様！」と宮城が腰を浮かしたその時、入口のふすまが開いた。

「野中主任」宮城が中腰から慌てて背を伸ばした。

西島と牧野も立ち上がろうとしたが、野中と呼ばれた男は、そのままと手で制した。そして部屋の造りを見回すと宮城の肩を「ぽん」と叩いた。

「君は、まだ海軍の序列も分からんのか。このお二人の階級は少佐だぞ。君の階級は何だ」

宮城は、直立したまま「中尉であります」と小さく答えた。

「ではなぜ、君が上座に座っているのかね」

「はっ」と言いながら宮城が頭を下げた。西島が「私どもがご案内いたしました。申し訳ありません。どうぞそのままお座りください」と取りなすと、野中が席に座った。

「ご厚意に甘えて、君も座れ」野中が宮城の座っていた座布団を手で叩いた。

「軍令部第二課の野中です。遅くなり申し訳ありません。西島さんと牧野さんでしたね。失礼かとは思いましたが、入る前に少し立ち聞きしてしまいました。宮城の非礼、私からもお詫びいたします」

次期課長候補の優れものとは聞いていたが、流石（さすが）にそつのない対応だった。

「宮城は、最近軍令部に配属されたばかりで、どうも、軍令部が一番偉いと勘違いしてるようです。教育が行き届いていませんね。反省します」

野中は、そう言って自分の頭を叩いて笑を浮かべた。

それからの酒は美味かった。

野中が、西島に尋ねる。

「西島さんは、航空機にも興味をお持ちのようですね」

「はい、大学では飛行機の講座に行くつもりでしたが、まだ造船の講座しかありませんでした」

「そうですか、我々も航空機には大きな関心を持っています。果して大鑑巨砲主義で良いのかと」

「主任！」宮城が驚いたように声を上げた。

「野中主任！　我々は世界最強の戦艦、いや不沈戦艦を建造すべきです！」

「静かにしろ。いいか宮城、落ち着いて良く聞くんだ。我々はこれからの軍備を考えなければならない部署にいるのだ。時勢に惑わされてはならない。国家百年の大計として考えなければ、国を滅ぼすことになる」

野中の口調には真剣な調(しらべ)があった。

「恐らくA一四〇一隻の建造費は、一億数千万円、国家予算の数パーセントを注ぎ込むことになる。君はその責任を負えるのかね。我々は慎重の上にも慎重を期さなければならないのだ」

「野中さん自身は、この計画をどう思われているのですか」

「いやー西島さん、あなたもきついことを言われますね。推進派に聞かれると殺されるかもしれませんが、本当にこの艦で良いのか私自身も迷っています。それはあなたの言われたように、航空機が目を見張るほどに進歩しているからです。もし、このまま進歩し続ければ、戦艦は無用の長物になるのかも知れません」

「主任！」再び宮城が声を上げて、野中を見つめている。

「だが、いつ戦争が起こるか分かりません。それに備えるのも私たちの仕事です。現状の認識だけで行けば、この艦は、まさしく太平洋の覇者となるでしょう」

珍しく牧野が口を開いた。

「野中さん、この議論は本当に決着が付けられるのですか」

「決定時期の問題、技術の進歩の状況、そして海軍内の人事も大きな影響を与えるでしょう。私ごときに決められる話ではありませんが、大局は見誤らずにいたいですね」

野中が苦しげに「ふー」と息を吐いた。

「あのー」と宮城が恐る恐る声を出した。野中が頷くと二人に尋ねた。

「海軍は、二十年間戦艦を造っておりませんが、もしですよ、これを造れと言われたら本当に造れるんですか」

言葉使いは丁寧だったが、先ほどと同じ質問だった。言ってから叱られると思ったのか首をすくめる。

今度は、西島と牧野が顔を見合わせた。

「設計は、現在の日本の科学技術の中で、最高のものを取り入れます。それは重工業、電気、精密機械そして化学など全ての工業の集大成と言えます。それでも一部だけ突出すれば機能的な整合性が損なわれます。そう言ったものを調整してゆけば、総合的な最高傑作を作ることは出来ると思います。しかし実際にそれを現場で造るとなると……」

牧野の沈黙を西島が引き取る。

「建造現場は単純ですよ。恐らく現場の責任者全員が、腹を切る覚悟を決められるかだと思います。もし、その覚悟なしで臨めば、工廠は廃墟と化すかも知れません」

宮城が目を伏せた。それを見て野中がしみじみと言った。

「宮城、どこの部署でも皆、命懸けの仕事をしているのだ。小銃の弾一つにしても、世界最大の戦艦にしても同じことだ。今日はいい勉強になったたな」

宮城が俯いたまま、こくこくと幾度も頷いた。

「西島さん、牧野さん、今夜は皆さんの覚悟の程が知れて安心しました。まだどうなるか分かりませんが、その時はお二人の活躍を期待しています」

それからも長く話をした記憶がある。今あの野中は、軍令部第二部第三課長になっている。

西島は、缶室隔壁の最上部にいた。船底から十数メートルの高さで、まだこれ以上の構造物は無いが、すでに船渠の上に頭を出している。船尾の先は海である。瀬戸内海とは言え冬の冷たい海風が、吹き曝しの船渠を音を立てて吹き抜けてゆく。

西島は、防寒具の襟を立て、足場に踏ん張った。

野中は、この艦を造る決断に至るまで、さぞかし苦しんだに違いない。

それを決して無駄にしてはならないと、西島は頬を両手で叩いて気合を入れた。

その時、風に混じって白い物が舞った。顔に当たるとその冷たさが心地良かった。

溶けてゆく雪の感触で、身も心も燃えているのだと実感した。

起工以来もう二回目の春が過ぎようとしていた。いよいよ缶と主機の積み込みが間近となった。

この頃、西島は別の船渠横の空地に、防御区画甲鉄の実物大の模型を作っていた。

船殻工場だけではなく、製図や艤装など十の工場を集めての打ち合せである

「現在は、缶室の天井の上に張る甲鉄の模型の作成に掛かっている。この部分の甲鉄は二十ミリ、その上構造は複雑なものになっており、通常の電気や通気に加え蒸気に排気、給気などもある。従って、これらの穿孔及び各種装備品の制作を、図面だけで行うことは非効率になりかねない。

このため実物大の模型を製作し、その模型に合わせて、穿孔や早期艤装のための装備品の制作を行うことにしたい」

西島が切り出すと、すぐに声が上がった。

「その模型を作る時間と労力を考えると、現場でやるほうが速いのではないですか」

「これまでの艦艇は、甲鉄を取り付けた後で穿孔するのが手順だが、この艦は、隔壁も甲鉄の厚みも、これまでとは比較にならない。穿孔には時間が掛かり、遅れることも想定され、次の作業に掛かれなくなる事態も起こりかねない。また、万一間違えてその補修をするとなれば、どれほどの手間と時間が必要になるのか想像もできない」

また声が上がる。西島は仕方ないことと割り切っていた。通常の艦艇でこれ程の模型を作ることは、初めてだった。

「これでは、製鋼工場の負荷が多くなるばかりで、甲鉄の出来上がりが、さらに遅れるのではありませんか」

「これまでも、鋼板や甲鉄の遅れが生じていた。しかしそれが出来上がってしまえば、その後の工事は極めて順調で、鋼板の遅れを十分に取り返し、さらに進捗すると断言できる。現在行っている工数管理に、実物大模型の諸条件を当てはめて見ても、特に問題は無い」

西島は、この場で工数管理を持ち出すのは、姑息（こそく）かなと思ったが前に進める為には、割り切ることだと考えた。ここで技師の桜井がその必要性を強調した。

「確かに艦艇の工事で実物大模型を作ることは、これまでは有りませんでした。しかし皆さんもご承知のとおり、潜水艦の工事ではこの手法が用いられています。それは潜水艦の内部が複雑で、図面だけでは対応できないからです。現物を見て確認できることが、間違いをなくし、効率的な作業に繋がります」

的を得た説明だと西島は思った。会場からの意見が止んだ。

「今の桜井技師からの話のとおり、潜水艦は複雑ということだが、この艦は大きくなるものを出来るだけ小さくと考えられている。このため、その内部は潜水艦並みに複雑になっていると言うことだ。今後、艦橋の工事も始まるが、その複雑さは機関部の比ではない。このため艦橋の実物大模型も必要と考えている。艦橋は進水後にブロック工法で積上げて行くが、各ブロックは現在の船殻工事と平行して進めておき、艤装も早期艤装が可能なものは同時進行として行う」

西島の話に皆が聞き入っている。すでに船体には舵やプロペラも設置され、艦首には球状艦首が取り付けられていた。誰もがその威容に魅入られていた。この中甲板の上に甲鉄を貼り終えれば、あとは上甲板、最上甲板の二層を残すのみである。物づくりの要諦は、その完成型を想像できる所まで進められるかに掛かっている。そこまで行けば、後は一気呵成の世界である。西島はこの中甲板が、その分岐点と考えていた。気は熟しつつあるのだ。

「すでにプロペラという足を着けた。缶と主機を積み込めば、この艦の心臓が動き出すことになる。後は艦橋と言う頭脳を、主砲と言う手を着けてやれば、それは新戦艦と言う生き物として誕生する。もうその日は遠くないところまで来ている。皆の一層の奮闘を期待する」

誰もが黙って聞いていた。だが、その頭の中では、まだ見ぬ新戦艦と言う生き物を、ひたすらに追い求めていた。隣の牧野が「船殻主任、少し煽りすぎじゃないか」と小声で呟いた。西島は、手元にあった紙に、素早く走り書きをして、牧野の前に滑らせた。

牧野が、その紙を手に取ると、何も言わず笑を浮かべて何度もうなずいた。

その紙には「早く艦橋の設計図を上げてこい」と書かれていた。

事故

「黒木部長、大変です」

総務主任の平田が、総務部長室に駆け込んできた。

「落ち着きなさい」と声をかけたが、平田は肩で息をしながら船渠の方を指さすと悲鳴のような声で叫んだ。

「一号艦で事故です。工員が船渠に転落したとのことです」

船渠の方でサイレンが鳴っているのが聞こえる。

「平田君、行こう」

事務所を飛び出して造船船渠に向かう。夏の日差しが容赦（ようしゃ）なく降り注ぎ、コンクリートに反射して目が開け辛い。造船船渠までは相当な距離があり、平田は車を用意すべきだったと後悔した。

ふと黒木の足が止まる。前から大人数の塊（かたまり）が近づいて来る。リヤカーに乗せられた工員を皆が取り巻いて歩いてくるのだ。ほとんどの者が、泣きながら男の名前を呼んでいた。一人の工員が黒木の姿を見つけ足早に駆け寄ってくると姿勢を正して敬礼をした。

「作業長の岡本です。事故は中甲板において溶接を行っていた佐川大介が、落下する鋼板から若い工員を守ろうとして、船渠内に転落したものであります。ワイヤーが切れたものと思われます。

大切な工事で事故を起こし大変申し訳ありません」

黒木が答礼さえもどかしそうに、リヤカーに目を向けながら問いかける。

「事故の報告はいい。それで容態は」

「船渠の底で見つけた時には、すでに息絶えておりました」

——これが岡本で、死んだのが、あの佐川か……。

黒木は一瞬西島の顔を思い浮かべていた。

岡本と名乗った作業長は、汗と涙でくしゃくしゃになった顔でそう言うと、崩れ落ちるように膝をつき肩を震わせて泣いた。中甲板から船渠の底までは十数メートルある。しかも船渠の底は、コンクリートで固められている。

万に一つの可能性もなかった。

作業長と一緒だった赤十字の腕章を着けた医師が、無言で何度も首を振った。

「そうですか……。残念です」

「取りあえず工廠の病院へ運びます」

リヤカーに乗せられた遺体には、古びた毛布が掛けてあったが、所々が黒く変色している。どこか大量に出血したのだろう。黒木と平田の前に差し掛かると工員たちの嗚咽(おえつ)が止まった。

「平田君」

黒木の呼びかけで二人並んで敬礼をしてリヤカーを迎える。傍らの事務員たちも列を正すと一斉に最敬礼して頭を垂れた。それが合図のようにまた嗚咽が大きくなった。二人はその嗚咽が聞こえなくなるまで、その姿勢を解くことは無かった。

直射日光に晒された二人の影が、悲しみを体現するかのように陽炎（かげろう）に揺らめいていた。

夕刻、黒木と平田は転落死した佐川の宿舎を訪れた。

一工員の通夜に工廠の部長・主任が出席するのは極めて異例である。

船殻主任の西島が艦政本部に出張中と聞いて、黒木がどうしても行くと譲らず、平田が案内役をするしかなかった。宿舎ではしめやかに通夜が営まれていた。しめやかにと言ってもそれは辺りの醸（かも）し出す雰囲気であり、入り口には大勢の人が集まっている。

通夜なので黒木も平田も平服で訪れたのだが、周りの人たちにはそれが工廠のお偉方（えらがた）と判るのか、自然に人の輪が崩れると戸口への道が開かれた。

二人が工員仲間やその家族のすすり泣きに案内されるように入り口に立つと、小さな土間の先の六畳間に遺体が安置されているのが見える。遺体の横には妻と思しき女性とまだ幼い女の子の姿があった。

順に焼香を終えた人達に母親に倣（なら）ってぺこりとお辞儀をする女の子のしぐさに、思わず胸が締め付けられる想いがする。

二人が座敷に上がると、焼香を待っていた人が無言で先を譲った。怪訝（けげん）な顔の佐川の妻に岡本が何かささやいている。恐らく自分達のことだろう。

二人が焼香を済まして妻子に向かい合う。

佐川の妻は、心持ちうつ向き加減に視線を落としていたが、その目に涙はない。

呉の町で暮らす者は、その全てが海軍と何らかの関りを持って生きている。ましてや海軍工廠の正規工員であれば、技術者としての誇りはもちろん軍人としての矜持も併せ持っている。したがって、家族もその気概を受け継いでいることは明らかであった。喪服に身を包み背筋を伸ばしたその姿は、誇り高き海軍工廠工員の妻としての尊厳を感じさせる。

その横で愛くるしい仕草を見せる娘にも涙はない。母を見習っているのだろうが、本当はまだ父親の死を身近には理解できないのかも知れない。

「総務部長の黒木です。この度は、大変ご愁傷さまでした。突然のことで私自身もどのようなお悔やみを申し上げて良いのか混乱しております」

黒木が深々と頭を下げる。平田も横で「ご愁傷さまでした」と呟くのが精一杯だった。

頭を下げて応えた佐川の妻が、視線を上げて二人を見つめると静かに口を開いた。

「佐川の妻の香代子です。これは長女の文子です。本日は、このような所へ、部長さん、主任さんにお越しいただき恐縮しております。厚く御礼申し上げます。この度は海軍の大切なお仕事の途中で、このような事態を引き起こし大変申し訳ありません。ご迷惑をおかけし、主人もさぞかし悔やんでいることと思います。」

思わぬ返答とそれを契機に周りから起こるすすり泣きに、黒木も思わず背筋を伸ばす。

「とんでもありません。技能優秀な工員さんを失ったことは、この工廠にとって、いや海軍にとっても大きな損失であり、悔やんでも悔やみきれません」

「主人はこの海軍の仕事が大好きでした。いえ軍艦を作ることが好きだったのでしょう。今回のお仕事のことは、何も語りませんでしたが、一世一代の大仕事だととても喜んでおりました」

一号艦の建造については、それに携わるすべての職員・工員に、家族についても口外無用のかん口令が徹底されていた。平田は妻の言葉で、それが守られていることを知って内心ほっとしていた。恐らくここにいる誰もが何も言わず、誰もが何も知らされていないのだろう。

佐川の妻はそんな事情を知ってか知らずか、静かに話を続ける。

「主人は、自分の作った船をこの子に見せるのを、唯一の楽しみにしておりました」

「文ちゃん、お父さんの作ったお船見に行くのね」

「うん、お父さんと約束したの」

その約束をした父は、今、志（こころざし）半ばにして物言わぬ骸（むくろ）となって横たわっている。

岡本が、俯いたまま涙声で言った。

「あやちゃん、おじさんが……必ずお父さんの造ったお船を見せてやるからな」

それまで大人しく母親の横に座っていた娘が、その言葉にまなじりを上げて叫んだ。

「おじちゃんじゃいや、お父さんと行く！」

号泣の声が周りからもおこった。

「岡本さん、すみません。こんな時だから許してください」

母親が娘の肩を抱いた手を下ろして、改めて二人に向き合うと畳に両手をついた。

「部長さん、この船は特別の船だと聞いています。主人が思いを込めて造っていた船の事を少し教えていただけませんでしょうか。この子にあなたのお父さんは、こんな立派な船を作っていたのよと教えたいのです。この子はその船に父親の面影を重ねて、これからも誇らしく生きていけると思います」

妻の言葉は、これから歩かねばならぬ苦難の道を照らす道標（みちしるべ）として、恐らく自らも欲している理(ことわり)であった。夫に先立たれた妻子が、一号艦を心の拠り所として生きて行こうとしているのだ。

黒木の胸にこの言葉は重く響いた。目を閉じて唇を噛む。

「あなた方の大切な人が造っていた艦は、帝国海軍の誇る世界最大そして世界最強の新型戦艦です」と——答えられたらこの家族もそして自分も、どれだけ救われることか。

気が付くと周りからのすすり泣く声も絶えていた。

健気(けなげ)な妻の願いに海軍はどう報いるのか、言いようのない緊張感が肌を伝ってくる。

黒木は腹を決めると佐川の妻の目を真っ直ぐに見つめた。黒目がちなその瞳は、かすかな愁いをたたえつつも未だに強い意志を宿している。

「奥さん、お気持ちは痛いほどよく判ります。ですがこれは全て軍機に係わるもので、残念ですがお教えする訳には行きません」

黒木は言いながら両の手を力いっぱい握りしめていた。

周りからため息にも似た声が漏れる。

「どうあってもですか」

佐川の妻が身を乗り出すように尋ねる。

「奥さん、私と同様にご主人も海軍の人間です。奥さんにその道理を押し付けるつもりはありませんが、ご主人なら私の言葉を判ってもらえると思います」

黒木を見つめていた目に、みるみる涙が溢れてゆき、それは一筋の線となって零(こぼ)れ落ちた。

「平田君、辛いお通夜だったな」

黒木が精根尽き果てたように、部長室の応接の長椅子に身体を預けて言った。

「部長お疲れさまでした。しかしあの返答には参りましたね」

「流石に、西島主任が惚れた男の奥さんだよ。あの家族には何とか答えてやりたかったな」

軍機に私情を挟むことはできないが、二人とも想いは同じだった。

「平田君、何かあの家族の面倒を見る方法はないものかね」

「これまでも殉職者の家族を、事務職や臨時工として雇用している例がありますので、その方向で検討してみます」

誰にも話していないし聞かれもしないが、黒木は妻と娘を亡くしていた。病気で死んだ娘を悔やむあまり、母親も病で後を追った。黒木には、佐川の妻と娘が、それに重なって見えていた。

幼い子供を抱えた家族をこのまま見捨てる訳には行かない、とは言うものの手厚く保護できる仕組みがあるわけではない。やはりその行く末には一抹の不安が付きまとう。

「明日の葬儀で何かしてやれることはないかな」

「部長、これからも不慮の事故は起こります。あまり特別なことをすると今後の対応が難しくなります」

そう言われても、黒木の脳裏には、最後の最後まで涙をこらえていた佐川の妻の顔が浮かんでいた。

「その時は、私のせいにすればいい。とにかくこのままでは気持ちの整理がつかない。無論明日の葬儀には私も出るので、よろしくたのむ」

もう平田にも異議を挟む気持ちは失せていた。

僧侶の読経が佐川一等工員の葬儀であることを示していた。黒木と平田は先に焼香を済ませると宿舎の入り口で葬儀の終わるのを待っていた。黒木は海軍中佐、平田は海軍少佐の軍服を着用している。

焼香に訪れる人のいぶかし気な視線は気にならなかったが、夏の日差しには閉口していた。じっとしていても汗が噴き出してくる。すでにハンカチは使い物にならないくらい汗を吸っていた。本来ならここに、西島の姿があるのだろうが、まだ戻ってはいなかった。

「部長、きました」

通用門の方を見ていた平田が耳打ちする。見ると十人くらいの警備兵が銃を担いで行進してくる。

「平田君、無理言ってすまんな」

「いいえ、あの警備班長には少し貸しがあるので、今夜一杯のおごりで大丈夫です」

平田が班長らしき者に合図をすると警備隊は二人の横に整列した。

宿舎の方で動きがあり、葬儀の列が進んでくる。先頭には僧侶と作業長の岡本、そして同僚らしき二・三人が続き、その後に佐川の妻と娘の姿がみえる。娘の後ろには、幼馴染の信一が警護員のようにぴったりと寄り添っていた。佐川の遺骸（いがい）は座棺（かん）に収められ二人の男に担がれて、その後に続いている。

佐川の妻は、黒木と平田に気が付いたが、その横に並ぶ警備隊の隊列を見て顔をこわばらせた。妻と娘が黒木の傍まで進んで来た時、警備班長が指揮棒を手に「気を付け！」と号令をかける。

休め状態の隊員が立て銃に姿勢を正すと、「カッツ」と揃えた踵（かかと）の音が響いた。妻と娘はその合図で自らの足も止めてしまった。

警備班長が大きく息を吸うと高らかに命じた。

「呉海軍工廠工手、故、佐川大介君に対し～、捧げ～銃う！」

号令に合わせて黒木と平田が敬礼をすると、間髪を入れず隊員が操る銃が、寸分の狂いもなく金属特有の音を響かせて胸の前に掲げられる。

軍の最上級の礼によって周囲の雰囲気が、硬質（こうしつ）だが清冽（せいれつ）ものに変わっていた。

黒木は、佐川の妻が持つどこか軍人の妻にも通ずる気概に、海軍として応えたかったのだ。

佐川の妻は、ほんの一瞬戸惑いを見せたが、次には動ずることなく二人に深々と頭を下げると、警備隊に身体を向け同じように頭を下げた。そして静かに顔を上げた時、心なしかその頬（ほほ）に朱が差しているように見えた。

黒木は目の前を歩いて行く佐川の妻に、敬礼の姿勢のままに心の中で話しかけた。

——奥さん、これが今、私にできる海軍としてのお答えです。何時の日にかお話しできる時が来るまで、どうぞご辛抱ください。

その時、母親の後ろからついて来ていた娘が、何を思ったのか二人の前で歩を止めると、小さな手を挙げて立派な海軍式の敬礼をした。恐らく父親にでも教わったのだろう。愛くるしい仕草で懸命に敬礼する幼子の姿に、黒木も平田も目頭が熱くなるのを覚えた。

いかつい顔の警備班長が肩を震わせて懸命に嗚咽をこらえ、何時もは微動だにしない警備隊の銃さえも小刻みに震えていた。

夏の日差しはその盛りになっていたが、黒木はその首筋を涼やかなものが、通り過ぎて行くのを感じていた。

母親が娘の名を呼んで、手招きをしている。

呉が海軍の町だと、黒木はその風景の中で納得した。


翌日、西島と桜井が東京から帰ってきた。

佐川の宿舎を訪れた西島は、位牌の前で号泣した。

岡本は、自分が付いていないながらと悔やみ続けていた。

西島が救われたのは、香代子が伝えた佐川の言葉だった。

「俺は、西島さんに感謝している。これまで誰も出来なかったことをやらせていただいている。俺はそれに命を懸けると約束したんだ。俺は今、人生の中で一番誇らしく生きている。もし何かあっても悔やむな、そして誰も恨むな」

建造（五）舷側甲鉄と注排水装置

昭和十四年も残り少なくなった十一月下旬、西島は珍しい客を連れて、缶と主機の積み込が終わり中甲板の張り付けが始まった現場にいた。客は軍令部第二部第三課の宮城中尉である。先日東京の海軍省の会議で野中と一緒になり、宮城を勉強にやるのでよろしくと頼まれていたのである。

宮城は、船殻主任室に入ってくると、帽子を取って最敬礼した。

「以前お会いした際は、大変失礼しました。自分が至らぬと思い知りました。今回はどうぞよろしくお願いします」

「おう、軍令部のきかん坊か、みっちりしごいてやるので覚悟せい」

西島の挨拶に、宮城が笑って首をすくめた。

「いやー、あれ以来、西島主任と牧野主任のことを色んな人に聞いていたのですが、今は呉工廠の名物になってますよ」

「設計の牧野、現場の西島か。いいか、俺の前でこの話をする時は、現場の西島、設計の牧野だ。よく覚えておけ」

「失礼いたしました」宮城がおどけて気を付けをした。

部外者が一号艦の船渠に入るには、海軍大臣の許可が必要である。警備兵に宮城の許可証を見せ、西島自身も顔写真との照合と胸章の確認を受けて入る。

「宮城、いくら軍令部でも、ここでは通用せんぞ」

西島のあてつけに口を尖らせて何か言おうとした宮城が、板囲いを抜けると突然あんぐりと口を開けたまま立ち尽くした。

造船船渠である。

長さ三百十三・九四メートル、幅四十四・八六メートル、深さ十一メートルの大船渠に、すでにそれが一杯になるほどの巨大な船体が姿を現していた。全長の二百六十四メートルは、ちょうど東京駅の駅舎にすっぽりと収まる長さである。

艦首の上部は、まだ上に伸びるように幾本もの鉄柱が立ち並んでいたが、艦底には巨大な球状艦首が取り付けられていた。舷側の構造物は、すでに十四メートルまで立ち上がっており、舷側甲鉄も一部取り付けが始まっている。

この威容を初めて目にした者が、驚愕の表情を浮かべるのを、西島は幾度となく経験していた。

「西島主任……、これは……」

もの言えぬ宮城に代わって、西島が言う。

「これが一号艦だ。超弩級戦艦だよ」

船渠の底に降りて、球状艦首の前に立つ。それは、荒波を切り裂く鋭い艦首の力強さと、その波を水面下で穏やかに治める曲線の滑らかさで構成され、軍艦の持つ無骨さよりも優雅さが際立っていた。艦首の最上部は、首を最大限に反らしても見ることはできず、船側に目を転じれば、果てしなく続く城壁のように限りが無かった。

宮城は、恐らく全てのものに圧倒されたのだろう、中甲板の現場に着くまで一言も口を利かなかった。

現場には、設計主任の牧野の姿があった。

「牧野主任……」言葉が続かない。

牧野は、それが当然至極と言った素振りで、宮城を見ている。

「お前らに造れるかと言われたので、頑張っているよ」

「申し訳ありません。ただ、あまりにも凄すぎて……」

宮城が、手摺りに掴まって何度も息を吸った。

その時「ピー」と警笛が鳴り、クレーンに吊り下げられた舷側甲鉄が、ゆっくりと降りてきた。

舷側上部の甲鉄は、一枚が長さ約六メートル、幅三・五メートルで、厚さ四百十ミリ、そして自重は七十トンもある。

その甲鉄の厚みを見て、宮城がさらに目を見開いた。

「驚くのはまだ早い。こいつをまだ三百枚は張らにゃならんのだ」


船殻主任室に帰り着くと、宮城が倒れ込むように長椅子の背に体を預け、「ふー」と息を吐いた。西島と牧野は、その様子に納得しながら、向かいの椅子に腰を下ろした。

「宮城くん、感想はどうだ」牧野が尋ねる。

「凄い！凄いですよ。やはり不沈戦艦だ」

宮城の言葉に、牧野が敏感に反応した。その顔から笑が消える。

「宮城くん、不沈戦艦は有り得ない。一号艦の設計に携わる者も、今この場所で造っている者も、誰もそんな事は思っていない。軍令部の将校が無闇に無責任なこと言うものじゃない」

それでも宮城は、自分の両手で幅を示すようにして反論した。

「あの舷側の甲鉄、こんな甲鉄ですよ。魚雷が命中しても破壊されるはずがありません」

西島が、二人の話の間に割って入った。

「じゃあ、あの舷側甲鉄を留めているのは何だ」

「鋲ですか？」

「そうだ、直径四十ミリの鋲だ。場所によってはボルト締めのところもあるが、この鋲が魚雷の直撃を受けて絶対に弾けないと言えるか。私は、百パーセントの自信はない。鋲打ちが完璧だとしてもだ。道具とはそう言うものだ。航空機でも、艦船でも不具合は必ず起こるだろう。戦いの最中に機関が故障したらどうする。敵の魚雷が全て命中することになるぞ。戦いがどんなものかは、君の方が良く勉強しているはずだ。不沈などと言う呼称に惑わされるな。道具を使いこなすのが、将兵の価値だ」

宮城が、拳を握り締めて項垂(うなだ)れている。

「だがな宮城、我々はこの艦を、世界最強の艦に仕上げてみせる。何せ設計の牧野と現場の西島が居るのだからな」

宮城が、やっと上目遣いに笑を浮かべた。

「現場の西島、設計の牧野じゃないんですか」

今度は牧野が、西島を見てにゃっと笑った。西島が慌てて真顔に戻って言う。

「世界最強の戦艦、それを不沈戦艦と言わしめるのは、我々造る側ではなく、運用側の腕でしか出来ない。この艦が、太平洋を縦横無尽(じゅうおうむじん)に駆け回り、名実共に不沈戦艦と呼ばれる日が来ることを楽しみにしているよ」

こくこくと頷きながら西島の話を聞いていた宮城が、何を思ったのか顔を上げると姿勢を正した。

「西島主任、牧野主任、私はいま、いつの日にかこの艦に乗ることを決意しました。そしてこの艦を、必ずこの手で、世界唯一の不沈戦艦と呼ばせて見せます」

若者の大言壮語(たいげんそうご)と笑えなかった。

なぜなら、この二人こそが、それを一番渇望していたからである。

　翌日、宮城は牧野の設計主任室にいた。

　打ち合せ机の上に、数枚の図面が置かれていた。

「この装置も、極秘の一部だ」

「注排水装置ですね」

「そうだ、これから取り付け工事が始まる。一号艦の注排水装置は、艦の水平を保つのが目的だ。一発目の魚雷で浸水したとして五分以内に傾斜修正を行う。許容角度は横四度、前後吃水で二・三メートルとされている。この際の注水量は、約二千二百トン、バルジと……」

　ここで牧野が説明を止めた。

「バルジって分かるか」

「船体の横と言うか、水線下の外側に取り付けられてる防御区画ですよね」

「そうだ、艦艇の船体が途中から丸みを帯びているのはこの為だ。一号艦のバルジは、艦底から舷側甲鉄の外側に設置され、高さは十メートルあり、中央部の缶や主機を守っている。中は中空だが、内外、上下とも二層構造になっている。これで魚雷などの威力を減少させ、さらには圧搾空気を注入しての排水や逆に海水を注入して傾きの修正にも使える。この艦では、一発目の想定注水量二千二百トンを、バルジと防水区画六十箇所で対応する。二発目の魚雷は、約千六百トンを四十箇所の注水区画を使って、三十分以内に許容傾斜に戻すことができる。これらによる復元能力は、十八・三度、重油の移動による能力もあり、これを加味すると二十度までは対応可能となる」

宮城が不思議そうな顔をして尋ねた。

「魚雷で、片側に二千二百トンと千六百トン、合計三千八百トン浸水したので、反対側に三千八百トン注水して傾斜を戻すのですよね」

「そうだが」

「三千八百トンも注水したら、七千六百トンもの浸水があったことになりますが、却って艦は沈むのではないですか」

「宮城くん、この艦は戦艦だ。戦って初めてその存在意義がある。世界最強の主砲を撃つことが使命なのだ。その使命を全うする為には、多少の危険は承知の上で、主砲が撃てる状況を賢持する。それがこの艦の宿命なのだろう」

牧野は、宮城が納得するとは思えなかった。普通に考えれば、四千トンもの浸水があった時点で、戦線離脱、修理に回航なのだ。だが、海軍の戦術は、少数精鋭である。聞こえは良いが、結局は多くは造れないので、一、二隻の艦を強大にして戦う道しか選択の余地はないのである。例えば並みの十隻の戦艦とこの艦一隻で戦った場合、どちらに勝機があるかと言えば、圧倒的に十隻の艦隊である。アウトレンジ戦法と言っても、戦術的には一隻に勝機があるとは思えないのだ。

東洋の持たざる国の窮余（きゅうよ）の一策としか考えられない。

宮城も盛んに首をひねっていたが、気を取り直したように、話を戻した。

「二十度の傾斜と言われましたが、もし、それ以上になった時は、そこで終わりですか」

「非常時の対応としては、缶室、主機室への注水も可能だ。それでも二十五度までだな」

宮城の顔色が変わった。

「機関室に注水したら、機関科の兵はどうなるのですか、退避する時間はあるのですか」

「その時の状況だろう。恐らく機関科の兵たちは、缶や主機が動いている内は、持ち場から離れようとはしないだろう。その気持ちの切り替えの時間が長いのか、短いのか。戦場では生と死は紙一重だ」

「それでも兵のいる所への注水を、平気で考えるのですか」

「その要望を出して来るのが、そちらだろう。艦を守る為には、如何なる事も犠牲にする。それが軍艦だ。君はこの艦を不沈戦艦にしたいんだろう。であるなら当然の想定だ」

「しかし、それはあまりにも非道です。潔い選択もあるべきです」

「その選択をするのが、戦場における将たる者の約割だ。我々は造れと言われた最高の機能を提供するが、それを使うのは艦隊なのだ。君の言う不沈戦艦と呼ぶためには、そんな矛盾も乗り越えなければならない」

　宮城は、また今日もがっくりと頭を垂れた。

「宮城くん、ここらで止めよう。最後にこの装置の設置は、至難の技と言える。問題は、百箇所にもなる注排水区画内に、遠隔操作によるポンプや注排水弁などの装置の設置、そして様々な配管をしなければならない。千数百の区画や甲鉄を貫く作業を考えると、設計屋で良かったと思うよ」

　今夜は、黒木も入れて四人で飲むことになっている。早めに引き上げようとしたのだが、宮城がまだ何か言いたそうな顔をしていた。

「宮城くん、何か聞きたいことでもあるのか」

宮城は躊躇(ちゅうちょ)していたが、思い切って尋ねた。

「昨日、現場での事なんですが、あの舷側の甲鉄がクレーンで運ばれて来た時、西島主任の目が、とても悲しげな色をしていたんです。あれ程快活(かいかつ)な人なのに、なぜこんな悲しみを抱えているんだろうと思ったのです。私の思い過ごしなら良いのですが」

牧野は、絶句した。

軍令部風を吹かす僕ちゃんと思っていたが、とんでもない。ここまで人の気持ちを読める奴はそうはいない。やはり野中が連れてきただけのことはある。

「宮城くん、良く分かったな」

牧野は、西島と岡本、佐川の関係、そして事故の話をした。

「いま、西島は片手をもぎ取られた気分だろう。彼がここまで辣腕(らつわん)を振るえるのも、あの二人の存在を無視して語ることはできない。例えて言えば岡本組の若頭(わかがしら)か……若手工員のまとめ役だったな」

宮城は、静かに話を聞いていたが、その目に浮かぶ憂(うれ)いの色が次第に濃くなるのを、牧野は見逃さなかった。

こいつは、現場の艦長でもさせれば、大化(おおば)けするかも知れない。野中への報告書には、蛇足(だそく)としてそう書いておこうと決めた。

建造（六）　進水計画

実物大模型に合わせて作られる甲鉄の制作は、遅れに遅れていた。

通気や蒸気、電気などの事前穿孔が足を引っ張っていたが、進水まで半年を切る頃になると、全てが上手く回り始めた。器具類の統制、工数管理、実物大模型、ブロック工法、早期艤装、そして溶接の大幅緩和が、相互に機能して目覚しい進捗(しんちょく)をもたらした。


昭和十五年二月、呉海軍工廠は極寒の中にあったが、戦艦の建造は最大の山場を向かえようとしていた。


「進水まで、あと半年となったが、工事の進行に問題はないかね」

正木の後任の庭田造船部長が尋ねる。同席者は牧野と西島である。

西島が、図面を差しながら説明をする。

「随分と甲鉄の加工が遅れておりましたが、やっと製鋼関係も順調に動き始めました。現在中央部の甲鉄甲板を張っておりますが、並行して上甲板、最上甲板の構造物も進めております。最上甲板は六月には、張り終える計画にしています」

牧野が続ける。

「現在、艦隊側の艤装員も到着しておりますので、残工事の見落としがないか徹底的に検査させております。随分と苦労されてるようです。下層甲板は奈落(ならく)の底だと言われているそうです」

「そうか、そうだろうな。ところで昨日、艤装工場で艦橋の三分画の実物大模型を見せてもらったが、大きすぎて皆目見当が付かなかった。別の五十分の一の模型でやっと全体像が分かったよ」

　牧野が言う。

「艦橋は、中甲板の基底部で直径十二メートル、上部で十メートルあります。高さは、最上甲板から三十一メートルありますが、これまでの戦艦の倍の大きさにも拘わらず、艦橋の横の面積は十二パーセント減となっています。これはそれだけ複雑に考えられていることであり、実物大模型での対応が効果を上げると思います」

「西島くん、艦橋もブロック工法でやるのかね」

「はい、艦橋は内筒と外筒に分かれております。内径には艦内の全ての情報を伝達するケーブル類が収まり、内筒と外筒の間に、艦橋や作戦室、射撃指揮所や指令塔などが設けられます。まず内筒部分を順次立ち上げ、それに対する外筒をブロックとして積み上げて行きます」

「早期艤装も進んでいるようだし、船殻工事も順調に見えるが、進水までの進捗をどう見積もっているのか、君の意見で構わないので頭に入れておきたい」

　思わず牧野と顔を見合わせた。

　大まかな係数はすでに頭の中にあったが、果して言って良いものなのか、西島は躊躇していた。その係数が独り歩きして、思わぬ事態を招く事を警戒したのである。牧野がゆっくりとうなずいた。その目は後押しするかのように確信に満ちていた。西島も腹を決めた。

「船台と船渠の差はあるかと思いますが、これまでの戦艦で進水時の船殻工事の進捗率はおおよそ六十パーセントであります。この一号艦はおおよそ……」

庭田が「おおよそ」と息を詰めた。

「一号艦の進捗率は、おおよそ八十四パーセントと推計しております」

庭田が、思わず「八十四……」と繰り返した。そして背中を背もたれに預けると、独り言のように言った。

「そうか、これが呉工廠の牧野と西島の所以か、今はっきりと理解したよ。さっき君らが躊躇した訳が分かったよ。この数字は凄い、そして怖い……。これから先をどうにでもできる数字だ。だが、ここではっきり言っておく」庭田が背を起こした。

「私が、この数字を口外することはないと約束しておこう。もしどうしても使わなければならない時は、必ず二人に相談する。それでいいかな」

二人が黙って頭を下げた。

庭田は二人が出てゆくと、また背もたれに持たれて呟いた。

「呉海軍工廠に過ぎたるものは、設計の牧野と現場の西島。……言い得て妙か。わしは運が良いのかもしれん」


すでに最上甲板が張られ、これまで見えていた内部の区画が覆われると、全長二百五十六メートル、高さ十九・二メートルの船体の全貌が姿を現した。主砲や艦橋、煙突などは、進水後の工事となるため、平坦なその姿は一見すれば航空母艦のようにも見えた。

当初、八月初旬とされていた進水式は、すでに八月八日と定められていた。

西島は、関係者との事前打ち合わせに奔走していた。

それから四ヶ月後の六月下旬、造船部長室に十の工場の責任者たちが集まっていた。

連日行われている進水に関する打ち合わせである。

「これまでも綿密な重量管理を行い、進水後の工事を前倒しして舷側甲鉄の一部や艦橋の底部などを増し積みしておりますが、現在のところ喫水は六メートル三十、これは排水量で四万トン、しかも前後左右が平行であることが、求められております」

「その際の盤木との隙間は、どれくらいかね」庭田が尋ねた。

庭田は、進水式の第一責任者である。万一進水に失敗すれば、その全責任を負わなければならない。温厚な顔立ちの眉間に皺が寄っている。

「おおよそ、三十センチあれば、大丈夫と思います」

庭田が「たった三十センチか」と眉間の皺を深くした。

「すでに缶や主機、発電機などを搭載しているので、艦尾に相当な重量が乗っていることになります。これでは水平は難しいのでは」第一艤装工場長の福井が心配顔で聞いた。

「そうです、それらだけで約五千トン近くあります。前部の一、二番砲塔が積まれていないので、このままで水平を保つことはできません。最終的な計算の結果にもよりますが、恐らく艦首側に三千トンの注水が必要と思われます」

「それで艦底とは、たった三十センチの隙間か」

庭田が、絶望的な声を出した。

「その重量計算の方は、大丈夫なんですか」船渠工場長である。

「そちらの工場もそうですが、全ての工場や調達部門から、日々鋼材や機器などの重量が重量班に報告されていますので、大きな齟齬(そご)は無いと思っています。ただ帳面外の臨時に持ち込んだ機器や器具が相当数有るはずなので、進水前に徹底調査を行います」

牧野が補足のために口を開く。

「設計上の計算でも問題は無いと思っております」

それでも庭田の顔が晴れることは無かった。

しかし西島は、進水後の工事をできるだけ少なくする方針で臨んでおり、もしその計算が狂って不測の事態が起こったとしても、止む終えぬ事と、とうに腹を括っていた。

「まあ、ここでいくら言ってもきりがない話だ。ここは君らに任すしかない。ただし、くれぐれも万全を期すように頼みます。それにしても、海軍省からは、極秘を最優先に、式は簡素にし、単なる艦艇の出渠に見せるよう言って来た。今の所、式台や飾りなどは、一切省くことにしているが、何とも寂しい限りだな。晴れの進水式なのに……」

庭田の話に、皆が黙り込んだ。

進水式はその艦にとって、正に晴れの船出となる日である。いつもなら史上空前の大戦艦ともなれば、数千人いや数万人の群衆の歓呼の声と勇壮な軍艦マーチに送られ、くす玉が割れ、鳩が飛び、鮮やかな五色のテープに彩られるはずなのである。場合によっては、沖に碇泊する連合艦隊の僚艦からの祝砲が鳴り響くかも知れない。

皆がその晴れやかな情景を思い浮かべていた時、西島がぽそっと呟いた。

「これじゃ、何か隠し子じゃないか……」

庭田が思わず相槌を打つようにうなずいて、慌てて西島から目を逸らした。

だが一方で、進水が上手く行かなかった艦船は、不運な生涯を辿ると言う海軍の縁起も、皆の胸の内に湧上がっていた。

ただ、西島と牧野は、寂しいのは進水の不備ではないと割り切っていた。


その日は、緊急の部長会議が招集されていた。

進水まで一ヶ月を切り、準備真っ盛りの七月中旬のことである。

「鎮守府司令長官から一号艦の進水式に、陛下がご臨席されると連絡がありました」

皆の顔に緊張が走り、喜色が浮かんだ。工廠長の砂川が続ける。

「あくまでも海軍兵学校の卒業式のついでに、立ち寄られることになっている。だが海軍省の簡素にと言う方向に変わりはありません」

「しかし、いくら簡素にと言っても、陛下がご臨席になられるのなら、何もなしと言う訳には行きません」

黒木は、すぐにどうすべきか思いつかず言った。

黒木の発言に、庭田が反応した。

「陛下がご臨席されるのであれば、せめて式台だけでも整えなければなりません。恐れ多いことではありますが……、これは一号艦建造に関わってきた者達の気持ちでもあります。やはり何も無しに進水させるには偲(しの)びない」

砂川は、少し考えて腹をきめた。

「陛下のご臨席で式場を飾るのは、ある意味当たり前のことです。そうしましょう。庭田さん、今から作れますか」

「はい、木工場に至急手配いたします。造形はお任せ願えますか」

「進水式を仕切るのはあなたです。全てお任せします」

「承知いたしました。では、進水まであまり期間もないので、この場をお借りして進水までの予定を説明させていただきます。芳井進水主任」

　庭田の後ろの席に控えていた芳井造船大佐が立ち上がった。

「まず、八月三日に、艦内の工事用機器などを陸揚いたします。詳細は西島主任から」

「八月三日の陸揚げ作業は、工事用のクレーンなどの諸機械、器具及び工事用の足場等を全て艦外に撤去いたします」

「艦上のクレーンや足場は、進水後も使うのではないか。再度組み上げるのは手間がかかるだろう」砂川が素朴な疑問を投げてきた。

「はい、おっしゃるとおり二度手間になりますが、艦の浮揚を最優先するためには、止むを得ぬことと思います。今後の作業の効率とか遅延とかの配慮は、一切不要と割り切る必要があります。鋲一本、溶接棒一本に至るまで搬出することにしております」

　西島の声が会議室に響き渡っていた。

　工廠長の砂川は、それでも何か言いたそうだったが、庭田の声がそれを遮った。

「ご懸念の点は、多々あろうかと思いますが、今回の進水式の成否は、全て艦の浮揚にかかっております。鋲一本は少し大げさかも知れませんが、それくらいの気概で望むことが、求められていると思います」

どこからも発言は無かった。庭田は、次へと芳井に首を振った。

「続いて、八月四日、五日は、艦内の一斉清掃を行います。これには、関係する工員を投入して行います」

芳井の話に質問の声が上がる。

「清掃の人員は、どれくらいなのか」

「丸二日間、規模は数千人になります」

「ほー」と言うどよめきが起こった。だが、単純に考えても艦内は六層で、千数百の区画に分かれている。膨大な作業人数を耳にして、今更ながらその巨大さに思い至るのである。

「器具の撤去や艦内の清掃で、工員たちには、進水日の見当が付くのでは？」

やはり砂川だった。極秘の戦艦ともなれば、心配が無くなる事はない。ここは、庭田が答える。

「実際建造に携わってきた工員たちです。彼らも造船屋として、その程度の事は分かると思いますが、まさか見当を付けるなとも言えません。ここは当然の成り行きと割り切るしかないと考えます」

そうか、そこは仕方がないのか……と思った。人の思い描く事まで介入することは出来ない。すでに、呉の町の人々は、巨大な戦艦が造られていると噂しているのだ。

砂川がうなずいたのを見て、芳井が次へ進む。

「次の八月六日には、実際の浮揚演習を行います」

西島が立ち上がる。

「演習当日は、実際に船渠内に海水を入れて、浮揚試験を行います。艦首と艦尾の水平を保つため、艦首部に海水三千トンを注水する予定にしております」

会議場に沈黙が訪れた。皆が頭の中で、あの巨体が浮き上がるところを思い描いているのだ。実際に建造を指揮し計算して来た西島には、破綻の構図など描けないのだが、恐らくここに居るほとんどの者が、破綻の構図を描いているに違いない。

案の定、砂川が少し声を落として聞いてきた。

「西島くん、浮揚する確率は、どれ位と思っているのか。正直なところを答えてくれないか」

西島は、やはり工廠長でも破綻の構図を描いていた、いや工廠長だからこそ描かざるを得ないのだと思った。皆の視線が自分に向けられていることを意識した。

「浮揚の確率は……」皆の視線が痛い。

「――浮揚する確率は百パーセント、無事進水する確率も百パーセントです」

皆が、背もたれに背を預けて、安堵の息を吐いた。

西島の胸中には、なぜ信じられないのだと言う歯痒さと、やっと信じてくれたと言う喜びが、複雑に同居していた。

庭田は、会議が終わると木工場に走り、工場長と式台の検討を始めた。

翌日、工廠長に届けられた式台の設計図は、白い社殿風の作りになっていた。

しかし、しばらく経つと陛下のご臨席は中止となり、米国との関係悪化に伴い、進水はさらに秘すべしと命ぜられたのである。関係者の落胆は言うまでもなかった。

それを鎮守府からの電話で聞いた庭田は、無意識に「やっぱり隠し子か……」と呟いて乱暴に受話器を置いた。


進水式の二日前、いよいよ浮揚演習の日である。

浮揚する一号艦を固定するための舫綱(もやいつな)が、十本取り付けられた。

西島と牧野は、船渠の中央部に立っていた。周りには芳井進水主任を始め造船部の関係者や工員が集まり、艦上には浮揚後の漏水検査を行う工員たちの姿があった。

桜井が「注水を始めます」と言って、右手を挙げて合図した。

船尾側にある水門の注水装置が作動し、大きな音を立てて海水が流入してくる。

計算上は、特段心配する必要は無いとしていたが、さすがに艦底が海水に浸されてくると、感情的な不安が沸き起こってくる。隣の牧野の顔にも緊張の色が見て取れた。自分も同じような顔をしているのかと思い、右の手で拳を握ると左の掌(てのひら)に打ちつけた。それを見て牧野が「君が緊張するとは珍しいな。今まで、緊張とは縁のない人種なのかと思っていたよ」と笑った。西島は何も言わなかったが、笑を浮かべてそれに答えた。

水位が次第に上がって来ると、艦を固定している舫綱が強く引かれ、ギシギシと不気味な音を立てて感情を苛立たせる。

想定している吃水は、六メートル三十、すでに六メートルを超えている。思わず牧野と顔を見合わせた時「潜水夫よりの報告。艦首、盤木から離れました」と声が上がった。後は艦尾である。重量物を積んだ艦尾の方が、問題は大きい。

思わず西島は、佐川の顔を思い浮かべた。

……佐川、頼む、艦尾を浮かせてくれ……

皆の注目が艦尾に注がれている間、西島は一人空を見上げていた。

一分、二分の時間が、とてつもなく長く感じられた。

「艦尾、浮きました」の声に、どっと歓声があがった。船渠脇でも艦上でも工員たちが抱き合って声をあげていた。

西島は、それを聞くとすぐに、冷静さを取り戻した。

問題は、艦首と艦尾の差だ。あまり差が大きすぎると艦首側に大量の注水が必要になり、艦が全体的に沈み込むことで、艦底と盤木の隙間を確保できなる可能性がある。

艦首と艦尾の潜水夫の計測結果を待たなければならない。

桜井が、両方の潜水夫からの計測結果を聞き取って走って来る。皆が耳をそばたてた。桜井は走りながら、思わず大声で叫んだ。

「主任、前後差六十ミリ。――大成功です」

第六船渠に、再び大歓声が沸き起こった。

牧野が西島に右手を差し出してきた。西島はその手をしっかりと握った。二人が握手したのはこの時が初めてだった。

「桜井くん、直ちに漏水の検査にかかれ、手を抜くな。万に一つの水滴も見逃すな」

桜井が、息つく暇もなく、舷側の階段を駆け上がって行く。

「おう、もう鬼の主任さんが、復活か」

牧野が軽口を叩いたが、西島は表情を変えなかった。

「ここに至るまで、徹底的に検査をしてきた。水に浮かぶ船を造る者にとって、漏水は屈辱以外の何物でもない。もしここで漏水が見つかれば、私もこの工員たちも造船屋としては失格だ……」

そう言うと西島は、牧野の肩に手を置いた。

「決して設計屋さんのせいにはしないよ」

その時牧野は、西島の造船官としての矜持を見た思いがした。

だが、牧野は素知らぬ顔でこう言った。

「さっき、祈ったろう。おそらく佐川に……」

西島が、照れくさそうに笑を浮かべる。

「俺だって、人の子だよ」

牧野も笑みを返す。

「ああ、そうだな。……僕も祈ったよ」

真夏の日差しが、眩しかった。

漏水検査は、それから半日もかかった。

日が西に傾きだした頃、二人は造船部長の庭田に報告に行った。

「浮揚演習は、成功裏に終わりました。艦首側に海水を三千トン注水して、水平が保てました。浮揚時の前後差は六十ミリ、左右は問題ありません。そのままの状態で排水し、吃水二メートルで、盤木上に着底させております。なお、漏水は皆無であります」

庭田は、黙って報告を聞いていたが、その口元が細かく震えていた。

「よく、やってくれた……。ここからも大歓声が聞こえていたよ。本当にあの人たちのおかげだ」

庭田が立ち上がると、二人に頭を下げて言った。

「ありがとう」

二人は、慌てて立ち上がり姿勢を正したが、庭田は何時までも顔を上げなかった。肩のあたりが、小刻みに揺れていた。

二人は一礼し、黙って部長室を出ると静かに扉を閉めた。

無言で廊下を歩く二人だったが、やはり顔を上げることは出来なかった。


その日の退勤時、西島は岡本を呼び止めた。他の工員の目の届かぬ海辺リへ移動し、浮揚演習成功の喜びを分かち合い、最後に付け加えた。

「艦尾の浮揚のときは、思わず佐川さんに力を貸せと祈りました」

その言葉で、岡本の顔が崩れた。

「あっしも同じでした。あの姿を佐川に見せてやりたかった……」

嗚咽を噛み殺し、岡本が唸るように言った。

夏の落日が、その心を映すかのように、二人の影を揺らめかせていた。

ふと、二人が何かを感じたように、海に視線を巡らせた。

二人の目には、この海と同じ海水に艦底を浸し、静かに着底している一号艦の姿が、鮮やかに浮かび上がっていた。

命名

八月八日は、一号艦進水式の日である。この日の呉市内は、早朝から何時もとは明らかに異なる様相を呈していた。

特に、呉海軍工廠に隣接した宮原地区では、午前七時過ぎから多くの軍用トラックが列をなしていた。トラックからは、完全装備の鎮守府陸戦隊の兵隊が降り立ち、要所に土嚢を積んで機関銃を据え付けた。また、全ての街角には憲兵か巡査が立ち、通行規制がかけられた。市民が、何事かと窓や戸を開けて顔を覗かせると、即座に怒号が浴びせられ、人々は慌てて家の奥に閉じ込もった。宮原地区からに一切の人影が消えた。動くものもなく静寂に包まれた市街地に、陸戦隊の鉄兜（てつかぶと）と機関銃が、朝日を受けて特異な光りを放っていた。

造船船渠では、すでに朝の五時から注水作業が始まり、六時には一号艦は所定の位置に浮揚していた。

工廠の作業開始は午前七時である。今日もその時刻になると一斉に各所で作業が始まり、工場特有の様々な騒音に満たされていた。工員たちには、今日が進水式とは知らされていなかった。

午前七時半、呉市内にサイレンが鳴り響いた。自警団が「空襲警報発令、空襲警報発令」と叫んで走り回る。そして八時になると、宮原地区に二手に分かれて布陣していた陸戦隊の機関銃や小銃が一斉に火を噴いた。勿論、空砲なのだが、市街戦を想定しての演習は、戦場さながらの様相を呈していた。

しかし、すでに作業時間に入って、雑多な音に包まれた工廠内で、その異変を感知できた者は、ほとんどいない。

また、海上においても早朝から、鎮守府所属の警備艇十数隻が展開し、船舶の往来を規制していた。陸で市街戦の演習が始まると、数隻の警備艇が煙突から真っ黒の煙幕(えんまく)を吹き出した。海風に乗った煙幕は、真夏の太陽の光さえも遮り、造船船渠周辺の海を夕暮れのような薄闇に変えていた。

この頃、すでに式台には、鎮守府関係者、庭田造船部長を始め工廠各責任者が、夏期第二種軍装に身を包んで整列し、天皇の名代である軍艦「八雲」艦長の海軍大佐、久邇宮朝融王の到着を待っていた。

他の工場と違い、工事も作業もしていない第六船渠には、遠くのサイレンや銃撃戦の音が届いた。しかし、何が起こったのか、工廠関係者は誰も知らなかった。

庭田が「何事か、至急調べろ」と平田主任に命じた。平田が駈けだして行こうとした時、鎮守府参謀長の滝沢少将が「あー待て、ありゃ鎮守府が計画した演習じゃ、今日の進水式の目眩(めくら)ませじゃ」と言った。

「なぜ知らせなかった」と庭田の顔色が変わった。西島が滝沢を睨(にら)みつけて、一歩前に出ようとしたが、横から牧野が腕を掴んだ。

「西島！　今日は、進水式だぞ」

西島にして見れば、だからこその事なのだが、庭田も首を振った。滝沢がこちらの動きを見て「なんだ、そこの若いの、何か文句があるか」と言い放つ。

牧野が、もう止められないと腕を放そうとした時、運良く「ご到着です」と声が上がった。瞬時に全員が姿勢を正す。牧野は、ほっと一息ついたが、滝沢参謀長がこのままでは済ますまいと気を揉んでいた。

日比野鎮守府司令長官の先導で、久邇宮朝融王が玉座につかれると進水式が始まった。

式台は、庭田が考えた白いキャンバスで覆った社殿風の儀式台であり、その面前には、一号艦の艦首が迫っている。艦首には紅白の式用の舫綱が左右に張られ、真ん中には薬玉も備えられていた、この設え（しつらえ）は、工廠の海軍省に対する精一杯の抵抗でもあり、何も無しで送り出すのは偲び（しのび）ないと言う親心の現れでもあった。

第六船渠の中には、式台に百人、船渠の周りに技師以上の関係者約千人がいるだけで、造船船渠の大きさからすれば、寂しさを隠すことはできなかった。

今朝六時の時点で、一号艦は海面と同じ高さに浮揚しており、八本の舫綱で係留されていた。すでに船渠の水門も開かれ、その外には五隻の曳船も待機していた。

船台で造られる艦船は、船台を滑り降りて初めて海に浮かぶことになる。このため、緊張感も高く、如何にも派手な進水式となるのだが、船渠の場合は、すでに進水している船を、ただ船渠から引き出すだけになるので、見た目の華やかさはない。

しかし、何れの場合も関係者の思いは同じである。

「西島くん、大丈夫だよな」

「部長、ご心配なく、全て上手く行きます」

やはり、そんなやり取りが囁かれていた。

日比野司令長官が海相代理として命名書を読み上げた。

「命名書。軍艦大和。

　昭和十二年十一月四日其の工を起し、今や其の成るを告げ、茲に命名す。

　　　　昭和十五年八月八日。海軍大臣吉田善吾」

西島らの責任者には、事前に艦名は知らされていたが、進水式で聞く艦名には、特別の響きがあった。

「戦艦『大和』か」と――西島が呟いた。

「ああ、良い名だ」牧野が顔を紅潮させてうなずいた。

だが、日比野の声は、船渠にいる関係者までは、明瞭に届かなかった。

船渠で見守っていた桜井が、隣りの技師に聞いた。

「艦名は、何と言った」「俺にも分からん」

すると横から「確か『紀伊』か、『出雲』とも聞こえたような気がするが」と言う有り様である。

艦の中央で、芳井進水主任が「用意！」と叫ぶと、左右八本の舫綱が解かれ、一本に十名の水兵が取り付いた。いよいよ引き出しが始まるのだ。

船渠は、横幅四十四・八六メートルだが、艦の幅は三十八・九メートルもあり、片側の遊びは僅か二メートルしかない。曳船の方向や風向きで舷側が船渠の壁に衝突する事故は、間々あることである。この引き出しが、進水式最大の山場と言って良いだろう。

「引き方、始め！」吉井の号令が一際高く響いた。

五隻の曳船の機関音が一斉に高まり、煙突から黒煙を上げた。それまで水中に沈んでいた五本の曳索が、一斉に水しぶきを上げて水上に躍り出ると、またたく間に一直線に張り締められる。それでも一号艦、いや「大和」はビクともしない。

曳船の機関音がさらに高まり、黒煙が激しく吹き上げられると「大和」が身震いするように、僅かに船体を揺らした。式台の前の紅白の綱がピンと張り、芳井から「進水用意よし」と報告が届く。

工廠長の砂川が、儀式用の小さな金斧で支綱を切断すると、連動して紅白の舫綱が切り離された。

「大和」がゆっくりと動き出すと、薬玉が割れ、鳩が飛び出してささやかに五色のテープが舞った。たったそれだけである。

万歳も拍手も人の歓声も聞こえず、ただ曳船の機関音だけが船渠にこだましていた。

本来であれば、軍艦マーチの吹奏とともに、万余の群衆の歓呼の声や万歳、そして連合艦隊僚艦の祝砲が、軍港に鳴り響いているはずであった。

式台や船渠の関係者も無言で、ゆっくりと曳き出されて行く巨艦をただ見つめていた。「大和」は懸念された左右のぶれも無く、毎分二十メートル弱のゆっくりとした動きで、満潮の海へその巨体をあずけようとしていた。

その時、甲板上の芳井進水主任が「ピー」と号笛を鳴らした。すると船尾の旗竿にするすると旗が揚がった。皆が何事かと目を凝らすと、その旗が海風に音を立て翻った。

――大軍艦旗である。

煙幕で薄墨色に染まった海上で、目にも鮮やかな十六条旭日旗だけが、戦艦「大和」の進水を示していた。

「大和」は、船渠を出るまでに二十分を要し、式典は無事終了した。演習の音も絶え、久邇宮が退席された頃「大和」は海上で方向を変えようとしていた。式場の皆が茫然と見つめている。これまでは、船渠の中で他に比較するものが無かったが、海上に浮かび曳船や警備船が同じ視野に入ると、その巨大さが際立って見える。

それは、船渠の前に新たな島が出来たような錯覚すら覚えるものであった。

滝沢が「こうして見ると周りの船は、まるでミズスマシだな」と驚声をあげると、庭田に歩み寄り「庭田さん、これは凄い艦だ。私も海軍の一員として素直に誇れる艦だ。よくぞ造られた……ご苦労のことお察しいたします」と握手を求めた。そして顔を寄せると「大軍艦旗の掲揚、ええ趣向じゃった。それとな今朝の演習は、わしの連絡ミスじゃ。スマン。あの若いもんにもよう言うとってくれ」と囁いた。

滝沢は照れ隠しのような笑を浮かべていたが、真顔に戻ると式台に残っていた関係者を見渡して言った。

「わしは、辛気臭いお祭りはすかん。もうお偉いさんもおらんし、下の連中も一緒に万歳しようや」

鎮守府の若い参謀が慌てて止めた。

「参謀長、海軍省からは秘密裏にと厳命されております。万歳は如何なものかと……」

滝沢が、その参謀を睨みつけた。

「ばかもん！　『大和』は恐れ多くも……」皆が姿勢を正す。

「大元帥陛下の戦艦である。その戦艦に対し、万歳もせずに見送ることこそ不敬である……。しかもここにいるもんは、皆身内じゃ、誰も他所(よそ)もんはおらん。呉鎮守府参謀長が言うとるんじゃ。責任はわしが取るけん」滝沢が庭田に同意を求めた。

「な、いいじゃろう」

庭田が笑ってうなずく。

すぐに船渠にいる関係者にも指示が飛んだ。

「さて、万歳の発声だが、この際だ。呉海軍工廠にその人ありと言われとう設計の牧野、現場の西島でどうじゃ」と、知らぬはずの二人に目をやった。

「参謀長、どこでそんな話を」

庭田が慌てて聞いた。

「いやー、この前軍令部に顔を出したら『大和』の話になって、そこの若いもんが二人にえらいご執心でな。課長のお墨付きもある。だから二人をさっき教えて貰うた」

西島と牧野は、すぐに宮城と野中の顔を思い浮かべた。

滝沢は、困惑する二人に「さっきの元気は、何処へ行った。いい若いもんが早よう腹を括らんか」と発破をかけ、何事かささやいて「さあ、やれ」と背を押した。

二人が並んで式台の前に立つと、船渠の関係者からやんやの大喝采が起こった。

二人は緊張しつつも、滝沢から言われた万歳の音頭を声の限りに叫んだ。

「戦艦『大和』の進水を祝し、万歳三唱を行う」

もう涙が溢れそうになる。滝沢の心遣いが胸にしみた。

「戦艦『大和』！　万歳！　万歳！　万歳！」

その時、滝沢が「工廠も労(いたわ)ってやれ」と声を掛けた。二人はうなずくと前よりも増して大きな音頭をとった。

「呉海軍工廠！　万歳！　万歳！　万歳！」

万歳の大合唱が、主の居なくなった空の船渠にこだまし、工廠関係者は、約三年にならんとする苦闘の日々を蘇らせ、滂沱(ぼうだ)の涙にくれた。

滝沢が立ち尽くす二人の肩に手を置いて、何度もうなずいた。

すでに「大和」は艤装桟橋に向かって曳かれ始めていたが、万歳の声が届いたのか、まるで応えるかのように、船尾の大軍艦旗をはためかせて見せた。

「大和」は浮き桟橋に繋留されると、クレーンなどの工事用機材を載せた百二十メートルもある桟橋船を二隻並べて横付けし、一番の極秘事項である主砲の三つの開口部は、小屋を建てて隠した。また、艦の横幅でその主砲の口径を推測されるのを恐れ、船首に棕櫚(しゅろ)のすだれを渡してこれも隠した。

進水時の吃水の関係で、後ろ倒しにされていた上部舷側の四百十ミリの甲鉄やバルジ上部の取り付けが始まり、艦橋もブロック工法により、次第に積み上げられて行った。

建造（七）艤装工事

進水式から二ヶ月が経った頃、呉鎮守府参謀長の滝沢が、艤装中の「大和」を視察に訪れた。あれから牧野と西島を気に入ったのか、何かにつけて工廠に足を運んでいた。

「大和」の艦橋は、ほぼ組み上がり、艤装工事の真最中である。

「恐ろしく巨大なものだのう」滝沢が、首を反らして見上げながら言った。

「この最上甲板から三十一メートルあります。日本の戦艦の中では最も高く、ビルに例えると十階建てに相当しますが、内部は、十一の階層に分かれています」

西島の後を牧野が続ける。

「艦橋は内筒と外筒で構成されています。内筒は二重構造で、内側が五百ミリの鋼鉄製で内径一メートル、艦の神経ともいえる各所への命令や報告のための通信関係のケーブル類などが収まり、外側は、二十五ミリ鋼板で、直径四メートル、最上甲板から第一艦橋までのエレベーターも備えられています」

「エレベーター」滝沢が目を剥いた。

「はい、士官用と言うことですが、階段を使うと百段以上あります」

「工事関係者は、毎日それを使うのか」

「皆が、最上階に行くわけではないのですが、毎日のことなので苦労しています」

西島が、茶目っ気を出して「参謀長、後学のために登ってみますか」とけしかけた。

「西島、その手には乗らんぞ。そもそも君らは、年長者に対する配慮に欠けておる」

牧野が、素早く風向きを読んだのだろう、説明を始めた。

「外筒は、上部でも直径十メートルあります。この外筒と内筒の間に、この艦の頭脳というべき施設が、配置されています」

「あの一番上が、主砲の射撃指揮所か」滝沢が聞いた。

「良く御存知ですね。そのとおりです」

「牧野、わしを何だと思っとるか。他の戦艦でもそうなっとる」

「失礼しました。その下が主砲の測距測的所で十五メートルの測距儀が装備されます。そして防空指揮所です」

滝沢が身震いするように唸った

「あの高さでの防空戦闘の指揮は、さぞかし肝が冷えそうじゃの」

西島が、また口を挟んだ。

「参謀長、もしかして高いところは、苦手ですか」滝沢が答えない。牧野は、慌てて次を続けた。

「その下が、第一艦橋です。この艦の中枢です。そして副砲の射撃指揮所や第二艦橋、それから司令塔になります。この司令塔は、艦橋が破壊された時の最後の砦となります。ここだけは甲鉄で組み上げてあります。」

うなずきながら聞いていた滝沢が、急に真顔になると二人に聞いた。

「ところでこの艦は、いつ出来上がるのかね」

急に雰囲気の変わった滝沢を、訝(いぶか)りながらも西島が「十七年六月と予定しております」と答えた。滝沢は暫し考えていたが、こう切り出した。

「君らも知ってのとおり、欧州ではすでに戦争が始まっておる。今の所独国の一人勝ちで、すでに陸軍の強硬派に圧されて、先月日独伊三国同盟も締結された。我が国は中国との戦闘が収束の気配もない。問題は米国だ。中国問題で強硬な姿勢であったものが、北部インドシナ進駐や三国同盟でさらに態度を硬化させている。日米通商条約も失効し、もはや抜き足ならぬところまで、事態は進んでいると考えねばならない。そのような状況下で、この艦の完成が十七年と言うことは、許されぬのではないかとわしは思う。もし米国との戦争になれば、この艦は、海軍にとって喉から手が出るほど貴重な存在となる。これから海軍省から矢のような催促が来ることになるだろう。二人とも……」

そこで言葉を切ると滝沢は西島を見つめた。

「君は、この艦を最後まで見届けることはできん。すでに転属命令が届いている」

非公式の内示だったが、西島はあまり驚きを感じなかった。滝沢が言う通り諸般の事情はきな臭いものだったし、すでに「大和」の船殻工事は九月の時点で九十パーセントを達成していた。どこかで新しい任務に就くことの方が、確率は高いと思っていた。

「転出先は、どこでしょうか」

「わしが、口を滑らしたんじゃ、教えぬ訳にはゆくまい。艦政本部じゃ、君にはお似合いのところだ。思う存分腕を振るえるぞ。とにかくこれだけの大戦艦を造りあげたのだ。胸をはって行け」

そう言って滝沢は、もう一度艦橋を見上げた。

「日本海軍は、海では『大和』と言う唯一無二の戦艦を手に入れ、空では零戦と言う優れものを手にしたようだ。この二つの優れものが海軍省の石頭どもに、悪しき影響を与えねば良いのだが」

それは、つい先月のことだった。

今年、制式採用された零式艦上戦闘機十三機は、中国重慶上空で中国軍機三十四機と遭遇した。今年は皇紀二千六百年にあたり、軍用機には採用年の後ろ二桁を冠することになっていたので、十二式戦として開発された戦闘機は、００をもって零式と定められた。その後略称として零戦、ゼロ戦と呼ばれることになる。この時の中国軍機はイ―十五、イ―十六などソ連製の旧式戦闘機だったが、この空戦が初陣の零戦は二十四機を撃墜、味方損失なしと言う大戦果をあげた。

零戦は、この時期の戦闘機としては、抜群の運動性と二十ミリ機関砲二門と言う重装備、そして三千キロにおよぶ航続距離を持ち、その性能は傑出(けっしゅつ)していた。


転属命令が出てから、赴任までの期間はわずかだった。

西島は、一切の送別会を受けなかった。「大和」は艤装工事の真最中である。いらぬ感傷にひたっている暇があれば、艤装を進めるべきと思っていた。誘いをかけた牧野も一言のもとに撥(は)ね付けられた。

「君らしい割り切り方だ」と牧野は改めて西島の一途さを思い知った。

出立の日、呉駅のホームには、岡本だけが姿を見せていた。

「岡本さん、御世話になりました。お陰であの艦を造ることができました」

「西島主任、あんたは本当にようやられました。立派なもんだ。また様子を見に来てください、待ってます。ここに佐川が居ねえのが寂しいですが……」

そう言って岡本が、鼻をぐずつかせた。

「ああ、それだけは私も心が晴れません。未だに残念です」

そんなやり取りはあったのだが、男二人しての別れは、なんともぎこちなく、時間を持て余していた。

駅は機密保持の最前線であり、憲兵や巡査の姿も多く見受けられる。二人の挙動に不審をいだいたのか、憲兵の一人が声をかけてきた。確かに西島は、連日の残務整理で髭も当たっていなかったので、傍から見れば怪しく見えなくもない。

「そこの二人、何をしとるか」

岡本が前に出ようとするのを止めて「呉海軍工廠の西島と言う。東京への転勤の途中だ」と答えた。それだけで引き下がれば、憲兵の仕事は務まらないだろう。案の定、西島のカバンの中を改めると言いだした。西島は、カバンの中に艦政本部に報告するための「大和」の資料を入れていた。

これはやっかいなことになると思った時、改札口が何やら騒がしくなった。何事かと目をやると、そこには手に風呂敷包みを下げた軍服姿の滝沢が副官とともに立っていた。仕事の合間に飛び出してきたのだろう。

「参謀長！」思わず西島が口にした。軍服姿を見た憲兵が、飛び上がるように直立した。

「西島、水くさいのう、一言、言うてくれれば、鎮守府の儀仗隊(ぎじょうたい)でも音楽隊でも揃えたのに」

「参謀長、わざわざ私のために、お越しいただいたのですか」

さすがに西島もこの展開は、想定外であった。

「ああ、君には送別会も断られたし、朝電話したらこの汽車で立つと聞いたので、せめて一目と思うてな。これはわしの行きつけの料理屋に、無理言って作らせた弁当じゃ。食うてくれ」そう言って、風呂敷包みを西島に押し付けた。

「西島、短い付き合いだったが、また会おう。わしはこれから会議があるので、失礼する。じゃ、元気でな」

帰りかけた滝沢が、横に直立している憲兵に目をやると「貴様、海軍中佐に何の用か、官姓名は」とドスの聞いた声で尋ねた。

憲兵が、緊張しながら「呉憲兵隊分室、吉村憲兵少尉であります」と答えると、滝沢はしばらく睨みつけていたが「吉村少尉、西島中佐の見送り、ご苦労！」と言って、副官に引っ張られるように去って行った。西島は風呂敷包みを抱いたまま、見えなくなるまで敬礼の姿勢をくずせなかった。

岡本が、近づいてきて「剛毅(ごうき)なお人ですね」と感心したように言うと、まだ傍に立っている憲兵に目をやった。

「まだ、何か用があるんか」岡本が聞くと憲兵は「西島中佐殿のお見送りをさせていただきます」と真顔で答えた。西島が吹き出しそうになるのを堪えて言った。

「吉村少尉、見送り、ご苦労」

ホームに列車が入ってくる。西島は岡本とがっちりと握手を交わした。

「お元気で」「後を頼みます」

短い別れの言葉だったが、二人にはそれで十分だった。

西島は、その時初めて肩の重荷をおろした気がした。吉村と言う憲兵少尉も、敬礼をして見送った。座席に腰掛け、動き出した汽車の窓から外に目を向けた時、駅のはずれの線路わきに婦人の姿が見えた。その横で女の子がしきりに手を振っている。

「奥さん！」

西島は、思わず口にして、急いで窓を上げると身を乗り出した。

佐川の妻の香代子だった。香代子も西島に気づいたらしく、こちらに向かって静かにお辞儀をした。

……お世話になりました。ご主人のこと決して忘れません。お元気で……

胸の内で呟いた言葉が聞こえたのか、加代子が微笑んだ気がした。

横の女の子が、両手を高く上げて、大きく手を振ってくれた。

西島も、腰を浮かせて手を振った。

西島の胸に、これまでの出来事が去来していた。沈着冷静を信条としていたが、香代子の出現で、全てのタガが外れてしまった。

――さらば呉、さらば工廠、さらば佐川、そしてさらば「大和」！

唇を強く噛み締めていたが、またたく間に外の景色が滲んできた。

二人が、だんだんと小さくなり、やがて家並みに飲み込まれていった。

窓を下ろして座ると、斜向かいの老婦人が「一人で転勤じゃ、子供さんが寂しがるじゃろう」と誰ともなしに言った。

西島は「煙のススが……」と痛くもない眼を、何時までもこすり続けていた。

建造（八）工期短縮要請　一

西島の異動と前後して、艦政本部から「大和」の完成時期の繰り上げの調査要請が届いた。その要請書を、艦政本部の担当官が持参した。

砂川は、直ちに秘密部長会議を招集した。

「艦政本部は、『大和』の早期完成に向けての検討結果を報告せよと言っている。みんなの意見を集約して返答せねばならない。おそらく米国の対日石油輸出の禁止など対米関係の緊迫によるものと思われる。本日は艦政本部の山辺担当官にも同席してもらっているので、そのつもりで」

砂川が沈痛な面持ちで言ったが、完成を早めることは日々の仕事を今より沢山やれと言うことに他ならない。船殻工場と艤装工場を持つ造船部長の庭田が現状の説明をする。

「船殻関係については、すでにその達成率は、九十パーセントを超えております。艤装についても、ブロック工法や早期艤装の取り組みが功を奏し、予定以上の進捗と言って問題はありません」

砂川が身を乗り出して言った。

「この時期としては、非常に喜ばしい話だが、今の話をみんなにも判るように、もう少し具体的に説明してくれないか」

庭田は、牧野や西島とこの進捗率について、誰にも口外しないと約束していたことを思い出していたが、この緊急事態では止むを得ないと腹を決めた。

「当初一号艦の工数については、戦艦『長門』の倍の四百万工数を見込んでおりましたが、皆さん御承知のとおり、ずば抜けた技術者が、早期艤装、ブロック工法など多種多様な新しい方策を導入し、的確な工数管理を行ってまいりました。このままの状況で推移すれば、おそらく『長門』と同数の工数で完成することになると思われます」

会場にどよめきが広がった。

「庭田さん、今言われたのは、『長門』の倍もある戦艦を同じ工賃で造れると言う解釈で良いのかな」

「そのとおりです。これはこの呉海軍工廠の設備の充実、そしてそこで働く工員の技術力の高さなども影響しておりますが、やはり西島カーブ……」

つい、個人名を冠して呼ばれる工数管理曲線の俗称を口にして、庭田は言葉が続かなくなってしまった。

「庭田さん、あなたの想いはみんなも分かっていると思う。この場を借りて、改めて西島中佐の功績に感謝の意を表したい」

砂川の言葉に、庭田はただうなずくことしかできなかった。

「庭田くんの説明からすると、これからの問題は、やはり砲熕関係になるのか」

砲熕部長の川田が、資料をめくりながらうなずいた。

その時、艦政本部の担当官と言う山辺が口を開いた。

「先ほどから聞いていると、何かこの艦が特別のものと言う感覚になるのですが、そんなもんなのですか。単に大きな戦艦を造るだけの話ですよ。現に二号艦は、民間の造船所で造っていますよ。そうしゃかりきにならず普通にやれば良いことじゃありませんか。艦政本部から図面も送って来るのでしょう。図面通り造れば済むことですよ。急いで完成させるには、もっと工員に仕事をさせれば良いことでしょう」

会場の空気が、瞬時に凍りついたのが分かった。

庭田は、自分の頭に血が逆流してくるのを意識していた。そして、こいつは技術士官ではないと直感した。おそらくどこでも使い物にならない奴が、艦政本部に流れ着いたのだろう。

「山辺さん、あなたが艦政本部で何をされていたのかは知りませんが、造船のことをあまり御存知ないのではありませんか、艦が大きいということを、全く理解されていないと思う。大きいと言うことは、単に図体を広げれば良いということではない。大きいと言うことは、従来の常識が通用しないと言うことです。その常識外れのものを、これまで懸命に知恵を絞り、技術を磨き、困難でかつ緻密な工事の積み重ねを経て、ここまでやって来れたのです。はっきり言って……門外漢のあなたに、講釈を言われる筋合いはない！」

庭田は、自分で良くここまで言えたと思っていた。本当ならとうの昔に殴りつけていただろう。それでも怒りで拳が震えていた。

だが、山辺は「そんなものですかね」と嘯（うそぶ）いて取り合わない。

「ねえ工廠長、どう思われますか。工員の尻を叩いて仕事をさせれば済むのでしょう。さっさと終わらして艦隊に引き渡せば万々歳ですよ」

話を振られた砂川は、机の上で両の手を握りしめ目を閉じていたが、山辺の視線に気が付くと感情を抑えた声で答えた。

「山辺さん、私どもの意見も聞いていただこうと同席してもらったが、無駄だったようだ」

「無駄？　無駄とはどういう事ですか」山辺がなおも詰め寄ってきた。

「君が、ここに居ること自体が……無駄だと言っているんだ！」砂川が右の拳で机を叩いた。山辺が驚いて目を見開いた。

「なぜ、君のような者を送ってきたのか理解に苦しむと、本部長に報告したまえ。私がそう言っていたとな」

艦政本部長の名前が出たところで、山辺の顔色が変わった。

「なお、完成期日の変更については、後日私から本部長に直接報告する。分かったら、さっさと東京に帰りたまえ」そう言うと、砂川は扉の向こうに声をかけた。

「平田主任！艦政本部の方が急用でこれから帰えられるそうだ。お送りしなさい」

山辺が平田に背中を押されるようにして出てゆくと、砂川は立ち上がって皆に頭をさげた。

「私が、艦政本部と合同の会議の方が、手間が省けると思ったのが、間違いだった。君らの気持ちを踏みにじるようなことになり、済まなかった」

そして、腰を下ろし大きく息を吸うと「では、改めて検討を続ける」と宣言した。

「『大和』の主砲については、これまで極秘と言うことで、内部にもはっきりしたことは知らせていなかった。しかし、こう言う事態となって、あやふやな対応は却って工事の進捗を阻害することになる。皆もそれなりの情報は持っていると思うが、この会議は秘密会議としているので、今日は具体的な情報を出して、共に検討して行くことにする。ただ、いづれにしても極秘には変わりないので、そのつもりで対応して欲しい。では川田くん」

「大和の主砲について少し説明させてもらいます。主砲の口径は、四十六センチ、一基三門で、三基九門となります。砲弾重量は約一・五トン、最大射程は四万千四百メートル、現存する戦艦の中で最強、最長となります。艦隊側は、この特徴を活かしてアウトレンジ戦法で戦うつもりのようです。この砲の積み込みは、来年五月からに予定されております。現在は、主砲の支筒の工事に着手しております。下部給薬室と上部給薬室の整備に入っていますが、支筒は六層になっていますので、まだ給弾室の他にも旋回盤や砲室の整備が残っております。その後でなければ、砲の積み込みはできません。砲身を運搬するための給兵艦『樫野』が、七月に完成しておりますので、運搬には問題ないのですが……」

「『樫野』の建造は知っていますが、あれは砲身を運ぶための船だったのですか。砲身は一体何トンあるのですか」

総務部長の黒木が驚いて尋ねた。

「砲身一本で百六十五トンあります。砲熕工場からの運搬方法がないので、船で運ぶことにしました。砲塔全体の自重は、二千七百六十トンですから、大型駆逐艦一隻分になります」

さすがに、極秘の戦艦である。部長たちでさえ大まかにしか知らされていないものが、幾らでもあった。こうして改めてその実態を聴かされると、その巨大さに圧倒される。

主砲三連装九門の一斉射撃の光景を思い浮かべて、黒木は背筋が寒くなるのを感じた。

「さらに、兵装としては、副砲は十五・五センチ三連装四基十二門、この口径は巡洋艦の主砲と同等であります。さらに対空兵装として十二・七センチ連装高角砲六基十二門、二十五ミリ三連装機銃八基二十四挺、十三ミリ連装機銃二基四挺であります。これらも順次設置してゆきます」

誰も、ものを言う気は失せていた。

「船殻工事、艤装工事は予定よりも進捗している。これをさらに推進すれば、期間の短縮に繋がると思うが、ここに至っては、砲熕関係の可否にかかってくると言うことだが、砲熕部長、期間短縮の策は考えられるのか」

砲熕部長が、頭を抱えた。黒木が川田の様子を見ながら代わって答えた。

「今、工廠長の言われたとおり、通常の勤務でこれを達成することはできません。主砲の支筒工事に人員を最大限投入し、さらに全ての部署、工場、部門を非常事態として、特殊勤務体制を引くしか手はないと思われます」

「黒木くん、特殊勤務体制をどう考えているのか」

「まずは、時間外勤務の常態化、そして休日出勤が妥当な所と思われます。さらに事柄によっては徹夜作業も伴うことになります」

誰かが「月月火水木金金か」とつぶやいた。砂川が、そのつぶやきに「まさにその通りだな」と相槌を打って、腕を組むと背もたれに背をあずけた。そのままの姿勢で「川田くん、今の黒木くんの案でどうかね」と尋ねた。川田は苦渋(くじゅう)に満ちた表情で、考え込んでいたが、頭を上げることなく「何とか二ヶ月ならば」と小声で言った。

後日、呉海軍工廠は艦政本部に対し、主砲の積み込みを昭和十六年三月に始め、引渡しを十七年三月末とする旨の回答を行った。

桜井技師が、桟橋船の上で岡本と立ち話をしていた。

「作業予定が、時間外、休日までに延長されているが、皆はどう思っているのかな」

「桜井さん、呉工廠を甘く見たらいけませんよ」

「それは、工員の間で反対が出るということか」

桜井が、不安そうに眉をひそめた。

「桜井さん、勘違いしねぇでくださいよ。あっしは、工員たちはそんな柔じゃねえと言ってるんですよ。西島主任が昔言ってましたよ。物づくりてぇものは、その完成型を想像できる所までやれるかに掛かっていると。そこまで行けば、後は一気呵成(いっきかせい)の世界だとね。もうここまで来たんだ。後はがむしゃらに働きますよ。アメリカさんともきな臭くなってきたと皆知ってるんですよ。何んせこの工廠と帝国海軍を、自分らの両肩に載せていると思い込んでいるんですから、心配はいりませんぜ」

岡本はそう言うとニヤリと笑を浮かべて「この工廠には、まだ西島教の信奉者がごまんといるんですぜ」と胸の前で両の手を合わせると、合掌して見せた。

吹きっさらしの栈橋船の上は、凍えるように寒かったが、岡本の祈りの真似(まね)が届いたのか、雲が切れて繋留栈橋の海を黄金色(こんじき)に染めた。「大和」も日の光を受けて、青みがかった灰色の船体を、まるで海の色を写したかのように輝かせた。

「おお、桜井さん、西島教はまだご利益がありそうですぜ」

岡本の言葉を聞き、桜井が慌てて合掌した。

その後、繋留栈橋の「大和」からは夜間も休日も、工事の音や溶接の火花が絶えることはなかった。

連合艦隊司令長官

「大和」の艤装工事に拍車が掛かっていた昭和十五年の年末、東京神田の料理屋に山本と野中の姿があった。

「連合艦隊司令長官にご就任以降、まだご挨拶しておりませんでした」

野中が、盃を上げて言った。山本は、昭和十四年八月に海軍次官から連合艦隊司令長官に就任していた。

「野中くん、体のいい左遷（させん）みたいなもんだ。海軍が三国同盟に難色を示すのは、わしがいるからだと決めつけられての逃避行さ」と山本がお茶を手にして応えた。

「しかし、九月にはその三国同盟も成立し、親独派は私の周りにも増えています。独国の快進撃を見せられると、その心変わりも分からぬではありません」

山本の目つきが鋭くなる。

「独国と関わっても、この極東の国には何の見返りもない。我々は亜細亜と太平洋の安定を保つことを最優先すべきだ」

「やはり米国ですか」

山本が、ごくりとお茶を飲んだ。

「中国との戦争を続けながら、米英を敵にまわすなど、この島国に出来ることではない」

「しかし、このままで行けば、米英との緊張にも限りがあります」

野中は、山本の心情を知りつつも口にせざるを得なかった。それは一旦開戦となれば、この山本が海軍を率いて戦わなければならないのだ。

「野中くん、米英と戦うのは愚の骨頂だ。しかし、それが避けられないとすれば、全力で当たるしかない。君に軍備を整えるのは、戦争の抑止力とするためだと言ったことがあったが、今のような状況では、即戦力として考える必要も出てくるだろう」

すでに山本は、対米戦の事を考えていると野中は感じていた。

「即戦力としては、『大和』建造の見返りとしてご要望のあった正式空母『瑞鶴（ずいかく）』『翔鶴（しょうかく）』が来年竣工します。艦載機では九七式艦上攻撃機を始め、昨年には九九式艦上爆撃機、今年には零式艦上戦闘機が採用となり、いずれも実戦配備されております」

「おうおう、軍令部第二部第三課長としては、だいぶ頑張ったと言いたいのか」

「そう言う訳ではありませんが、長官の進められている航空艦隊構想としては、質量ともに米国に引けを取りません」

「だから何だというのだ。今の戦力を比較すればそうかもしれないが、いざ戦争になって米国が本腰を入れると、そんなものは瞬く間に数倍の差になってくるのだ。そこの読みを間違うと取り返しの付かないことになる」

山本が、眉間に皺を寄せた。

「しかし長官、本当のお考えはどうなんですか。陸軍だけでなく海軍にも、もはや米国との一戦は避けられないとの認識が広がりつつあります」

「そう言う流れが、一番怖いのだ。中国における陸軍の行動が、まさしくそれじゃないか。何もかも済し崩しで、結局は抜き足ならぬ所まで来てしまっている。米国に関しても、どこかでこの流れを絶たなければ、悲惨な結果を招くことになるやも知れない」

　山本が一旦言葉を切ったが、思い直したかのように続けた。

「しかし、私は連合艦隊を預かる身として、何れの道も考えて置かなければならない。当然、米英と戦うこともだ。もし、戦いとなった時に考えられる方策は、ただ一つ、開戦劈頭に米艦隊を一挙に撃滅し、米国民の厭戦気分を高め、反撃の準備が混乱している内に講和条約に持って行くしかない」

　ここで山本は大きく息を吐いた。

「君と久しぶりに語れると楽しみにしてきたが、結局はこう言う話にしかならないのか」

　連合艦隊司令長官と軍令部課長との会話である。全く海軍と関係のない世間話は、話題になりようが無かった。それは戦争への懸念が大きくなっていることの表れでもあった。

　野中は、えーい、ままよと話題を変えた。

「大和が、後一年少々で竣工いたします。これから主砲の積み込が始まるところです」

「ああ、二号艦の武蔵も進水したと聞いている。連合艦隊旗艦とその代艦として、この二艦があれば他の戦艦はいらんよ」

　思わず野中が、目を見開いた。山本は芋の煮付けを口に運びながら、冗談だと言ったが、野中はそれが本音だと思った。山本の言った対米戦における敵艦隊の劈頭撃滅は、戦艦同士の砲撃戦で適うはずもない。

「やはり主役は、航空艦隊ですか」

「当たり前だろう。だから今年起工した大和型戦艦三号艦は、直ちに空母へ改修すべきだと思うよ」

野中は、次第に自分が責められている気がして、何時もの語らいをする余裕を無くしていた。

「しかし、航空主兵論は、未だ実証されておりません。大鑑巨砲推進者の方がまだ勢いがあります。三号艦の空母改装など認められる訳がありません」

山本が、じっと野中を見つめた。思わず背中に冷や汗が流れるのを感じた。

「すみません……。言い過ぎました」野中が頭を下げた。山本が笑を浮かべると「軍令部の課長さんも大変だな。まあ飲みなさい」と酒を注いだ。

「まあ、私も開戦劈頭に敵艦隊撃滅などと威勢の良いことを言ってはいるが、これと言った具体策がある訳でもない。何せ相手さんのある事だからな」

その時、野中は軍令部の若手の宮城が語った夢物語を思い出していた。

「長官、軍令部の若手にも色んな人間もおりまして、こんな話を聞いたのです」

その夢物語は、部下の宮城が語ったものである。

それは、新型空母「翔鶴」「瑞鶴」に第一航空戦隊の空母「赤城」「加賀」そして第二戦隊の空母「蒼龍」「飛竜」を加えた六隻の正式空母を以て、米国太平洋艦隊の本拠地ハワイを反復空襲し、制空権を確保、その後連合艦隊旗艦戦艦「大和」以下十一隻の戦艦部隊の艦砲射撃により、戦艦、空母は言うに及ばず、海軍基地そのものを壊滅させると言うものであった。

「いーや、あまりの奇想天外な話で忘れておりましたが、長官の劈頭壊滅と言うお話しで思い出した次第です」

野中は世間話の積もりで話をしたのだが、山本が腕を組んで黙ってしまった。

今度は、野中が要らぬ事を言ったかと慌ててしまった。

「あっ、お気にされず、どうぞ聞き流してください」

すると山本は「この話を考え出した者の名は、何という」と聞いてきた。

「私の課にいる宮城という男ですが」

「その宮城という男は、信頼できる男か」山本が真剣な表情で尋ねた。

「無論、指示を違（たが）えるような男ではありません」

「そうか、君が太鼓判を押すのなら、間違いはあるまい。それで安心した」

野中は、山本が何を言っているのか理解できずにいたが、次の言葉を聞いてその意図を知った。

「野中くん、これは連合艦隊司令長官の命令として聞いてくれ。この話、君もその宮城も一切、他言無用」

山本の顔つきが、司令長官のそれに変わっていると知り、野中は急に悪寒を感じて体を震わせた。しばらくの間、野中は口を開けなかった。やっとの思いで絞り出した声も震えていた。

「長官、もしかしてハワイを――」

野中の問いに、山本は答えなかったが、その沈黙こそが肯定を指すと知った。

無用な問答は不用と悟り、膝を正し背筋を伸ばすと、野中はしっかりと山本の目を見て言った。

「只今のご命令、確（しか）と承（うけたまわ）りました。大変余計なことを申し上げました。お忘れください」

山本が、姿勢を正した野中を見てにやりと笑うと、徳利を持って酒を勧めた。

「野中くん、この話はこれで終わりだ。飲みなおそう。ところでその宮城とやら、なかなか筋が良いぞ。いつか連合艦隊に寄越さぬか。鍛え甲斐がありそうだ」

年が変わった一月、山本はハワイ空襲の可否の研究を極秘裡に指示した。そしてその作戦計画案を実際に作成したのは、源田第一航空戦隊航空参謀であった。

建造（九）工期短縮要請　二

工廠長室にノックの高い音が響いた。砂川は無粋な奴が居るものだと額に皺を寄せた。飛び込んできたのは、総務部長の黒木だった。

「一大事です」

「何事が起こった。君がそんなに慌てるとは……」

砂川が、何か珍しいものでも見るように、書きかけの筆を止めて言った。

「海軍省からの連絡が入りました。大和の竣工をさらに二ヶ月短縮せよとのことです！」

砂川が、思わず手に持っていた筆を取り落とした。白い半紙に墨の染みが、黒々と広がっていった。

「黒木くん、まだ三月だ。昨年二ヶ月前倒してから五ヶ月しか経ってないのだぞ」

砂川も、つい大きな声を出していた。

今この時でも、繋留桟橋からは工事の音が聞こえている。工員たちは世界に誇れる大戦艦を造ろうと必死で頑張っているのだ。何時も朝早く出かけ夜遅く帰る父親に、たまにしか会えない幼子が、人見知りをして泣き出したと言う逸話を聞いたばかりだ。それをさらに縮めろとは何たることだ。砂川は、全身の力が抜けてゆくような虚脱感を感じていた。

「それで、海軍省は、どんな感じだった」

一応そうは言ってはみたが、前回は艦政本部のあくまでも調査要請であった。今回は海軍省直々の話である。誰が考えても否の返答は有り得ない。

「はい、私は強い要請と受け取りました。工廠長から再確認いただく方法はありますが、藪蛇になる可能性の方が高いと思われます。海軍省の担当は、私と兵学校の同期の者でしたので、それなりに配慮して言ってくれたようです。あくまでも強い要請と……直談判すれば、事によっては命令に変わります」

砂川が椅子を窓側に回して、遠くを見ながらしみじみと言った。

「黒木くん、こんな時、あの男がいてくれればな」

「工廠長、お気持ちは良く分かります。私も電話を受けてすぐにそう思いました。しかし、死んだ子の年を数えても仕方ありません。もう一度、秘密部長会を開くしか手は残されておりません」

しばらく砂川は、窓の外を見つめていたが、椅子を戻すと机の上の汚れた半紙を丸め、屑籠に叩きつけるように投げ込んで立ち上がった。

「黒木くん、西島くんは、天才、切れ者、そして鬼と呼ばれていたよな。……止むを得ん。今回は、私が鬼になろう」

その日の午後には、二回目の秘密部長会議が招集された。

　今回は、海軍省からの要請と聞いて、参加した各部長は容易ならぬ事態と認識せざるを得なかった。

「これから、主砲の積み込が始まり、より緻密な作業が増えてくる時に、さらに工期を短縮せよとは、言いづらい状況であることはよく承知している」

　砂川の沈痛な声が、会議室に響いた。だが、その声には、砂川の強い決意が表れていることを、黒木は感じていた。

「すでに皆、承知のことと思うが、昨年十一月には、戦争初期の活動整備を行うための出師準備第一着作業命令が出され、今月には、米国が武器対与法を成立させている。これは欧州の大戦への参戦の意思表示だけではなく、緊迫している日本との関係も含まれていると見るべきであり、内外の情勢は緊迫の度を増している」

　部長たちは、みな視線を落としたまま砂川の話を聞いていた。誰もが、もはや後に引く道はないと腹を決めていた。

「黒木くん、最後の一手は？」

「常時徹夜体制を取るしか道はありません」

　気持ちの上では、それしかないと理解していても、現実に言葉で表されると、逃げ道のない隘路(あいろ)を彷徨(さまよ)うような気分になってくる。誰もがそんな気分までも共有していた。

「他に手はないと思う。しかしながら、これは究極の選択である。実際に作業を行う工員が共に同じ考えになってくれなければ、事は進まない」

　砂川が、話を中断して大きく息を吸った。

「黒木くんとも相談をして決めた。『大和』建造にかかわる全ての造船官、技師、技手、それから現場をまとめている作業長に直に話をしようと思う」

砂川の決意を聞いて、皆が顔を上げた。

造船官は士官、技師は士官待遇であるが、技手は下士官待遇、作業長に至っては現場でこそ作業場を取り仕切っているが、工長と呼ばれる古株の工員である。

これに対して呉海軍工廠長の砂川は、海軍中将である。その工廠長が技手や工長に対して、直に話をすると言うのである。職責から行くと、まさに前代未聞、驚天動地（きょうてんどうち）の大事件である。だが、反対を唱える者は誰もいなかった。

これまでは、西島と言う軍艦の建造を根底から変革させる力を持った先駆者が、存在していたが、今は最高幹部の砂川しか、この窮地を救う力を持ってはいなかった。

誰もが砂川の決意を、乾坤一擲（けんこんいってき）の賭けに打って出たと感じていたのだ。

だがその一方で、その覚悟に思わず涙する者も少なくなかった。

翌朝、工員たちが出勤してくる前の繋留桟橋に、造船官以下約百名の該当者が集められた。

もう春の兆しが見え始めた頃であったが、この日は薄曇りで寒さが身に染みる朝であった。横に繋がれた「大和」は、すでに艦橋が出来上がり、煙突やマストも取り付けられ、外形的には主砲などの火器類の積み込みを待つのみだった。

砂川が繋留桟橋入口の一段高まった場所に立っていた。造船官以下が職位順に整列している。海軍の軍人は僅かだったが、さすがに海軍工廠である。整然と並んだ様は少しの乱れも見せなかった。

工廠長の脇に各部長が控えていたが、黒木が進み出ると「これより呉海軍工廠長、砂川中将より御言葉がある。心して拝聴せよ」と前置きをして、砂川が前に出ると「気を付け！砂川工廠長閣下に敬礼！」と号令を掛けた。

黒木に、一糸乱れずと言う言葉を思い起こさせるほど、見事な敬礼であった。皆がただ事ではないと、意を決して臨んでいることを窺わせる。砂川が左右、前後に目を配りながら答礼した。皆に休めの号令を掛けて、黒木が「お願いします」と促した。

「本日、諸君に集まってもらったのは他でもない。ここに繋がれているこの艦のことである」

さすがに海軍中将である。襟章の星の数に負けぬ重厚な声色(こわいろ)は、桟橋の奥にいる工長たちの所にまでよく響いた。

「すでに聞いていると思うが、米国との関係は、極めて緊迫していると言わざるをえない。だがこの艦の竣工は、未だに一年先となっている。もし、どこかで戦端が開かれたとすると、この艦をこの桟橋に繋いでおくことは、諸君にとっても忍び難いものであろうと思う。この工廠の関係諸氏が日夜を問わず、奮闘精進していることは、この私がよく承知している。しかし、今となれば、その一年が耐え難いほど長く思えてならない」砂川の声に熱がこもる。

「なぜなら、一旦緩急(かんきゅう)あれば、この艦はそのマストに八条旭日の将旗を翻(ひるがえ)し、連合艦隊旗艦として戦場に赴(おもむ)く宿命の下に生まれたからなのである」

参加者の口から「おー」と言うどよめきが上がった。軍の関係者が、初めてこの艦の立ち位置を口にしたのだ。起工から三年半、抑えに抑えられていた胸の思いが、一挙に開放されたのである。

寒空の下で立ち尽くしていた参加者の身体から、ほとばしるような熱気が放たれた。

「やろう！」「やってやるぞ！」

誰からともなく声が上がり、その声がまとまると、まるで雄叫びのように波間にこだました。

黒木は、砂川の機密保持を反故にしかねない言葉に気を揉みつつも、参加者の熱気に胸を熱くしていたが、一歩前に出ると「静まれ！」と声をかけた。

砂川の頬が紅潮しているのが分かった。声も先ほどより張りを感じさせる。

「この艦は、諸君が額に汗して造ってきた艦である。座して時を待つのか、勇躍して事に挑むのか、この艦の行末は諸君が決めることになる。……だが、すでに諸君はその何れかを選択してくれたようだ。私は自信を持っていま諸君に命ずる」

――この艦の竣工を二ヶ月早め十七年一月とする。

砂川は、そう宣言して視線を「大和」に向けた。

「大和」は、何事も無かったかのように、静かに寄せくる波にその巨体を預けていた。

砂川は、参加者に最後に伝える言葉を探したが、それは最高幹部が口にする言葉ではなかった。だが、砂川は自分でそれを言えたことが、心底嬉しいと感じていた。

「君たちの艦は、素晴らしい艦だと思う。そして君たちの心意気も、また素晴らしい」

参加者の先頭に並んでいた牧野が、帽子を取ると体を傾けて最敬礼をした。なぜこの様な礼をしたのか牧野自身もよく分かっていなかったが、砂川の命に答えるには一番適切なことに思えたのである。その礼は、瞬く間に参加者の理解する所となった。全員が帽子を取ると無言のうちに頭を下げた。その様は先程と同様に一糸乱れぬ、見事な四十五度の最敬礼であった。

そしてそれは、工期繰り上げを了承した証しでもあった。

砂川は、挙手で答礼したが、その目には「大和」が幾重にも滲んで見えていた。

昭和十六年五月、日本は対米交渉として、米国ハル国務長官に対し、全ての国家の領土と主権の尊重、内政不干渉、通商上の機会均等、太平洋の現状維持の四原則尊重を主張した非公式対案を提示した。しかし、その一週間後には「対南方政策要項」を決定し、南方進出の機会を窺っていた。

建造（十）工期短縮要請　三

工廠長の砂川が、話を終えて受話器を置いた。相手は軍令部である。「大和」の竣工を十六年末と要求してきたのである。すでに三月より徹夜工事は常態化しており、繋留桟橋では夜も昼もなく、まるで何かに憑かれたかのように工事が進められていた。

直ちに、緊急の部長会を開き工廠長一任の同意は得たものの、砂川の腹はまだ決まっていなかった。

「もはや、いま以上の手立てはない」

砂川はそう言って目を閉じた。常時徹夜体制を組んで三ヶ月、季節は初夏、六月になっていた。

黒木は、今の状況を冷静に見ていた。すでに現場は一気呵成の状態に突入している。ここで新たな対応や押し付けは、却って逆効果に繋がりかねない。

「工廠長、いま工事をしている工員たちの気勢を削ぐ訳には行きません。ここは海軍省や軍令部からの命令ではなく、前回と同様に内外の情勢を鑑み、工廠独自で判断したことにするのが、賢明な策かと思われます」

砂川が、目を開けると黒木に、鋭い視線を浴びせた。

「君は、まだあの工員達の尻を叩けと言うのかね」

「工廠長、もし今回の軍令部の要求を突っ撥ねることができるのなら、何も手段を講じる必要はありません。しかしながら、四月からの日米交渉も先が見えず、もし交渉が決裂すれば、最悪の事態が想定される現状においては、繰り上げ要求を蹴る事は至難の技と考えます。どうせ飲まなければならない要求であれば、私は工員たちに気持ち良く仕事をさせてやりたいのです。お仕着せでなく、最後まで自分たちの意思であの艦を造り上げて欲しいのです」

そう話をしながら、黒木は西島がこの場にいたら同じことを言うだろうと思っていた。

——結局この艦は、西島に始まり、西島で終わるのか……。

だが、それも良しとする自分に、黒木は納得していた。

黒木の話を黙って聞いていた砂川が「君の言う通りだろうな」と溜息混じりに頷いた。そして

「何かあの人に意見されているような気がしていたよ」と黒木の思いと同じことを言った。

「しかし、誰にどうやって話を持って行けば良いのか、前回のように上手く行くとは思えんのだが」

「適任者が、いまこちらに向かっております」

砂川が怪訝な顔をして聞いた。

「一体、君は何の事を言っているんだ」

「ここに呼ばれる前に連絡を受けました。呉駅に到着したとのことです」

「まさか、君はあの人の事を言っているのじゃないだろうな」

「先ほどの話で、工廠長と私の意見は完全に一致しております。あの人と呼ばれる方も同一と思います」

「黒木くん！」砂川がしびれを切らして、早く言えと催促した。

「艦政本部第四課、西島中佐がお越しになります」

砂川の顔に喜色が浮んだが、それは直ぐに疑問の声に変わった。

「なぜ、今頃、ここに？」


西島は軍令部の野中課長から、「大和」竣工の繰り上げ命令が発せられたことを知らされた。野中は、工廠の対応は限界を越えていると認識していた。だが、内外の情勢はそんな事は、おかまい無しに悪化の一途を辿っている。野中は、方便（ほうべん）として軍令部が工廠の状況把握のため、艦政本部に対し西島の派遣を要請した形にしたのである。その時野中は西島にこう言った。

「西島さん、あなたの目で、工廠の現状を把握していただきたい。その上で、貴方が無理と言うのであれば、軍令部の中は私が抑えます。だが、一日でも早く竣工出来るのであれば、その手段を講じていただきたい」

西島は電話を聞きながら、見えぬ野中に頭を下げていた。

「ご期待に添えるよう、全力を尽くします」

そう言うともう一度深々と頭を下げた。

「西島くん、来てくれたことは感謝するが、この期に及んで迷惑をかける様で、申し訳ない。工廠内で解決したいのは山々だが、状況はそう簡単ではない」

　砂川が、声を落として詫びた。

「今年の三月の要求については、工廠長のご尽力で何とか上手くまとめられたのですが、今回は皆目見当が付かない。ぜひ貴方の意見を聞きたいと思っていたところです」

　黒木も憂いの色を濃くしていた。

「お二人のお考えのように、工廠独自の判断とするのが、工員たちには一番受入れやすいでしょう。ただ、私も具体的な案を持ち合わせている訳ではありません。先ずは現場の雰囲気を見てみようと思います。もし、そこで何らかの方策が見つかれば、即応したいと思います。もし、良策が見つからなければ、再度お打ち合わせをさせて頂くことになるかも知れません。いずれにしても今回の件、私にお任せ頂けますか」

　西島が、強い決意を持って来ていることは、その顔つきで分かっていた。

「すでに、緊急の部長会を開催し、本件の工廠長一任の了解を得ています。後は工廠長のお考えだけです」

「西島君に任すことは、吝かではないが、君の今の立場を考えると如何なものかと迷いもある」

　確かに砂川の言う通り、艦政本部の部員に迂闊に頼める話ではない。事によっては、西島自身も傷を負うことも考えられるし、工廠自体の管理能力を問われることも起こり得る。

　だが、西島は砂川の懸念をあっさりと吹き払った。

「工廠長、私は軍令部の命を受けて、ただ調査に来ただけです。ですから、これからここで起こることは工廠内部の出来事であり、私が絡む絡まないは関係の無いことです。私はその結果だけを報告いたします」

　そう言われると砂川は、うなずかざるを得なかった。

「黒木部長、作業服を貸して頂けますか」

　黒木は、平田を呼んで作業服の準備をさせた。役職を表す腕章は、部長級である三本線と注文を付けた。

　繋留桟橋に近づくと、真っ先に溶接のアセチレンガスの匂いと鉄を叩く金属音が響いてくる。西島が嬉しそうな顔をして、足を速めた。

「黒木部長、これが現場の匂い、現場の鼓動です」

　建物の屋根越しに「大和」の艦橋の上部が目に飛び込んでくる。十五メートルの測距儀が、まるで大鷲が羽根を広げているかのように見える。建物の角を曲がると巨大な集合型の煙突、三方に構えたマスト、後部艦橋、副砲が順に視野に入ってくる。そして甲板上の三番主砲が目に入るのだが、砲室の整備中なのか砲身はまだ搭載されていなかった。艦の構造物には至る所に足場が組まれ工員が群がり、甲板上には幾つもの作業小屋が作られていた。様々な物資が山積みになり、電源のケーブルや給水管が張り巡らされ、溶接の火花と金槌、穿孔機、そして研磨機などの雑多な工事音は、まさに艤装工事、真只中の様相を呈していた。

　二人共作業服に軍帽姿である。桟橋から「大和」への細い仮設舷梯を渡ると、入口の警備兵が、三本線の腕章を見て慌てて敬礼をした。

　甲板上で最初に西島に気がついたのは、足場の上にいた年配の工員だった。

「西島主任！」

工員は、帽子を取って「お帰りなさい」と笑を浮かべた。西島が「おう」と手を挙げて答える。そのやり取りであちこちから声が上がり、瞬く間に西島の周りに人の輪ができた。

皆が皆、笑顔である。「お久しぶりです」「お元気ですか」「お帰りなさい」と挨拶が乱れ飛び、小踊りして喜ぶ者、手を取り合って笑う者、そして中には感極まって涙ぐむ者もいた。黒木は西島が工員たちから慕われていた事は知っていたが、その現実を目の前にして、驚きを隠せなかった。工事の鬼と呼ばれていたこの男のどこに、これ程人を惹きつける魅力が隠されているのか。黒木は「現場の西島」と言う敬称が、これほど相応しい男は居ないだろうと再認識させられていた。

その間にも、人の輪は膨れ上がり、何時しか工事の音も絶えていた。

作業事務所から桜井技師が飛び出し、艦首からは岡本が走ってくる。

いつの間にか設計主任の牧野、そして艤装工場長の福井もその輪の中心にいた。

牧野が西島に体を寄せると、耳元でささやいた。

「今日は、大変な用事じゃないのか」

西島が、肘で牧野の脇腹を打った。

牧野が、脇腹を押さえると苦笑しながら小声で言った。

「図星か。お手並み拝見とするか」

西島が、桜井に「工事は順調か？」と声をかけた。

桜井は、その顔に戸惑いの色を露わにしながら「順調と言えば順調ですが、竣工時期が二度、三度と前倒しになり、調整が大変です」と答えた。すると周りの工員たちからも休みの話や、昼夜二交替の話など様々な声が聞こえた。

そして、誰かがつい口を滑らした言葉に、同意とも諦めとも取れる卑下したような苦笑が広がった。

「まあ、お偉方の言うとおりに、間に合わせさえすれば良いのでしょう」

それを聞いた西島の顔色が変わった。

やはり、数度の繰上げ要請で皆が倦(う)み始めているのだ。

西島は、側にいた工員の持っていた金槌を取り上げるると、後部副砲の台座にかけてあった梯子をいとも簡単に登った。がたいのいい西島が、こんな俊敏な動きをするとは誰も知らなかった。

皆が驚いて西島を見上げた。

西島は、副砲砲塔の壁に打ち込まれた鋲の頭を、金槌で思い切り叩いた。

「キーン」と鋭い金属音が響き渡り、皆が一瞬身を縮めた。

「君らは、この鋲をどんな気持ちで打った！」

西島は、そう言って二度、三度鋲の頭を続けて叩いた。

「少なくともこの艦を作り始めたとき、君たちは日本一の戦艦を造ると言う意気に燃え、その誇りを胸に鋲を打ったはずだ」

そして、また鋲の頭を叩いた。下地の塗装が剥(は)げ地金が露わになり、皆が身を竦(すく)ませた。

「休みだと、この艦は戦をする艦だ。一度出撃すれば、戻るまでの間に休みなど無い。二十四時間、三百六十五日だ。ましてや戦闘ともなれば、この艦で多くの兵士が負傷し死ぬことになるだろう……。今、我々が立っているここで、砲弾や爆弾、魚雷が爆発する。それから逃げることもできず、兵士たちはただひたすら、この艦を信じて戦い続けるしか道はないのだ。その艦を期日合わせのやっつけ仕事で造れと誰が言った！」

　工員たちを見渡しながら続ける。

「この話を艦隊の人間が聞さぞかし落胆することだろう。自分たちが命を預ける艦は、そんな安っぽいものなのかとな。良いか！　例え鋲一本でも、溶接十センチでも自らの技術の粋を注ぎ込め、この工廠の工員にはそれだけの技と力量がある。それがこの艦で命を懸けて戦う兵士たちへ対する我々の責務だ。そして——高度の技でできた物は、どんな物でもなぜか美しい。それに誇りを足せば、それは神々(こうごう)しくさえある——それがこの艦の宿命なのだ。世界最大で最強、そしてそれは人の目を奪うほど凛(りん)として、美しくなければならない」

　六月梅雨の最中である。いままで止んでいた雨が、突然降り始めた。辺りが煙る程の雨足である。西島は、軍帽の庇(ひさし)から滴り落ちる雨粒も気にかけず、精一杯の言葉を紡いた。

「進水後に、君たちの仲間が何人死んだ？一人も死んではいないだろう。私はこの艦の船殻工事で、五十二名の仲間を失った。……五十二名だぞ」

　西島の脳裏に、佐川の姿が蘇(よみがえ)る。一気に胸が締め付けられた。周りが煙っているのは、雨のせいだけではない。だが、幾ら溢れても雨の雫がそれを隠してくれる。西島は誰にも臆せず涙を堪(こら)えることなく続けた。

「この五十二名が、どんな気持ちでこの艦を造っていたか、君らならよく知っているはずだ。彼らは、呉海軍工廠の工員と言う誇りと、日本一の戦艦を造ると言う使命に突き動かされて、日夜戦っていたのだ。その心を君たちは忘れたのか……」

甲板を沈黙が覆い、雨が足元を濡らしていた。

その時、甲板上の人の輪が崩れた。誰かが後ろから前に出ようとしていた。

「岡本さん」西島が思わずつぶやいた。

岡本は、仲間の輪の前に出ると、甲板に両膝をついて号泣した。そしてまるで叫ぶように言った。その声は雨音さえ消し去るような真情の発露であった。

「西島中佐殿、私はあの死んだ佐川と二人して、この艦の建造に命を懸けるとお約束いたしました。……面目ねえ。佐川がいなくなって、私は何かを忘れておりやした。中佐殿のお話しで目が覚めました。二番煎じだと言わねえでください。もう一度お約束させて下さい」

岡本が、「大和」の甲板に頭を擦(こす)りつける。

「この岡村、一命を懸けてこの艦を造り上げてみせます」

周りの工員たちも、雨に打たれながら微動だにしなかった。

――あの頃は、自からの手で戦艦を造れると言う喜びと誇りに胸を張っていた。

誰もが三年半前の自分に思いを馳せていた。

激しくなった雨足が、全てのものを濡らしていた。

その雨足の中で繰り広げられる男たちの物語を「大和」が静かに見守っていた。

西島は、最後にこう付け加えた。

「三月の竣工繰り上げの際、工廠長の言われた言葉は、君たちへの細やかな愛情が溢れている。こんな工廠長の下で働けることを感謝すべきだ」

西島は、間を置いて皆の顔を見渡しながら言った。

「座して時を待つのか、勇躍して事に挑むのか、この艦の行末は諸君が決めることになる。それからこうも続けられた……君たち艦は、素晴らしい艦だと思う。そして君たちの心意気もまた素晴らしい。……良い言葉だ。今日ここに来て私もそう思う。さあ、この艦を誇り高き艦にしろ！死ぬ気で励め！」

雨音だけの沈黙の中で、艤装工場長の福井が「ピー」と号笛をならした。その合図で皆が現実に引き戻された。福井が今度は号令を掛けた。

「前呉海軍工廠船殻主任、西島中佐殿に敬礼！」皆がまた一糸乱れぬ敬礼を見せた。どの顔も涙と雨でぐしゃぐしゃだった。だが西島は、そんな彼らの胸の内で誇り高き呉海軍工廠魂が、再鼓動し始めたと感じていた。皆の顔を見てゆっくりと答礼した。

「各員、持ち場に戻れ、急げ！」

福井の指示で、皆が水しぶきを上げて一目散に駆け出して行く。

その姿を見て牧野が、甲板に降りてきた西島にささやいた。

「さすがに、西島教の教祖様のお言葉だ。皆の気合が全く違うよ」

西島が、再度肘を見舞った。それを牧野は読んでいたかのように、するりと躱すと「竣工の繰り上げだろう、この後どうするんだ」と心配そうに尋ねた。

西島はそれには答えず福井に言った。

「福井さん、恐らく明日、もしくは明後日、桜井と岡本が貴方に会いに来るはずだ。その時は、黙って話を聞いてやって欲しい。そしてそれを黒木さんに繋いでくれ」

福井が怪訝そうな顔をして聞いた。

「何を言いに来るのだ」

西島が大きく手を回し、雨粒を顔で受けながら深呼吸をすると、にっこり笑った。

「それは、聞いてのお楽しみだ。これで俺の仕事は終わった。さて東京へ帰るとするか」

黒木が黙ってうなずいた。

それから数日後、西島は黒木からの電話を受けた。

竣工予定が十二月になったと言う報告だった。

それからの艤装工事は、まさに戦争だった。工員たちは、目を血走らせて作業に没頭し、技師たちは、最良の工程を求めて奔走（ほんそう）していた。砂川は、呉海軍工廠を準戦時体制とすることを宣言し、工廠の全部門に対し「大和」艤装工事への全面協力を命じた。

昭和十六年六月欧州では独ソ戦が始まり、日本は七月南部仏印へ進駐、八月には米国が対日石油輸出を全面禁止とした。この時、日本の対米石油依存率は九十パーセントに達していた。

艦船だけでなく航空機の需要が高まる中、日本が備蓄していたのは、僅か二年足らずの量でしかなかった。米国の対日石油禁止は、経済戦争における宣戦布告に等しいものであった。

秘　密

信一は、文子を連れて、宮原地区にある友人の昭太の家へ向かっていた。この日は地区の夏祭りがあり、昭太の両親が祭りの役員をして帰りが遅くなるので、内緒で見せたいものがあると言う誘いだった。信一は一人で行きたかったのだが、どうしても文子が一緒に行くと駄々をこね、結局二人で行く羽目になった。

信一は、文子の父親の事故死から文子の面倒を見るよう父に厳命されていた。文子の母親が海軍工廠の事務で働き出したからだ。

だから、もう二年も兄妹のようにして遊んできた。男友達との遊びにも、いつも文子が一緒だった。チャンバラや戦争ごっこが主だったが、男友達も文子の境遇を知ってか邪魔者扱いはしなかったし、その内に、文子も立派な切られ役や敵兵役をこなすようになっていた。

ただ、今日の誘いは、昭太の雰囲気が何となく秘密めいていたので、一人で行きたかったのだ。お祭りということもあり、文子は浴衣姿（ゆかたすがた）に下駄（げた）を履いていた。宮原地区の高台にある昭太の家までは、だらだらの坂道を上がって行かなければならない。夕暮れが近かったが、真夏の暑さで、文子が音をあげた。

「文子、早うこんか」

信一が声をかけても、文子はしゃがみこんで動こうとはしなかった。

「もう初等科二年生になったんじゃろう。早う歩け」

この年から尋常小学校は国民学校初等科、高等小学校が国民学校高等科になっていた。そう言う信一は高等科一年生だった。

だが一向に動こうとしない文子に痺（しび）れを切らした信一が「ほい」と手を差し出すと、文子は嬉しそうにその手に引かれて歩きだした。

昭太の家に着いた時は、もう薄暗くなり始めてはいたが、家の中は全ての開口部が雨戸で閉ざされ、灯りをつけなければ真っ暗だった。暗い二階への階段を登りながら、昭太が「あの船のせいや」とつぶやいた。それは、信一も薄々感づいていた。あの船の建造が始まると全ての家で港や工廠に向いた開口部が閉じられた。見てはいけない、言ってもいけない、そして聞いてもいけない、軍機のための防諜活動が始まったのだ。

だが、昭太の言葉は、信一たちに向けられたものではなかった。単に原因を呟いただけで、昭太も凄い戦艦が造られていると言う話には興奮していた。二階の座敷に上がると、昭太が神妙な声で言った。

「このことが知られたら、俺や信一の親爺も、文子の母さんも憲兵隊に引っ張られるぜ」

信一は、胸の鼓動が高なるのを感じた。

「昭ちゃん、やはりあの船か」昭太が黙ってうなずいた。

「信ちゃん、俺はお前にあれを見せたいんや。お前の親父や文子の父親が何を造っていたか、俺だけの秘密にしておくのはもう無理や」

「秘密を守れると約束してくれるか」

昭太が真剣な表情で尋ねた。だけど怖い、だけど見たいと信一は思った。だが、ここには文子もいる。文子に秘密を守れとは言い難い。それだけが、信一の懸念だった。

「文ちゃん、今日のこと秘密にできるか、母さんに聞かれても黙っていられるか」

文子には、何のことなのか分からなかった。でも信一が真面目な顔で聞いてくることは、大変なことだと思った。文子は「うん」とうなずいた。

「じゃ、三人で指切りげんまんしょう。針千本飲まそや」

昭太の言葉に文子が身を捩った。文子は、閻魔大王様が怖かった。そして針を飲まされることも怖かった。だが、二人の真剣な表情を見て、指切りがとても重要なことなのだと納得した。

豆電球の薄暗い座敷の中央で、三人は指切りげんまんをした。秘密の儀式の匂いが濃くなっていった。

「指切りげんまん、嘘付いたら針千本飲まそ」

文子が、再び身を捩った。

すると、昭太が窓のガラス戸を開けて「ここや」と雨戸の一点を指さした。そこには大きな木の節があった。昭太が千枚通しを持ってきてその節に突き立て、ゆっくり引くとその節が、すっぽりと外れた。

「信ちゃん」昭太が節の抜けた穴を指さして、覗けと言っている。信一は、怖々その節穴に目を近づけた。そして外を見た瞬間「わー」と声をあげた。昭太が慌てて信一を引っ張ると、口に指を立てて「シー」と言った。昭太の横で文子も真似をして、口に指を立てていた。

信一は、息を大きく吸い込んで、もう一度節穴を覗いた。

そこには、呉の軍港が広がっていた。薄闇の海上に黒々と軍艦の姿が見える。そして視線を戻すと手前が海軍工廠だった。もう工場の明かりは消えていたが、工場の先に突き出た桟橋からは、鮮やかな光が発せられていた。その光は一つではなく、何十、何百にも見えた。

よく目を凝らすと、その光は黒々とした大きな船の上から出ているのが分かった。

「あれが、あの船か」昭太が黙ってうなずくのを感じた。

どちらが船首で、どちらが船尾なのかは分からなかったが、光が溶接の光りであることは分かった。光の点滅の具合で、光の点は線のようになり、巨大なその船型を鮮やかに浮かび上がらせた。光からこぼれ落ちる火の粉が、仕掛け花火のようにも見える。

　信一は、まるで夢を見ている気分だった。こんなに美しい光景を見たのは初めてだと思った。溶接の中心の青白い光りとその周りの橙色（だいだいいろ）の光り、そして滝のようにこぼれ落ちる白い光り、それが巨大な船影となって闇を舞うのである。ある時は右半分だけが輝き、ある時は構造物が闇に紛れて船体のみが光り、そしてある時は全くの闇となる。だが、その闇は長くは続かない。急に全体が輝くと、再びそこに巨大な光の船が姿を現すのである。

　信一は、光の乱舞（らんぶ）に見入っていたが、誰かに背中を叩かれ我に返った。後ろには文子が立って、指を自分に向けて次だと催促していた。だが、文子の背高では節穴まで届かず、信一が後ろから抱え上げた。節穴から覗いた文子は、無言だった。

「文ちゃん、見えるか」と声をかけたが答えがないので、下ろそうとするといやいやをする。仕方無くしばらく抱えてから下ろしたが、それでも何も言わない。

「文ちゃん、どうした」と聞くと文子は信一の耳元に口を寄せて「シー、誰にも言っちゃいけないの……でも、きれい」と言った。

「文子の方が、俺らよりしっかりしてるな」と昭太が苦笑した。

　昭太が節穴を埋め戻すと「フー」と息を吐いた。信一は、見てはいけない物を見たという罪悪感もあったが、その巨大さと美しさに満足していた。昭太は、秘密の仲間が出来たことを喜んでいた。

　帰りは、すっかり暗くなっていたが、下り坂である。そんなに時間のかかる距離ではないのでとはしない。

安心していたが、また文子がしゃがみ込んで歩かない。今度は手を出しても口を尖らせて動こうとはしない。

「文ちゃん、どうするの」と聞くと「おんぶ」と言うではないか。

冬なら兎も角、この暑い最中のおんぶは地獄だなと思ったが、仕方がないとしゃがんで背を向けると、思わず前のめりになるほどの勢いで飛び付いてきた。

文子は、信一の背中が大好きだった。幼い頃から皆で遊んだ帰りには、何時も信一の背中におぶさっていた。信一の背中は大きく暖かく、信一が何か話すと背中に付けた耳に声の振動が心地よく伝わってきた。暑い日でも苦にはならなかった。信一の汗に濡れたシャツに風が当たると、ひんやりした感触を、頬に感じることができた。

文子は、首にしっかりと手を回している。その首筋の暑さだけでも閉口したが、背中からは子供の身体の熱さが伝わってくる。直ぐに汗が吹き出してきた。早く帰ることだと急ぎ足で坂を下っていたが、思わず足が止まった。

巡査が上って来るのが見えたのだ。

——巡察だ！

心臓が「どくん」と跳ねたのが分かった。

自分は何を聞かれてもしらを切れるが、文子が何を言い出すか分からない。怪しまれぬようゆっくり坂を下ったが、案の定呼び止められた。

「この上の友達のところから帰るところです」

答えた信一の心臓は、早鐘のように踊っていた。

「お嬢ちゃん、何して遊んだの」

巡査が背中の文子に尋ねる。余計なことを言うなという合図の積もりで、足を抱えた両腕に力を入れた。

「文ちゃんね、花火を見たの」

「ほう、どんな花火」と巡査が聞く。

まずいと信一は思った。節穴から覗いたこと、海が見えたこと、光が見えたこと、何を言っても勘ぐられるだろう。信一の額から汗が滴り落ちた。

その時文子が「パチ、パチの花火」と言った。

巡査は「そうか、線香花火か、気をつけてお帰り」と言うと文子の頭を撫でて離れて行った。

信一は腰が抜けそうになるのを堪えて、必死で歩いた。

文子は大好きなお兄ちゃんの背中で、すやすやと寝息を立てていた。

「大和」は、主砲の砲身の取り付けも終わり、艤装工事も最終局面を迎えていた。炎天下の艤装は、艦上では呉海軍工廠標準色の青みがかった灰色の塗装や錨、梯子、手摺りなどの取り付けが進んでいたが、艦内においては直通電話や伝声管だけでも各々約五百本もあり、配線や配管などの艦内作業は熾烈を極めた。だが、劣悪な環境下での作業にも不平を漏らす者はいなかった。己の誇りのために働けと言った西島の激は、工員たちを最強の戦士に変えていた。

海軍は、八月十五日「出師準備第二着作業」を発し、九月一日には「戦時編成」とした。

砂川は、開戦近しの状況を憂慮し、年内竣工を十二月中旬竣工と指示していた。工員たちは「もし、開戦してからも工事を続けるようなら、呉の市民に呑気な工廠と笑われる」と歯を食いしばり、献身的に徹夜作業をこなしていた。

九月に入り艤装工事は、最終段階を向かえていた。

「竣工までの予定について、共有しておきたい」

砂川が切り出したが、今年に入ってからの数度の竣工繰上げ要請に対応して、陣頭指揮を取ってきた為か、その顔の皺の溝が深くなったように感じられた。

黒木が立ち上がり、予定の説明を行う。

「まず、艤装工事は九月中を目処に行い、十月十六日から予行運転、そして十月二十日前後から公式運転、さらに十一月下旬にかけて搭載銃器の公試、そして十二月初旬には、主砲の公試を行う予定にしております。主砲の公試をもって工廠の仕事が完了いたします。正式な竣工は、予定通り十二月中旬と判断しております」

「以上の予定について、何か問題があるか」砂川が皆を見回して言った。

造船部長の庭田が「すでに艤装工事の九十九パーセントを完遂しております。全く問題はありません。工廠一丸となって事に当たってまいりましたが、中でも工員たちの奮闘には頭の下がる思いがしております」と答えた。

砂川が「その通りだと思う」と大きくうなずいた。

「砲熕部もよろしいかな」「はい、後は公試を待つばかりです」

「分かった。艦隊側では、本日付けをもって人事が公になり、艤装委員長の宮里艦長以下乗組員の発令が行われる。なお、本工廠関係でも、十月一日をもって黒木総務部長が軍令部への転出が内示されている」

そう言うと砂川は立ち上がり「黒木部長、本艦起工以来今日まで、良くその職責を全うされたと感謝している。本当にご苦労でした」と頭を下げた。

黒木は、すでに砂川から内示を受けていた。長い戦いが終わったと言う安堵感と「大和」の竣工に立ち会えない寂寥感（せきりょうかん）を同時に味わっていた。

だが、黒木には最後にしておかなければならない大切なことが残っていた。

自分が「大和」と関わってきた集大成のためにも、それは人として成さなければならない、自らが課した大きな命題であった。

九月六日、御前会議において「外交交渉に依り十月上旬に至るも、尚我要求を貫徹し得る目途なき場合に於ては、直ちに対米（英蘭）開戦を決意す」との決定がなされた。

むろん、対米交渉の結果次第ではあるが、全てが戦争への序曲として鳴動（めいどう）し始めていた。

黒木は、一人で管理棟二階会議室の椅子に腰掛けていた。会議室のカーテンは閉じられているが、それでも秋の日差しは室内を明るく保っていた。黒木は、廊下に響く足音を聞いて待ち人が来たことを知った。

ノックと同時に「平田入ります。お連れしました」の声がかかり、ドアが開く。

ドアの向こうには、海軍工廠の事務服を着た佐川大介の妻、香代子の姿があった。

突然の呼び出しに緊張しているのか、香代子の顔からは普段の笑顔が消えていた。

「平田君、よろしくたのむ」

平田がうなずくと、外に出てドアを閉めたが、立ち去る足音は聞こえなかった。

会議室には、黒木と香代子の二人きりになった。

「佐川さん、まずはお掛けください」

黒木が立ち上がり椅子を勧めたが、香代子はとんでもないと言うかのように首を振った。

香代子は、二年前この工廠の工員であった夫の佐川大介を事故で亡くしたが、その後平田の尽力もあり、工廠の事務員として採用され今日に至っている。その海軍工廠の総務部長からの呼び出しであれば、何事かと不安がるのは当たり前のことである。黒木は仕方なく立ったままで話しを始めた。

「奥さん、工廠内ではお見かけすることはありましたが、こうやってお目にかかるのは、ご主人のご葬儀以来ですね」

「あの折は、大変なお心遣いをいただき感謝いたしております」

香代子が深々と頭を下げた。

「また、その後もこうしてお仕事をさせていただいており、お礼の申し上げようもございません」

改めて頭を下げる香代子を見て、黒木は、立ち振る舞いがあのころと少しも変わっていないと感じていた。緊張しながらも臆する素振りは見せず、瞳は真っ直ぐ黒木に向けられていた。

「今日は、奥さんに借りをお返ししようと思い、ご足労いただきました」

「部長さんと私の間での借りですか?」香代子が腑に落ちない様子で尋ねる。

「ええ、ご主人のお通やでの借りです」

香代子が、昔に想いを馳せるかのような素振りを見せたが、小さく首を振った。

「覚えておられませんか？　この数年、あれは思い出すたびに、私に後悔の念を抱かせてきました」

「あの時私は、何か失礼なことを申し上げましたでしょうか。そのような事があったのならお詫びいたします」

言いながらもその目は、依然として困惑の色をたたえていた。

「私はよく覚えていますよ、あの時奥さんは私に、ご主人が思いを込めて造っていた船の事を教えていただけませんかと尋ねられました。その上で私たち親子は、その船に主人の面影を重ねてこれからも誇らしく生きて行きたいと言われたのです。……それに対して私は軍の機密だからと突っぱねたのです」

黒木は、当時を思い出したのか、顔を曇らせる。

「軍の機密とは言え、私は自分の対応を許せませんでした。あの時でなくともその後でも、軍の範疇（はんちゅう）の中で他に出来ることはなかったのか。もっと人間としてあなた方に寄り添えなかったのかと考えておりました。」

香代子が、少し驚いたように目をみひらいた。

「実は、先日転任の内示があり、後十日もすれば東京にもどります。最後に奥さんに私の気持ちを伝えておきたかったのです」

香代子は、黒木の言葉を聞きながら、ある種の感動を覚えていた。

黒木から見れば自分たち親子は、何万人もいる工員と家族の中のごく一部であり、覚えるまでもなく消えてしまう存在だった。それなのに数年たった今も、黒木は軍機に縛られていた自分を責めているのだ。

自分の夫は軍属であったが、海軍に勤めていることを誇りとし、また海軍軍人としての矜持（きょうじ）を持ち続けていた。その意味で黒木の話は、素直に香代子の胸を打った。

主人が誇りにしていた海軍とは、こういうものなのだ。

香代子は、深々と黒木に一礼して口を開いた。

「部長さん、そのお心をとても有難いと思います。その上お仕事までさせて頂き、私どもがこれ以上望むものはありません。主人も恐らく感謝の手を合わせていると思います」

その物言いを遮（さえぎ）るように黒木が問う。

「奥さん、ここに勤められて何かあの艦のことが分かりましたか」

そう聞かれてもこの二年余りの間、あの艦について誰かが口にすることも無く、誰もが聞こうとさえしなかった。

工廠内においても禁句であり、その統制は過酷（かこく）とも言えるほど厳しかった。しかし今、その秘密めいた船のことを工廠の責任者が、自ら口にしているのである。

香代子は、自分が隠すほどの何かを知っているとは思ってなかったが、一方では、とてつもない大きな船が造られていると言う風評は、市民の中では周知の事実だった。

まさか黒木が自分に鎌をかけているとは思えない。

「工廠内では、何の話も聞いたことはございません。ただ、町中（まちなか）では大きな船、戦艦が造られていると噂されております」

「そうでしょうね。人の口に戸は立てられませんね。……奥さんは今でもあの船の事を知りたいとお思いですか」

黒木の問いかけに対し、香代子はその真意を測りかねていた。

確かに、夫が死んだ当初は、何が造られているかは、夫の生きざまを自分の胸に留めておくためにもと、狂おしいくらいの渇望を覚えていた。だが、一般市民にまで厳密な統制が引かれている現実に直面して、逆にそれが自分の気持ちの支えになっていることに気が付いた。海軍が、誰にも知られたくないほどの船に主人は関わっていたのだ。二年の歳月を経て、それだけでも十分なことのように、気持ちは平静を取り戻していた。

「今は、気持ちの整理も付いておりますし、私共が知ってはいけないことだとも理解をしております。だから、もうあの時のことはお忘れください。お気にかけていただいただけでも、もったいのうございます」

「そうですか、時が経ち、少しは気持ちの整理が出来たのですね」

香代子の言葉にうなずきながらも、黒木はどこか吹っ切れた表情を見せている。

「私も転任の内示が出てから色んな物を整理してきました。あの船に関する諸々のこともその一つですが、いくら片付けても、私の気持ちの中で、やはり一つだけやり残したことがあるのです。それが小さなとげとなって気持ちを逆なでするのです」

淡々と話していた黒木の口元に力が入る。

「あの折、私は時が来たら必ずあなたにお知らせすると、心に誓ったのです」

香代子は、黒木がなぜ自分を呼んだのか、今はっきりと理解した。

「それが私への借りのお返しだとおっしゃるんですか」

香代子はそう言いながら、無意識のうちに身体が震え出すのを感じていた。

今、この人は私にあの船の事を告げようとしている。

それは決して知らせてはいけないこと、決して知られてはいけないことなのだ。

そしてそれを、軍人自らが破ろうとしているのだ。もしこの事が分かれば、生死にかかわるような大変なことになるだろう。だからそれは絶対にしてはいけないことなのだ。

そう思った時、香代子は、思わず黒木の腕を掴(つか)んで叫んでいた。

「部長さん、やめてください！　私たちのことは、もう充分にしていただきました。どうか忘れてください」

叫んだのは初めだけで、後は涙声になっていた。

「お願いですからこれ以上何も言わないでください……」

そんな香代子を、黒木は穏やかな笑みを浮かべて見ていたが、優しくその手を解くと窓際に歩いて行った。

黒木は、茫然(ぼうぜん)と佇(たたず)む加代子に話しかけた。

「奥さん、長い間お待たせしました。私も内示を受けて、やっと踏ん切りがつきました」

黒木がカーテンに手をかける。

「これが私の、いや海軍の、ご主人を亡くされた貴方に対するせめてもの償いです」

そして窓のカーテンを思い切り開け放った。

窓からの日差しが、一瞬にして加代子の視力を奪った。

しばらく目を閉じていた香代子が、恐る恐る薄目を開く。

焦点の戻った香代子の目に飛び込んできたのは、岸壁に繋がれた巨大な船だった。

その大きさは、天井まで二段に設えられた窓枠にも収まり切れていない。

あまりの衝撃に、香代子は思わず息をのんだ。

実際にあるのかは知らないが、頭に浮かんだのは不沈戦艦と言う言葉だった。

形状からして見えているのは船尾なのだが、目を引くのは広い甲板を占拠するように据えられた砲塔である。三本の砲身が、いやが上にも他を圧倒する。その大きさは横で作業をしている工員と比較しても特別だ。

なぜか砲身の一つだけが天空を指しており、その後方に副砲と三方に分かれたマスト、そして上部を黒く塗られた煙突が見える。その先には、煙突をはるかに凌駕(りょうが)する艦橋が、天に向かってそびえ立っていた。

呉に住み、海軍工廠に係わって生きて来て、これまでに沢山の軍艦を見てきた。戦艦「扶桑」や「長門」もこの工廠で作られおり、何度も修理や改修のために入渠していた。

脚檣(きゃくしょう)を持った戦艦の艦橋も頭に入っている。

だがこの船は、その形状もその大きさもこれまで見たものとは、全く異次元のものだった。

香代子は、その船に引き寄せられるように、窓際に歩を進めた。

黒木と並んで改めてその船を眺める。

黒木が、船を見つめたまま口を開いた。

「奥さん、これが貴方のご主人が造られていた船です。――世界最大にして世界最強の戦艦です」

あれほど知りたかった船が、いま目の前にあるにも関わらず、香代子の気持ちは平静を保っていた。受けた衝撃が感情を圧し潰しているのか、どこかで認識している自分がいた。

ただ、胸の鼓動だけは自分の耳で感じられるほどに高鳴っていた。

もの言わぬ香代子に黒木が、少し姿勢を正しながら言った。

「名前は『大和』と――言います」

黒木の言葉がすんなりと心に落ちてきた。

その口調が我が子を紹介するような言い方だったので、香代子は思わず口元に笑みを浮かべた。

自然に言葉が口を衝いて出ていた。

「戦艦『大和』……いい名前ですね」

しばらくの間、二人は黙ってその船を見つめていた。

艤装中なのだろう、山積みされた物資やケーブルが甲板上に置かれており、工員たちが蟻のように群がって作業を行っている。

「あと数か月で竣工します。その時この船は、帝国海軍の華、そして太平洋の覇者となります」

黒木の声が遙か遠くに聞こえる。工事の騒音も消えてしまった。

気が付くと香代子は、なぜか「大和」の甲板に立っていた。夫の大介が甲板の上で、何かの溶接をしている。香代子はその横に立ってじっと作業を見つめていた。大介が、香代子に気付き声をかけてくる。

「来てたのか、どうだ『大和』は凄い船だろう。この船は俺の誇りだ。文子にも見せてやらなきゃいかんな」

そう言って大介が笑った。

「あんた……」

涙が溢れて視界が遮(さえぎ)られた。

「奥さん……」

黒木の声が頭の上で聞こえる。黒木が香代子の顔を見下ろしていた。

香代子は、いつの間にか窓枠の下の桟に、両の手ですがるように掴まりながら泣いていた。

窓から顔半分は隠れていたが、その瞳はしっかりと「大和」を見つめていた。

「……有難う」

思わずこぼれた感謝の言葉が、黒木に向けられたものなのか、あるいは夫を思ってのことなのか、自分でも分らなかった。

運転

十月十六日、艤装工事をほぼ終了した戦艦「大和」は、予行運転に臨んでいた。

艦首と中央そして艦尾に、曳き船が準備を整えている。すでに前日から缶を焚(た)いて、暖気が行われていた。艦長の宮里が「出航用意」と命じた。出航を知らせるラッパが鳴り響くと同時に、艦内放送が「出航用意」と知らせる。艦を止めていた舫綱が放されると、曳き船の機関音が高まり「大和」をゆっくりと桟橋から、横に引き離した。

「両舷前進微速」

伝声管からの指示を聞いて、速力指示器が操作され機関室に伝達される。

一瞬「大和」が身震いをしたかのように振動した。ゆっくりと四基のプロペラが回転を始める。船尾の海水の泡が次第に大きくなり、「大和」は初めて自からの力で、呉湾に乗り出した。白い航跡が、まるで「大和」から離れるのを嫌がるかのように、長く繋がっていた。

予行運転は、主として機関関係の状態把握のためであり、瀬戸内海から土佐沖に至る航路が設定されていた。気象担当からの天気図を見ていた宮里が「後半は、時化（しけ）になりそうだな」とつぶやいた。九州地方に低気圧が近づいていたのだ。最終日の十八日、土佐沖は風速二十メートルの強風が吹き、波も大荒れとなっていた。

第一艦橋に報告が入る。

「随伴（ずいはん）の駆潜艇三隻、はるか後方、離れてゆきます」

宮里は「四、五百トンではこの波は辛かろう、やむを得ん、置いて行こう」と言うと「これより全力運転を行う」と命じた。

大荒れの海上でも「大和」は、波の揺れを全く感じさせなかった。大きな波が艦首で砕けると、一番砲塔を洗うようになる。

「大和」は、艦首からなだらかに低くなりに一番砲塔付近からまた中央部にかけて高くなる「大和坂」といわれる優美な形状を持っていた。艦橋から見ると鋭い槍で波を断ち切り、その両面の波を一番砲塔が優雅に左右に振り送るように見えた。全力運転の速力は二十七ノットを超え、最終的には二十七・四ノットを記録、機関の状態は良好であった。

呉に帰投して宮里は、庭田にこう感想を漏らした。

「これまでの新造艦では、予行運転の時期が来ても様々な残工事が有り、航海中でもあちらこちらで、工事の音がするのが常でしたが、この艦では、このような事は一切無く、すでに完全に仕上げられていると思いました。この艦に対する呉工廠の想いをこの胸に、世界最大、そして世界最強の戦艦を操船させていただきました。感謝に絶えません」

庭田は、宮里の言葉を聞いて、他の艦隊側の兵士たちも恐らく同じ想いを持ったのだろうと思った。そして、これで皆が報われると思わず目頭を熱くした。

「艦を造る側としては、最大限のお褒(ほ)めの言葉と受け取らせていただきます」

庭田が答えて宮里を見ると、彼もまた感極まったように頬を紅潮させていた。

この日、戦時内閣の東条内閣が誕生した。

その三日後、連合艦隊先任参謀の黒島が、伊藤軍令部次長室を訪れていた。

伊藤は黒島が来ると聞いてあの話かと合点がいった。

伊藤は、山本の真珠湾攻撃には、気乗りがしていなかった。山本の言う開戦劈頭(へきとう)に米艦隊を叩くことは、戦略的にも当然のことと思ってはいたが、伊藤にしても果して航空艦隊だけでそんな離れ業ができるのか、海軍が長年考えてきた艦隊決戦の方が無難ではないかと、思考をまとめることができずにいた。

伊藤にとって山本は、霞ヶ浦航空隊や米国駐在時の上官でもあり、この軍令部次長と言うポストに就けたのも山本の後押しがあったからと聞いている。その意味でも山本には一目置かざるを得ない。

だが、伊藤が何よりもこだわったのは、真珠湾奇襲という戦術だった。伊藤は山本と同様、米国との戦争に反対している身なのだが、どうしても奇襲は、博打と思えてならなかったし、海軍の持つフェアな精神に欠けていると思えた。

黒島が入ってくると伊藤は開口一番「分かっている」と先手を取った。

「連合艦隊が何を欲しているか、言わずとも良い。ただ、私が聞きたいのは、本当に米国と戦い勝機を得られるのかと言うことだ。私の返答はその後だ」

黒島に聞くことではないと理解していたが、この機会に山本長官の一番身近にいるこの男の意見を聞いて見たいと思ったのだ。

黒島は、周りから仙人参謀と言われている型破りな男である。この男なら自分の問いに思わぬヒントを与えてくれるかも知れない。そんな期待を持っての問いかけであった。

黒島は、少し驚いた表情を見せたが、落ち着いて答えた。

「すでに次長も御存知のように、新型空母二隻が就航し、二ヶ月後には超大型戦艦『大和』も完成します。航空機も零戦を始めその整備が整い、現在の艦隊規模は、質、量ともに米国を上回っております。もし、この時期を逃し、米国が我が国との戦争を決意するまで待つとすれば、その時点での戦力差は大きく逆転している可能性があります。したがって、戦端を開くとすれば今でしかなく、それ以降は、ジリ貧となるしかありません。次長の言われる勝機があるとすれば、それは今です」

伊藤は、黙って聞いていたが、やはりこんなものかと少し落胆した。

黒島の言うことは正論である。だが、それはあくまで艦隊側としての理屈でしかない。

そこに何が足らないかと言えば、負けるという発想が無いのだ。負けを想定せずに戦いを挑むのは、伊藤にとっては敗北でしかない。本気で米国を相手にするなら、十中八九の負けを覚悟しなければならない。

伊藤は、もう良いと手を振った。そして一言付け加えた。

「まさか、君たちはあの『大和』の完成に合わせて、開戦する気じゃないだろうな」

黒島は、ふっと頬を緩めたが、返事はなかった。

だが、自分を含め海軍の軍人なら、皆がそう思うかも知れないと感じていた。

これまでの日本海軍の戦略は、敵艦隊を遠方海域で潜水艦や航空機を使って弱体化させ、日本近海に進出して来た時点で、艦隊決戦を挑むものとされていた。

その決戦に、海軍は「大和」という言う最終兵器を手にしようとしている。

ひょっとすると、海軍はとんでもない怪物を造り出したのかも知れない。

伊藤は全身が泡立つような気分を味わっていた。

一向に本題に入らない伊藤に対し、黒島が痺(しび)れを切らした。

「次長、連合艦隊山本司令長官の御言葉をお聞きください。……もし、この作戦が認められないとすれば、自分は日本の国防に責任を持つことはできない。よって、連合艦隊司令長官及び全幕僚はその職を辞する……とのことであります」

　前回と同じかと思ったが、考えてみると山本はこの作戦に全てを掛けている、行くも地獄、引くも地獄なら、乾坤一擲の大勝負を決断しなければならない立場にあるのだ。そしてその決断によって戦いの様相が激変するのだ。山本の苦悩も分からぬではないと腑に落ちたその時、これは神の啓示かと閃くものがあった。

　――山本長官以下全幕僚を解任すれば、開戦を止めることができる。

　戦争そのものを止めるのは、難しいかもしれないが、少なくとも海軍は大混乱になるだろう。新たな司令長官や幕僚人事を急ぐことはない。そうすれば、年内開戦を少なくとも三ヶ月、いや半年は引き伸ばすことができる。

　半年の猶予ができれば、欧州の戦況も正確に判断することが出来る。独国が英国を屈服させられるのか、独ソ戦は本当に独国優勢で展開しているのか。その時点での米国の世論は戦争を望むのか。もっと大局的な判断が可能になるのだ。

　伊藤の胸の内で、山本を切れと叫ぶものがいた。

　米国と戦争をしてはいけないのだ。

　ふと、駐在武官時代に交友を深めた、米海軍のスプールアンスの言った言葉を思い出していた。

「日本は、米国の挑発に乗ってはいけませんよ」

　この時点で伊藤は　自分の責任において、山本を切ることを選択しようと思った。

　伊藤は、次長室に黒島を残したまま、総長室に駆け込んだ。

血相を変えて飛び込んできた伊藤を見て、永野総長は両目を剥いて驚いた。そして山本を切るという言葉に、絶句した。

だが、伊藤の血を吐くような説明も、永野を動かすことは出来なかった。

「すでに決まった開戦の大方針を変えることはできない。それも海軍の内輪もめのような理屈でやれる訳はない」

伊藤は、開戦によって引き起こされる様々な危機や最悪の想定を説いたが、永野が首を振ることは無かった。

挙げ句の果てには「山本がそんなにやりたいと言うのなら、やらして見たら良い」と真珠湾攻撃のお墨付きを与えてしまった。

――この人たちに戦争は止められないし、その腹もない。

次長室に戻りながら、伊藤は何度も天を仰いでため息をついた。

「もはやこれまでか！」……後は山本長官を支えることしか、自分には残されていないのだ。

伊藤は、部屋に戻ると黒島に言った。

「軍令部は、連合艦隊の真珠湾攻撃を可とする。全霊を持って取り組むべし！」

伊藤は、胸を張って命じたが、黒島が退室すると思わず両の拳を机に叩きつけた。

いつも温厚な伊藤の部屋からの異音に、隣の部屋の副官が思わず「なに」と声を上げて腰を浮かせたが、廊下を歩いていた黒島は、その音を聞きながら全く意に介さなかった。

伊藤の開戦前の戦争が終わった。

その三日後、戦艦「大和」は公式運転に臨んでいた。

公試運転時の「大和」の排水量は、燃料と水を三分の二搭載して六万九千トンであった。

今回八日間の設定で行われたのは、砲熕兵装を除く操艦を含めた全ての機能試験である。

光学兵装の測距儀、航海兵装の羅針儀、無線兵装の送受信機、電気兵装の発電機や探照灯など、搭載された全ての機器の性能が試された。

特に、操艦に関する試験は、まさに戦場と同様に様々な場面が設けられていた。「第一戦速」おおよそ十八ノットから「第三戦速」おおよそ二十四ノットへ、そして「第一戦速」へ戻すと、「機関停止」から「後進強速」と言った按配（あんばい）である。さらには「取舵（とりかじ）」「面舵（おもかじ）」などの回頭に速度の変化を加えた運動性能も試された。その結果旋回直径では、長門型や金剛型に比較しても小回りが効き、旋回時の傾きも少なく安定性に優れていた。しかし、舵を切って回頭を始めるまでの時間は、やはりその巨大さ故に多くは望めなかった。

二十四日は全力運転の公試である。すでに予行運転である程度の手応えは感じていたが、公（おおやけ）には今回の一発勝負である。宮里は機関部に対し、基準速力十六ノットから、機関出力十分の四、次いで十分の六と順次出力を高め、ついには十分の十の全力運転を命じた。

全ての缶が煌々（こうこう）と燃焼し、そこで作られた高温、高圧の蒸気がタービンに吹き込まれ、回転運動が急速に高まる。その回転を調整する変速機も最大で開放すると、四基のプロペラが高速回転を始める。全力運転は、極端に言えばその缶の燃焼を最大とし、生じる水蒸気の圧力を最大限に高めることにある。機関全体がまるで生き物のように「グォーン」と咆吼（ほうこう）すると、集合煙突から吐き出される煙が一段と色を濃くした。とたんに、行き足がスーと伸びる。

第一艦橋の庭田は、思わず手に力を込めた。

行け！「大和」、走れ！「大和」

前回の予行運転に比べれば、天気は上々である。万が一にも前回の計測を下回る事はないと思っていたが、それでも手のひらには、じっとりと汗が滲んでいた。宮里が庭田の方を向いてうなずいた。

宮里も手応えを感じている。フッと気持ちが軽くなった気がした。

行って戻り、さらに行くの一・五往復の計測結果は、平均二十七・四六ノット、機関全力の十五万三千五百五十馬力を叩き出した。しかも、三度目の計測では、二十八・三三ノットを記録していた。

「庭田さん、これまで試した全てのものが計画通りの性能です。この艦は素晴らしい」と宮里は驚歎（きょうたん）するばかりだった。

この公試運転は三十日まで続き、残すは砲熕兵装のみとなった。砲熕兵装公試は、十一月下旬から行われ、その最終日に主砲の公試が行われることになる。

竣工

「大和」は、着々と竣工に向かって歩を進めていたが、内外の情勢もまた緊迫の度を加えていた。

十一月五日の御前会議においては、対米（英蘭）戦争を決意し「武力の発動の時期を十二月初頭と定め、陸海軍は作戦準備を完整す」と決定されていた。

十一月二十六日、日米交渉の最終案とされるハルノートが示されたが、中国からの撤退、三国同盟の破棄など凡そ受け入れられる内容では無く、米国の最後通牒と解されても止む得ないものであった。

十二月一日、この日東京では、御前会議が開催され「対米交渉は遂に至らず米英蘭に対し開戦す」との決定がなされた。

伊藤は、直ちに軍令部次長として、山本連合艦隊司令長官に対し、対米戦争の決定を知らせ、翌二日には、その日時を昭和十六年十二月八日午前〇時と通知した。

この時すでに、ハワイ奇襲の機動部隊は、空母「赤城」「加賀」「蒼龍」「飛竜」「瑞鶴」「翔鶴」の正式空母六隻、戦艦「比叡」「霧島」、重巡「筑摩」「利根」そして軽巡一隻、駆逐艦九隻と特殊潜航艇五隻が、十一月二十二日、択捉島単冠を出航、一路ハワイを目指していた。

奇しくも軍令部の宮城の夢物語と同じく空母六隻の布陣であった。

十二月二日、山本はハワイに向かう機動部隊に対し「ニイタカヤマノボレ一二〇八」を打電した。

伊藤が、山本に送った電報は戦争開始を命ずるものであり、山本が機動部隊に送った電報は、攻撃開始を命ずるものであった。現在の海軍の将官の中で、最も戦争に反対していた伊藤と山本が、その開始の鈴を鳴らすことになったのも、運命の悪戯であった。

そして、その運命に操られるように、十二月七日、戦艦「大和」は、竣工の最終関門である主砲の斉射試験に臨んでいた。

主砲の射撃には、極めて多くの条件を得なければならない。まずは、自分の艦の方向と速力、その時点の風速とその向き、気温と湿度、さらには地球の自転速度、これに砲弾の種類、装薬の種類とその温度、また砲身の消耗度などに加えて、最終的には敵艦の方位、距離、速力、自艦の上下角、左右角まで合わせせなければならない。そこではじめて砲塔が旋回し砲身の仰角が定まり、発射に至るのである。

本来、「大和」の四十六センチ砲の最大射程距離は、四十二キロであるが、外海でこれを実施すると、外国船に見られる可能性があり、その射程を二万メートルに縮め、周防灘で実施されることになった。

目標は、徳山の沖合いに浮かべられた筏（いかだ）の上の大キャンパスである。

予定地点に来ると、新たに艦長となった高柳大佐が「面舵ー、両舷微速」と艦の向きを整え「砲戦用意、目標は標的」と命じた。

主砲発射を知らせる一回目のブザーが鳴り響き、瞬く間に甲板上から人影が消えた。

発射時の衝撃波は、人の耐えられる範囲を遥かに超えており、最初のブザーが退避の警告になっていた。また、艦載艇や艦載機も甲板上に置くと破壊されるため、全て艦内に収容されている。

標的は二万メートルの距離なので、双眼鏡でもはっきりと確認できる。諸要件が計算され一番、二番、三番砲塔が左に旋回すると、それぞれの砲身がゆっくりと上を向いた。

「左九十度、打ち方用意」砲術長の松田が指示する。

第一艦橋に砲術長から「打ち方用意、よし」の報告が入る。高柳が庭田に向いてうなずいた。庭田も黙ってうなずいた。

「打ち方、はじめ」高柳の命令が、伝声管で砲術長に伝えられる。

発射を知らせる二度目のブザーが、短く鳴いた。

三基三連装九門の主砲が、凄まじい轟音と共に一斉に火を噴いた。

左舷の海面が、その爆風で大きく逆巻き、「大和」の周りに巨大な三つの窪んだ半円弧が生じた。

だが、三連装の砲を同時に発射すると、強烈な空気波が生じ砲弾の軌道に影響を与えるので、中央、右そして左と〇・三秒の合間を取って発射されている。しかし、その轟音と火炎は、〇・六秒の差を全く感じさせず、あたかも九門の砲が一斉に発射されたように感じるのである。「大和」もその瞬間に、大きく身をゆらした。世界一の大鑑が、世界一の砲を初めて発射したのである。その轟音は、遠く徳山市内まで遠雷のように響いた。

第一艦橋の庭田は、腹に響くような重厚な衝撃に身を任せていた。

「弾着まで三十秒……二十……十秒」

「弾ちゃーく」

その瞬間、遥か彼方の海面に六本の巨大な水柱が上がった。

「おー、これは凄い、長門級の倍はありそうだ」高柳が思わず口にした。

その巨大な水柱は、その高さも幅も誰もが見たことのない大きさだった。そしてそれが崩れ落ちた時、標的も姿を消し、雷のようなゴロゴロと言う着弾音だけが響いていた。

庭田は、今が竣工の時だと思った。

――これが「大和」だ。

目頭が熱くなり、両手の拳を握り締めた。そうしていなければ人前にも関わらず号泣してしまいそうだった。

「庭田さん、良い艦をいただきました。海軍を代表してお礼を申し上げます」そう言うと高柳は、軍帽を取り庭田に最敬礼をした。周りの艦隊側の士官たちもそれにならった。

ここに公試運転は無事終了した。

戦艦「大和」は、国家予算の四・四パーセントにあたる一億四千万円の巨費を投じ、日本科学技術の粋と四年余の歳月、そして延二百万人に達する工廠関係者の血と汗の結晶を持って、遂に完成を見たのである。

その船体に打ち込んだ鋲の数は六百十五万三千本、溶接の長さは三十四万三千メートルに達していた。

そしてその翌日、昭和十六年十二月八日、連合艦隊のハワイ真珠湾奇襲攻撃により、太平洋戦争が始まった。

軍令部次長の伊藤は、真珠湾攻撃の戦果を知らせる幾多の極秘電文の束の中に、一片のメモ書きを見つけた。

「ヤマト、カンセイス」

それは、誰もが思い当たる条理となって、伊藤の気持ちを波立たせた。

――やはり海軍は、「大和」の完成を待って開戦したのだ。この戦いを「大和」で始めるなら、その終わりもやはり「大和」でなければならない……。

第二章　ミッドウェー海戦

信　念

日本は、去年の十二月に米英との戦争に突入したが、これまでは連戦連勝で、破竹の進撃と言って良いだろう。開戦当初の真珠湾奇襲攻撃により、米太平洋艦隊の戦艦部隊を壊滅させると、すでに比島やマレー半島をほぼ制圧して、東洋における米英の拠点であるマニラやシンガポールも陥落させていた。

また、ビルマやインドネシアへの侵攻を進め、グアム島やラバウルなど南太平洋の島々もその勢力下に置いていたのである。

春も間近の三月、戦勝気分に湧く神田の町には、戦時下とは思えぬ明るい雰囲気が漂っていた。

野中は久々に、神田の行きつけの小料理屋で山本と会っていた。

野中の所属する軍令部はまさに臨戦体制だが、初期の作戦が成功裏（せいこうり）に終わったことで、なんとか一息付いていていた。

「長官、開戦当初の作戦、感服いたしております。やはりハワイでしたね」

「おう、ここまでは想定内だが、これからが正念場となる。それにしても、真珠湾で空母を叩けなかったのが痛かった。ここを速やかに補強しなければ、今後の作戦の足枷に成りかねない。昨日も大本営に行ってきたが、彼らは何も分かっていない。もっと腹を据えてもらわねばな」

山本が怒りを露わにしながら、湯呑を座卓に音を立てて置いた。今日も酒ではなくお茶を飲みながらである。野中はまずいなと思いながらも、あえて核心に触れてみた。

「新しい作戦計画の件ですか？」

「ミッドウェーをやろうと考えているんだが、なかなか良い返事が返ってこない」

山本の立てた次の作戦は、ミッドウエー島の攻略だった。東京から四千キロ、ハワイから二千キロ、日本からだとハワイの喉元にあるように見える小さな島である。面積は大小二つの島を合わせても六・四平方キロ、硫黄島の四分の一しかない。

「まだ時期尚早（しょうそう）と言うことですか」

いつもの田舎料理が出てきた処で、話が前に進む。

「野中君、日本には時間がない。戦いが長引けば長引くほど国力の差が出てくる。早期攻勢、早期終結しか、日本の生き残る道はない」

山本が常々口にしていた信条である。

「今の海軍なら米国と対等に戦える戦力がある。空母や戦闘機はその性能において、また兵員の技量もこちらの方が優れている。今をおいて雌雄を決する時はない……。それにおまけだが、半年後には二番艦『武蔵（むさし）』が就役する。君らが計画した艦だ」

何時にも増して、今日の山本は雄弁だった。それだけ想いが募っていると言うことだろう。

だが、今の戦況で、「大和」、そして二号艦「武蔵」の話が出てくるのは、何となく面映（おもは）ゆい。以前に会った時、戦艦は「大和」「武蔵」以外は要らないと言われたことを思い出した。

前の年、山本は軍令部に対し大和型戦艦三・四番艦二隻の建造を中止し、ゼロ戦と一式陸上攻撃機一千機を増産するよう求めたが、時の軍令部第一部長宇垣纏に反対されていた。

「長官、『大和』『武蔵』の建造は、あの頃の趨勢です。無論、現在でも宇垣さんを始め大艦巨砲主義は元気ですよ。しかし航空機主兵論が正しかったことは、真珠湾の奇襲とマレー沖海戦で長官自らが証明されました」

米国との戦争の発端となった真珠湾攻撃は、空母艦隊と航空機による大戦果であるが、ほとんどは係留中の艦船への奇襲攻撃であり、戦闘態勢を整えた艦船に航空機が挑んだのはマレー沖海戦が初めてと言って良い。

しかも相手は、英国東洋艦隊の旗艦、戦艦「プリンスオブウェールズ」と巡洋戦艦「レパレス」である。「プリンスオブウェールズ」は、英国がワシントン海軍軍縮条約失効後に建造した基準排水量三万六千トン、三十五・六センチ砲十門搭載の最新鋭艦であり、就役したのは大和よりほぼ一年早い昨年一月のことであった。

「プリンスオブウェールズ」の東洋艦隊配属は、まさに山本が以前「大和」について語ったように、日本の南方進出を断念させるための「抑止力」であったのだ。しかし、日本海軍の航空部隊はこの二艦を撃沈し、航空機の威力をいち早く世界に知らしめることになったのである。

山本の話が続く。

「ミッドウェー島攻略作戦は、あくまでも敵空母艦隊の殲滅にある。あの島にそれほどの戦略的価値はないし、占領を維持することも至難の業だ。ただ米国の領土を一時的にも占領したと言う心理的効果は大きいかも知れんがね」

「やはり空母ですか、ハワイ攻略も噂されていますが」

「今、空母さえ片付けておけば、当面敵の反攻は阻止できる。場合によってはハワイも現実味が増すかも知れない。ハワイをやるのはそう簡単なものではないが、再度日本軍の空襲を受けるとすれば、米国にも厭戦気分が高まるだろう。そうなれば、これまでの占領地域を餌に和平交渉までもって行けるかも知れない」

　野中は、山本の早期和平への道筋を理解していたが、戦勝気分に浮かれている軍部や世論が簡単に納得する訳もない。戦争は始めるより、終わらす方が何倍も難しいのだ。

「ミッドウェーでは、『大和』の出番を作ろうと思っている」

「空母艦隊同士の航空戦で戦艦ですか」

「航空戦で戦艦は使えんよ。せいぜい対空砲火の増強ぐらいにしかならんだろう。あくまでも抑止力としての使い道を考えねばならん」

　戦艦の抑止力としての使い道は、マレー沖海戦の東洋艦隊がその例だが、その目標はあえなく潰えている。山本は「大和」をどこの場面で使おうとしているのか。

「敵空母を排除すれば、本格的な上陸作戦が始まる。航空機による空爆、戦艦、巡洋艦群による艦砲射撃で徹底的に叩く」

「それでは大和も並みの戦艦と同じじゃないですか」

「制空権、制海権を確保すれば、長門などの戦艦群は、島の周りに陣取っての砲撃が可能になる。大和の四十六センチ砲は射程四十二キロだから、こいつは水平線の彼方から砲撃を行う。ミッドウェーの平らな島からは艦影を確認できないだろう。守備隊は目に見えぬところから砲撃を受けることになる。ましてや大和の砲弾の重量は長門級の一・五倍近くある」

山本が、お茶を口に含んで、話を続ける。

「ミッドウェーの守備隊は、遊弋（ゆうよく）している戦艦群を目視できるが、その戦艦群が発砲していないのに、突然、全く思いもよらぬところから途轍（とてつ）もなく巨大な砲弾を浴びることになる。……飛翔音（ひしょうおん）は、おそらく不気味で大きな音がすることだろうな」

野中も山本の計画が見えてきた。

「そして、想像を絶する爆発が起こるですか」

「そうだ、極限状態の守備隊にとっては、悪魔の咆哮（ほうこう）に聞こえるだろう。その時の守備隊の報告が混乱に拍車をかける」

「例えば、我々はこれまで経験したことない激烈（げきれつ）な艦砲射撃を受けつつあり、水平線上に艦影無し、敵艦隊には得体の知れない何かが存在する、ですか？」

山本が愉快（ゆかい）そうに頬を緩める。

「そこで大和神話が誕生する。その未確認情報が、作戦上極めて有効な抑止力となる」

野中は、以前から山本が「大和」を戦争を回避するための抑止力として使うと聞かされていたが、「大和」の完成と同時に戦争が始まってしまったのだ。今の使い道は、作戦上の心理戦としての活用でしかなかった。

「長官、『大和』をよろしくお願いします」

「大和」「武蔵」の巨大戦艦を誕生させた責任は、自分にもあると野中は思っていた。

「そのためには、まずミッドウェー攻略作戦の実施が最低条件だな」

山本のミッドウェーへの思いはよく判るのだが、大本営では反対の声が大きいことを野中は知っていた。

「大本営海軍部は、米豪分断のためのフィジー方面の攻略をと言っているようですが」

「そんな悠長なことを考えてはおれん。何としても先に敵空母をたたく、その囮としてのミッドウェーを諦める訳には行かない。野中君考えても見ろよ。ミッドウェーに手を出されたら次はハワイだと誰もが考えるだろう」

野中は、山本の茶碗にお茶を注ぎたしながら、話がうまく転がっていると感じていた。

「そうなれば、米国は手持ちの全ての戦力を投入して阻止しようとするだろう。だからそこには必ず空母がでてくる」

「確か伊藤軍令部次長が、調整をされていると聞いてますが」

「ああ、伊藤君も留学組なので、米国の底力をよく理解している。ある意味早期攻勢派なので上手くやってくれると思っているよ」

山本は、軍令部の考え方を早期攻勢、航空機主流に方向転換することを画策し、昨年八月に連合艦隊参謀長の伊藤整一中将を軍令部次長に、大型戦艦を航空機にと言う要求を蹴った軍令部第一部長の宇垣纒を連合艦隊参謀長に充てたのである。伊藤は軍令部次長として、山本の真珠湾奇襲作戦を承認したのだが、山本の連合艦隊司令長官を辞めるとの脅しがあってのことと噂されていた。

「真珠湾の時、伊藤次長を脅したと言う話は本当なんですか」

山本は、料理を頬張りながら「俺がそんなことするか」と言ったが目は笑っていた。

「ところで」と山本が意味ありげに、口元に笑みを浮かべた。

山本のこの表情はまずい。必ず良からぬことを考えている時の表情だ。野中は少し気を引き締めて聞いた。

「何でしょうか」

「話は変わるがな、もう陸(おか)にも飽いただろう。君に海に出てもらいたいんだ。すでに、伊藤君の了解を得てある」

そろそろそんな話があるだろうとは覚悟していたが、まだ裏がありそうだ。

「艦隊勤務ですか」

「連合艦隊参謀として、一航戦へ行ってもらうつもりだ」

一航戦すなわち第一航空戦隊は、空母を中心とした艦隊であり、空母「赤城」「加賀」と護衛の駆逐艦で構成されている。真珠湾攻撃やラバウル攻略など開戦初頭において常に航空艦隊の主力であった。

しかし、連合艦隊の参謀が一航戦へ行くと言うのは何なのだ。

そんな野中の心中を察してか、酒を注ぎながら山本が続ける。

「今回の作戦の目的は、何度も言うように敵空母の殲滅(せんめつ)だ。もちろん一航戦には十分な説明をするが、念には念が必要となる。その役目を君に頼みたいんだ」

野中は一応なるほどと思ったが、連合艦隊参謀と言う役職は、一航戦の中に入るとまことに中途半端である。

「お目付け役ですか」言葉に不満の色が滲(にじ)んだ。

「君をそうしてまで送らなければならないほど重要な作戦だ。無論、君が直に口を出す必要はない。一航戦の航空参謀の源田に付いていて欲しい。君は源田と海兵は同期だろう。もしもの時は、源田をつけばそれで済む。おそらく今回の航空戦は、日米総力を挙げた戦いになる。不測の事態が起こらぬとも限らないが、その時ぶれさえしなければ負けることはないだろう」

真珠湾の時もそうであったが、今回も山本は大勝負をしようとしていた。その目的達成のための保険を野中に掛けておこうと言うのだ。

「それに君にはぜひ本当の航空戦を見ておいて欲しい。何れは海軍を任せられるようにな」

野中は、海軍を任すと言う山本の期待はやり過ごせたが、航空戦を見ておけと言う言葉には納得させられるものがあった。これからの作戦を考える上で、実戦経験がどんなに大切かは言うまでもない。

日米空母の総力戦を見てみたいと言う欲望の方が勝っていた。野中は背筋を伸ばすと山本に向かってうなずくように軽く礼をした。

「お話は承知いたしました。ところで本作戦遂行の鍵はどこですか」

「そう慌てなくても良い。まだ作戦自体決定されてはおらぬ。そちらが先だ」

「しかし、お話を聞いた以上は気になります」

野中が難題を引き受けたことで、少しは気持ちも晴れたのか、山本が答える。

「そうか、まだ詰め切れてはいる状況ではないが、今のところは、まずミッドウェー島の空爆、できれば奇襲と行きたいな。その次が肝心の敵空母だ。先に見つけ、先に叩くのが航空艦隊戦の鉄則だ。先に叩くために攻撃機の半数は常時待機させ、いつでも攻撃隊が発進できる体制を整えておく。これを何時いかなる時でも堅持させるのが、君の役目だ。今回の作戦の鍵は、その一点のみだ」

そして、自分に言い聞かせるかのように続けた。

「野中君、この作戦が上手く行けば、戦争を終わらすことができるかも知れない」

野中は、今の局面で戦争を終わらせることを考えている人がいることに、一種の感動を覚えていた。この人は、開戦以来の勝利にも奢ることなく、全ての戦略を戦争を終わらせるが為の駒として動かしているのだ。

巡り合えて良かったと思った。そしてこの人のためなら自分は命を惜しむべきではないと心が叫んでいた。

二人の間に幾ばくかの静寂（せいじゃく）が落ちた。

ふと、坪庭に眼を移すと、薄闇の中に白梅の可憐な花が浮かんでいた。

――春待草か。

山本が遠くに思いを馳せるように呟いた。

四月に入ると真珠湾奇襲を成功させた南雲中将の機動部隊は、インド洋セイロン沖に進出、英国東洋艦隊の軽空母一隻、重巡二隻、駆逐艦二隻と輸送船十隻以上を撃沈し、今や世界最強の航空艦隊と称賛されていた。

それから二週間が過ぎた頃、野中は伊藤軍令部次長の呼び出しを受けた。すでに連合艦隊への転属が決まり、明日には呉に向けて出発しなければならない。部屋に入ると伊藤はすでに長椅子に座っていた。

「野中さん、お疲れさまでした。これからのことは、山本長官から聞いていると思いますが」

野中が座るのを見届けて伊藤が尋ねる。

「はい、詳しく聞いたわけではありませんが、概要は承知しております」

「四月十八日の敵爆撃機の本土初空襲により、ミッドウェー島攻略作戦が本決まりとなりました」

伊藤の言う本土初空襲とは、昭和十七年四月十八日、日本本土に接近した米空母「エンタープライズ」と「ホーネット」から飛び立ったB二十五双発爆撃機十六機が、東京、名古屋、大阪などを奇襲、爆撃を行ったのである。被害は軽微であったが、特に帝都東京が空襲されたことで、戦勝気分に水を差されたのと同時に、敵航空艦隊の脅威をまざまざと見せつけられたのである。開戦初頭の真珠湾奇襲攻撃やマレー沖海戦で大勝利を収め、航空機の威力を世界に証明したその国がである。

ミッドウェー攻略作戦は、敵航空艦隊の撃滅と早期和平を目指す山本の信念と言える作戦であったが、この本土空襲は、海軍としても、また国民感情からしても放置できる話ではなかった。

「これまでは、大本営は米豪分断作戦を優先したいと言っていたのですが、敵の本土空襲で、風向きが変わりました。やはり空母は叩いておかなければなりません。ミッドウェー攻略作戦は、大本営を敵に回しても行う覚悟で調整をしてきたのですが、本土空襲のおかげで、陸海軍合同の総力戦になりました。皮肉なものですね」

伊藤は穏やかな顔をしながら話していたが、総力戦のところで語気が強まった気がした。

「アリューシャン方面の作戦も同時に行うようですね」

「ミッドウェーを攻略しても、敵の空母艦隊が出てくるかの確証がありません。このため、併せてアリューシャン列島のアッツ島、キスカ島などの攻略を行えば、北方方面からの米国の侵攻が抑えられ、時を同じくして太平洋を挟んだ北と南のアメリカ領が占領されることになります。そうすればハワイ防衛のためにも重要なミッドウェー方面への米艦隊の出撃がより現実味を帯びてきます。この圧力を最大限生かすためアリューシャン作戦も同時に行うことにしました」

野中は、軍令部内でもアリューシャン作戦により、特に空母が手薄になるとの意見も耳にしていた。

「二方面作戦では戦力の分散になりませんか」

「確かに、アリューシャンに二隻の空母を取られるため航空戦力の分散は気になりますが、ミッドウェーへは、正式空母四隻の編成で臨めます。恐らく敵空母は多くても三隻でしょう。そこで大本命である敵航空艦隊の撃滅（げきめつ）を優先させれば、その後のミッドウェー島占領は粛々（しゅくしゅく）と進められるでしょう」

伊藤は何の憂いもないかのように、淡々と会話を進める。野中は、伊藤のいつもの落ち着いた態度や人を和ませる穏やかな口調から、山本が是非とも軍令部の中枢に据えたい人材と考えたことに、いつしか納得していた。

「ところで野中さん、この作戦で『大和』の出番があると聞きましたが」

「はい、『大和』は山本長官のお考えとは相容れぬものでしたが、持ち駒をうまく使うのも将たる者の務めと言っておられました」

「『大和』については私なりに思うところもありますが、貴方も『大和』建造に当たっては、随分と苦労されたことでしょう。うまくハマると良いですね」

「はい、何とかあの世界最強の戦艦を役立たせたいと思っています」

「そう、今となっては、何と言ってもやはり『大和』は帝国海軍の華ですからね」

野中は、伊藤の「大和」に対する言い回しに少し違和感を覚えたが、気には止め無かった。

そこで伊藤は、背筋を伸ばすと改まった口調で、念押しをするように言った。

「野中さん、山本長官のお考え通り、周りの雑音に惑わされることなく、任務の遂行をお願いします」

「必ずや任務を全ういたします」

それで伊藤との話は終わり、海軍省を出た。長い勤めだったとの思いを込めて振り返ると、赤レンガの建物が、夕日に赤々と染め上げられていた。それはあたかも、これから向かう戦場の業火を思わせるかのようだった。

翌日、野中は呉の連合艦隊へと向かった。

ミッドウェー攻略作戦は、まさに帝国海軍の総力を結集しての大作戦であった。

ミッドウェー島を直接攻撃し敵空母艦隊と対峙（たいじ）するのは、百戦錬磨の第一航空艦隊、別名第一機動部隊（南雲機動部隊）であり、第一航空戦隊の空母「赤城」、「加賀」と第二航空戦隊の空母「蒼龍」、「飛竜」の四隻を中心に戦艦二、重巡洋艦二、駆逐艦十二隻で編成されていた。

別働の連合艦隊主力の陣容は、戦艦「大和」を旗艦とし、それに従うのは戦艦二隻、軽巡洋艦一、空母一、駆逐艦十、水上機母艦一隻であるが、これに第二艦隊として、戦艦「伊勢」を始めとする戦艦四、軽巡洋艦二、駆逐艦九が加わり、その合計は、実に戦艦七、軽巡三、駆逐艦十九、空母一、水上機母艦一隻である。

また攻略部隊として、戦艦二、重巡洋艦四、軽巡洋艦一、駆逐艦八、空母一、支援部隊として重巡洋艦四、駆逐艦三、護衛隊として軽巡洋艦一、駆逐艦十一、水上機母艦二、警備艇四、工作船一、占領部隊は、海軍陸戦隊、陸軍部隊三千名余を載せた輸送船十八隻であった。

さらにミッドウェー海域を先んじて哨戒するための先遣部隊は、軽巡洋艦一、潜水母艦五、潜水艦二十三隻で構成されていた。

これにアリューシャン作戦の艦艇を加えると総参加艦艇は、約三百隻、参加人員は十万人にのぼり、日本海軍史上、空前絶後の大艦隊であった。

思惑

五月二十六日、野中は出撃の挨拶と称して連合艦隊参謀長宇垣と相対していた。同席していたのは、その風貌と役職にかけて仙人参謀と言われている黒島先任参謀である。

「参謀長、明日、空母部隊と出撃しますが、先日の図上演習や艦隊司令部の雰囲気では、どうも今回の作戦の意図が徹底されているようには見えないのですが」

「野中君、君はそう感じるかも知れないが、彼らには二つの目標が与えられている。ミッドウエー島攻撃も重大任務、また空母決戦もしかり、これらをどう両立させるかが、彼らの任務だ。だからこそ一方に偏（かたよ）らぬよう、長官も君に行ってもらおうと言うことになったのだ」

宇垣は、この作戦に迷いはないと言った風情を漂わせていた。

「しかし、参謀長、今回の敵戦力の分析も少し軽すぎる気がします。また、今の雰囲気では敵海軍と雌雄を決すると言う緊迫感もあまり感じられません」

野中は、連合艦隊に赴任してからの感じたことを率直に話した。

「極論すれば、少し驕って（おごって）いるようにも見えますが、正直疲れているのかも知れません」

「野中君、君の言うとおりだと思う。開戦以来半年、南雲の航空艦隊は真珠湾からインド洋まで、戦い続けてきたのだから当然のことだろう。しかし、ではゆっくりしましょうと言う訳には行かない。長官も相手は米国だ、こうしている間にもかの国では、日々航空機や艦船が量産されているのだと言われている。我々に休める時間はない」

宇垣は、話しながら自分にも言い聞かせるかのように弁舌（べんぜつ）だった。

「だからこそ、我々の優位性が発揮できる間に、叩くだけ叩いて置かなければならない。すでに我々は国の存亡をかけた戦いを始めてしまったのだ。もはや後に引くことはできない。全ての力を使い切るまで走らなければならない。……部下に無理を言うのが、今の我々の仕事なんだ。そう思わんかね」

そう言われての中は、宇垣の心中を察したが、やはりこの作戦の曖昧（あいまい）さが気になって仕方なかった。

ミッドウェーを最重要作戦としながら、月初めには米豪分断のためにニューギニアのポートモレスビー攻略作戦を実施し、珊瑚海において世界戦史上初となる空母対空母の海戦が行われている。

この海戦で米正規空母「レキシントン」を撃沈し、「ヨークタウン」を中破させたが、こちらも軽空母「祥鳳（しょうほう）」を失い、新鋭空母「翔鶴」が大破した。この珊瑚海海戦は痛み分けとは言われていたが、未経験の空母戦であったことから、索敵の不備や状況判断の遅れなどの指摘も上がっていた。しかし、その戦訓は省（かえり）みられることはなく、「第五航空戦隊が主力だったので仕方がない。南雲の第一・第二航空戦隊であれば、こんな結果にはならなかった」との評価がまかり通っていたのである。

その時黒島が、凄（すご）みのある声で言った。

「今回の作戦は、敵空母撃滅にあることは、艦隊司令部にも念を押してある。そのために攻撃形態は二段攻撃とし、一段がミッドウェー島空襲で、二段が敵空母攻撃用にしてある」

「しかし、命令書にもそのことは書かれておりません。これだけの作戦を遂行する上で、曖昧さは命取りになります。艦隊司令部が本当に理解しているでしょうか」

野中は、山本の意図が曲解（きょっかい）される懸念を感じていた。

ミッドウェー島攻略は陸軍との共同作戦でもあり、その日時が確定されているために、がむしゃらに攻略が優先される恐れがある。

全ての思考がそこに向けられれば、敵空母への備えが疎（おろそ）かになるのは明白である。だが黒島は、さもこの疑念が些細（ささい）なことでもあるようにこう言い放った。

「色んな齟齬（そご）が生じることによって、敵空母が出てくれれば儲けものだ。それこそこちらの望むところだよ」

あまりの傲慢（ごうまん）さに、野中は唖然（あぜん）とするしかなかった。

驕(おご)りでしかないと怒りを覚えたが、このような認識がまかり通る中で、自分に課せられた使命の重さだけが、急激に増してくる気がした。

野中の表情が変わったのに気付いたのか宇垣が口を挟(はさ)んだ。

「黒島君、それは言い過ぎだろう。少しは野中君の立場も考えてやれよ」

しかし、黒島は宇垣に顔を向けようとさえしなかった。

開戦時の真珠湾攻撃からこの方、連合艦隊の作戦は全てこの黒島が取り仕切っており、山本もそれを良しとしているところがあった。このため参謀長の宇垣との間がうまく行っていないことも、また周知の事実であった。

野中は、これ以上の議論は無意味と思い、最後に要望として黒島に言った。

「敵空母撃滅(げきめつ)が最優先であることは確認が取れたと理解しておきます。もう一点だけ、未だその空母の所在が不明です。潜水艦隊や二式大艇による索敵も実施されると思いますが、速やかな情報伝達をお願いします」

「無線封鎖の中での情報提供は状況次第だが、敵情は東京からの放送でも流すので問題はない。最善は尽くすよ」

黒崎の回答はありきたりだったが、野中にしても対案がある訳ではなかった。

あまり得るところが無かったと気持ちは晴れなかったが、自分の言いたいことは言ったと気を取り直して参謀長室を辞した。

「大和」の長い舷梯を降りる途中で、ふと野中は山本に会いたいと思った。会って話をすれば、もっと割り切れた気持ちで、戦場に臨めるのではと思ったが、ミッドウエーでの航空艦隊戦の手土産話しの方が、山本の楽しそうな顔が見れると考え、歩を止めることはなかった。

　戦いは、数や力だけで決まるものではない。

　気象条件や時間経過も作用するし、指揮官の思考や決断は、より大きな要因となる。だが例えその判断が間違ったとしても、必ず負けるかと言うとそうでもない。すなわち勝利の方程式に破綻が生じた時、それを如何に修正するかの適応力が重要なのである。その適応力を高めるためには、必ず負けの方程式も踏まえておかなければならない。

　だがこの時点で、野中でさえも敗れることの想定をし得ていないとの自覚は、持ち合わせていなかった。

　同日ハワイ、オワフ島真珠湾の米太平洋艦隊司令部に、艦隊首脳が呼び出されていた。

「諸君、日本軍の攻撃目標はミッドウェー島で間違いない。ミッドウェー島の浄水器が故障中との偽情報に日本が食らいついた」そう言うと太平洋艦隊司令官ニミッツ大将はニヤリと笑って見せた。

　両脇には、第十六任務部隊のスプルーアンス少将と第十七任務部隊のフレッチャー少将が座っていた。第十六任務部隊は、空母「エンタープライズ」と「ホーネット」を基幹とした航空艦隊であり、第十七任務部隊は、空母「ヨークタウン」と「レキシントン」の艦隊だったが、先の珊瑚海の空母対決で「レキシントン」を失い、「ヨークタウン」も直撃弾を受け、修理のため今日やっとの思いで真珠湾に帰り着いたばかりであった。

「フレッチャー君、珊瑚海では、後一押しだったが、取りあえず引き分けは已む得ないところだろう。ご苦労だった」

「『レキシントン』を失い申し訳ありません」

「そのことはもういい。次はミッドウェーだ。ところで早速だが、君の『ヨークタウン』の修理は何時までかかるんだ」

「当初七十日と言ってましたが、すでに修理の準備も整っているので、三分の一位で……」

フレッチャーは、ニミッツの鋭い眼光に気が付いて、次の言葉を飲み込んだ。

案の定ニミッツの爆弾が落ちた。

「日本軍のミッドウェー島攻撃は、六月三日から五日とされているんだ。君はその間ハワイで昼寝でもしているつもりか！」

フレッチャーは、口をもごもごさせただけで、視線を逸らした。

「私は、今朝『ヨークタウン』を見てきたが、航行可能にするには三日もあれば良いはずだ」

「たった三日……ですか」

「すべてが三日で終わるとは言ってない、昼夜兼行の作業をしての三日だ。航行が可能となれば、走りながら修理すればいい。工員を載せて行け。……いいかね、これは決定事項だ。さっさと帰って陣頭指揮をとりたまえ」

フレッチャーが何も言わず、あたふたと部屋を出て行くと、ニミッツはスプルーアンスに目配せをしながら言った。

「真珠湾攻撃で、日本軍がドックと燃料をほぼ無傷で残してくれたおかげだ。これを活用しない手は無い。『ヨークタウン』は必ず間に合わせる。君の方はどうかね」

「第十六任務部隊は、何の問題もありません。すでに準備を完了しております」

スプルーアンスが即答するとニミッツが満足げにうなずいた。

本来この第十六任務部隊の指揮官は、ハルゼー中将であったが体調不良で入院したため、ニミッツは以前より目をかけていた、スプルーアンスを代理として指名したのである。

「君も知ってのとおり、ミッドウェー島の航空兵力は、現在百二十機までに増強してある。君の二隻にフレッチャーが一隻、それにミッドウェー島を加えると空母四、五隻分の戦力になる。日本艦隊と対等な勝負ができるはずだ」

「おっしゃるとおりです。それにこちらは、ほぼ相手の手の内を知っています。五分以上の戦いができると思います」

ニミッツは、スプルーアンスの返答に満面の笑みを浮かべたが、すぐに真顔になって命じた。

「私には『ヨークタウン』の尻を蹴飛ばして、追い出すくらいの仕事しかないが、君には星条旗を守るための戦場がある。スプルーアンス君、日本艦隊を叩き潰してこい！」

「承知しました。第十六任務部隊は、速やかにミッドウェー海域に急行します」

スプルーアンスは、素早く立ち上がり敬礼すると足早に部屋を出て行った。

「ついに始まるぞ」

ニミッツは、この海戦によって戦争の帰趨が明らかになると感じていた。

日本の航空艦隊の力量が、米国を上回っていることは十分承知していたが、勝機はあると作戦を立てた。なぜなら、日本艦隊は、ミッドウェー島の航空戦力の増強も手負いの「ヨークタウン」の参戦も、ましてや暗号が解読されているとは、知る由もないのだから。

この後、第十六任務部隊は五月二十八日に真珠湾を出撃、三日後の三十日には第十七任務部隊が「ヨークタウン」に修理工を載せたまま一足遅れで出撃して行った。

そしてこの両隊がミッドウェー近海で合流したのは、六月二日のことである。

米空母部隊捕捉のため、日本の先遣部隊の潜水艦隊が哨戒に付いたのは、二日後の六月四日のことであり、また二式大艇による真珠湾偵察も暗号を解読した米軍の妨害で、五月末に作戦が中止されていた。


第一航空艦隊出撃から二日後の五月二十九日、連合艦隊は戦艦「大和」を旗艦として呉を出航、一路ミッドウェー海域に向かっていた。戦艦七隻を含む三十数隻の主力艦隊である。

これは戦艦「大和」が初めて挑む実戦でもあり、山本の思惑どおりに進めば、ミッドウェー島に向けて、その四十六センチ砲が火を噴くはずであった。また、航空艦隊戦後の敵残存艦隊、あるいは敵増援部隊との艦隊戦が起これば、「大和」の存在は更に大きくなると考えられていた。

それから三日午後、腹痛を訴えて横になっていた山本の部屋に、宇垣と黒島が通信参謀を連れて訪れていた。

「どうした、皆がそろって」

山本は軍服のボタンを留めながら訪ねた。

宇垣が「ミッドウェー海域の敵空母の情報です」と言うと山本は顔に笑みを浮かべた。

「やっと出てきたか、間違いないか」と通信参謀に尋ねる。

「ミッドウエー海域方面で、敵空母の呼び出し符号を受信しました。また、この海域においては、数多くの通信が確認されております」

「敵空母艦隊にまず間違いないと思われます」

山本は、宇垣の言葉にうなずくと「直ちに第一航空艦隊に発信、敵空母艦隊ミッドウェー島周辺にあり……後は黒島君続けてくれ」と指示を出した。

だが、黒島は即答をしないで、何か考えている。

「黒島君！」と宇垣が呼びかけると、やっと顔を山本に向けた。

「長官、連絡は不要と思われます」

「先任参謀、こんな重要情報を艦隊に伝えないと言うのか」

宇垣が珍しく大声で言った。

「お言葉ですが、現在全艦隊は無線封鎖（ふうさ）中であり、奇襲攻撃のためにはこの継続は必須であります」

黒島の説明に「しかし」と疑問を挟んだ宇垣に、黒島はたたみかけるように言った。

「このために、我が空母には魚雷を付けた攻撃機が待機しています。それに――」

「それに？」宇垣が詰め寄っても、黒島は顔色一つ変えずに言った。

「第一航空艦隊は、すでにミッドウェー海域のすぐ側です。こちらよりも感度は良好なはずです。それほどの交信があれば判らぬはずはありません。ここは無線封鎖を解くべきではないと思われます」

流石に、これまで海軍の全作戦を取り仕切って来た男の言葉には、理路整然たる流れと重みがあった。これには参謀長の宇垣にしても反論の余地を見出すことはできなかった。

しかし、この是非は司令長官の山本が決めるべきものである。

宇垣は、山本の決断に注目した。

「黒島君の言う通りでよかろう」

納得した様子の山本に、宇垣は「長官、待ってください」と食い下がった。

そんな宇垣に、山本は諭すかのように言った。

「宇垣君、我々は万全の手を打っているだろう。野中をわざわざ一航戦に行かせたのは、何のためかな」

「しかし、長官」と宇垣は、なおも言葉をつないだが、その声は弱々しかった。

この瞬間に、暗号を解読して待ち構えるミッドウェー基地航空隊と米第十六、第十七任務部隊に対し、第一航空艦隊は、米空母の動静どころかその所在さえも知るすべを失った。

空　襲

六月四日、第一航空艦隊はミッドウェー島の北西二百十浬に進出、野中は空母「赤城」の艦橋にいた。

「赤城」の後方に空母「加賀」が続き、そして左舷前方には、第二航空戦隊の空母「蒼龍」「飛竜」の艦影も肉眼で確認できた。

この空母群に並走するのは、戦艦「榛名」と「霧島」、それに重巡「利根」「筑摩」が続き、これらの主力艦を取り巻くように十数隻の駆逐艦が白波を立てながら進んでいた。

　その機動性、攻撃力そして防御力においても世界一級品の艦隊である。

　野中は八年ぶりの海上勤務の高揚感と、いまや世界最強と言われる第一航空艦隊の雄姿を目の当りにして、胸の高鳴りを抑えることができなかった。しかもこの作戦は、米海軍との雌雄を決する戦いなのだ。野中は自らを鼓舞するように力を込めて拳を握った。

　横にいた作戦参謀の吉岡が双眼鏡を覗きながら呟いた。

「今日の迎撃戦は大変だな」

「雲か？」と尋ねると首を振ってうなずく。

「天候は曇り、雲量は八、雲高は五百から千と言ったところだろう」

　それは雲が多くて敵機を見つけにくく、雲間からの攻撃が容易いということである。

　ただ野中には攻撃が容易いことは、戦う上で何よりの僥倖のように感じられた。

　敵が容易いことは、味方にとってはさらに容易いかも知れないのだ。

　しばらくすると吉岡が、さりげなく距離を置いたのが判った。野中が急遽連合艦隊参謀として乗り込んできたので、扱いにくいのだろう。恐らくこの艦橋に居る誰もが同じことを考えているに違いない。野中は乗船時からそんな雰囲気を感じ取っていたが、自分が何のためにここにいるのかだけを考えることにしていた。

「赤城」の甲板にはすでに、零式艦上戦闘機、通称「零戦」や九九式艦上爆撃機が所狭しと並べられ、轟轟たるエンジン音を響かせていた。ミッドウェー攻撃隊の目標は、島の航空機や滑走路などの軍事施設なので艦爆や艦攻も陸用爆弾を抱いている。魚雷を抱いて敵空母艦隊へ向かうのとは緊張感が違うと野中は感じていた。

「まだ俺の出番ではない」そう思うと少し頭の芯が冷えて行く気がした。

「赤城」は、風上に向かって回頭しながら、速力を上げていた。

甲板先端から噴き出す水蒸気の線が、甲板に引かれた白い線と重なると完全に風上に向いたことになる。船速はほぼ二十八ノット、最大船速近くまで上がっている。

向かい風と艦の速度が加わるとすごい風圧となるが、縦揺れも激しくなる。搭乗員はこの風圧と艦の揺れる角度を測りながら発艦して行くのである。

午前四時三十分、吉岡が甲板からの連絡を受け「第一次攻撃隊、発艦準備完了！」と叫んだ。

「長官、発艦します」

草加参謀長の声に、南雲司令長官がゆっくりとうなずく。

「発艦始め！　全機発進！」の声と共に、一番機の零戦が動き始めた。

零戦は、エンジンを全開にして艦橋の前を滑走し、甲板から飛び出すと軽々と機首を上げていった。戦闘機隊の次は艦爆の番である。

艦爆や艦攻は二五〇キロから八〇〇キロの陸用爆弾を抱えているので、零戦のように軽々とは飛び立てない。甲板を離れると一旦機体が見えなくなるほど沈み込んでから飛び立って行く。それはまるで海面から離陸するような錯覚を覚えるほどであった。

甲板の先からその機体が浮かび上がって来ると、両翼の日の丸がひときわ鮮やかに見えた。それが国運を賭しての戦いであることを改めて思い知らされる。

敵空母との戦いだけを頭に描いていた自分が、少しだけ気恥ずかしく思えた。このミッドウエー島空襲も含め、全ての行動は敵空母との会敵を想定して立てられているのだ。

　ミッドウェー攻撃隊は、零戦三十六機、九九式艦爆三十六機、九七式艦攻三十六機、合計百八機の構成である。艦爆は二百五十キロ陸用爆弾、艦攻は八百キロ陸用爆弾を抱えての出撃である。まさに空を圧する大編隊ではあるが、それを見送った野中は、言い知れぬ不安が沸き上がってくるのを感じていた。

　前日には、後方の攻略部隊に対してミッドウェー島の航空機による爆撃情報があり、軽微な損傷で済んだものの、ミッドウェー島攻略の意図は悟られたと思わざるを得なかった。また、第一航空艦隊にもミッドウェー島からの哨戒機が接触した可能性があり、奇襲を目論んでいた攻撃隊も正面突破を余儀なくされることになる。

　――どこかで歯車が狂い始めている――そう思わざるを得ない状況の中で、敵空母の存在だけが、ぽっかりと白紙のままで埋められていなかった。


　攻撃隊が発艦し、各艦から索敵機が飛び立って行く。

「源田、索敵計画は大丈夫だろうな」

　野中は参謀たちの後ろにいた源田に話しかけた。

　源田は、青い顔をして、立っているのも苦しそうだった。呉を出てから発熱があり、風邪をこじらせていた。源田は返事をせずにただうなずいた。

　源田は、真珠湾からインド洋に至る第一航空艦隊の航空戦の指揮を一手に引き受けており、この司令部で、航空戦の専門家は源田一人と言っても過言ではない。

この重要な局面で、まさかの時に冷静な判断ができるのだろうか。いつもなら参謀長の横に控えているべきなのだが、野中の不安は色を濃くしながら、その胸の内に広がっていた。

米軍のミッドウェー島航空隊は、飛行艇による偵察隊を午前四時十五分に発進させていた。前日にも日本の空母に接触していたので、索敵はそう難しくないと思われていた。案の定、五時三十分には「敵空母発見」を打電してきた。さらに十分後には敵の攻撃隊も捕捉することができた。

これらの索敵報告により、六時ごろには、第十六、第十七任務部隊も日本空母艦隊の所在を把握していた。

すでに準備を整えていた基地航空隊は、六時にはバッファロー戦闘機二十機、ワイルドキャット戦闘機六機を迎撃用に上空配置し、日本空母艦隊攻撃のため雷撃機や爆撃機など五十五機を出撃させた。

日本の攻撃隊によるミッドウェー島空襲は、六時三十分頃に開始された。

上空では、攻撃隊の直掩戦闘機隊と迎撃戦闘機隊の熾烈な空中戦が展開されている。島には日本の艦爆、艦攻隊が爆弾の雨をふらせていたが、すでに戦闘態勢を整えていた米地上部隊は、激しい対空砲火で応戦した。

当初の日本の攻撃隊は、基地に配置されている航空兵力の殲滅と基地滑走路や防御陣地の壊滅を目論んでいたが、基地には数機の航空機しか残されておらず、空しく滑走路に穴を開けるだけであった。また増強された基地軍事施設を満足に破壊することもできなかった。

ただ、空中戦においては零戦の独壇場であり、迎撃隊のほとんどが撃墜され、基地に戻れた戦闘機も使い物にはならなかった。味方の攻撃隊も迎撃機の奇襲により六機を失ったが、零戦の損失はわずか一機だった。

　日本機の空襲が終わったのは、七時十分頃のことである。

　敵空母艦隊の索敵隊が発進して二時間半が経過したが、七時になっても何の情報もない。野中は、自分が少しずつ落ち着きを無くして行くのを感じていた。源田の体調も回復しているようには見えない。

「そろそろミッドウェーの爆撃も終わるころですね」

　吉岡が草加龍之介参謀長に話しかけているのが聞こえた。

……陸上爆撃など時が経てば終わる、今は敵空母が何処(どこ)にいるかだ。

　思わず口走りそうになるのを辛うじて堪えたが、自分で自分の苛立(いらだ)ちに驚いた。こんな事ではと気を取り直そうしたその時、「ミッドウェー攻撃隊より受信」と通信参謀が声をあげた。すかさず草加が「読め」と命じる。

「発ミッドウェー攻撃隊隊長、宛第一航空艦隊司令長官。電文はカワ、カワ、カワ――カワ連送です」

「なに！」思わず草加が声を上げた。静かだった艦橋が、瞬時(しゅんじ)にざわめきに包まれる。野中も思わず源田を振り向いた。源田は視線をおとしたまま、いやいやをするように頭を振っていた。

「カワ連送」は、「第一次攻撃隊の攻撃不十分につき、第二次攻撃の要あり」の暗号である。

「長官、少し厄介(やっかい)なことになりましたな」そう言いながら草加が司令長官席の横に立った。

南雲が「うむ」と声を漏らした。

その一言がこの局面の難しさを物語っていた。

混乱

米空母「エンタープライズ」のスプルーアンスは、七時に日本空母部隊への攻撃隊の発進を命令した。

「エンタープライズ」「ホーネット」からは、直掩戦闘機二十機、ＳＢＤ爆撃機六十八機、ＴＢＤ雷撃機二十九機が出撃することになっていた。

しかし、まだ攻撃機の発艦準備中の七時二八分に、日本の索敵機が接触したとの情報が入った。敵に所在を知られたと悟ったスプルーアンスは「全機まとめてではなく、準備できた飛行隊ごとに発艦し、そのまま敵に向かえ」と指示した。

参謀が「攻撃力の分散になります」と反対する。

その時スプルーアンスは「君は航空戦のプロだろう、航空戦の鉄則（てっそく）を素人の私に教えてくれないかね」と尋ねた。参謀は周囲に気を遣うように小声で「先に敵を見つけて先に叩くことです」と型どおりの返事をした。するとスプルーアンスは、参謀の肩に手をかけて引き寄せ、耳元でささやいた。

「私は先に敵を見つけた、だから先に叩く手段を講じる必要がある。それが飛行隊ごとの攻撃だ。鉄則を踏んで何か問題があるかね」

参謀は、一歩下がると「了解しました」と言って敬礼をした

七時五分、空母「赤城」の艦上に、突然見張り員の声が響いた。

「後方より敵機！　おおよそ十機」

「利根射撃開始」

「対空戦闘用意！」

様々な報告や命令が錯綜する中で、「撃ち方はじめ！」の号令と同時に「赤城」の甲板の両舷に装備された十二センチ連装高角砲六基十二門、二十五ミリ連装機銃十四基二十八挺が、一斉に火を噴いた。艦橋が瞬時に、凄まじい射撃音と火薬のきな臭い匂いに包まれる。

たちまち大量の弾幕が広がるが、敵の雷撃機はその弾幕を潜り抜け、海面に添うように突っ込んでくる。

だが一機、二機、三機と数える間に、何れもが火だるまになる。黒煙を引いて落ちる雷撃機をかすめるように、零戦が飛び去って行く。

艦隊直掩戦闘機である。この時点で世界最高の傑作戦闘機である。

この時「赤城」は、十機の直掩戦闘機を上げていた。

攻撃機と同数の戦闘機であれば、勝敗は日を見るより明らかである。敵攻撃隊は瞬く間に蹴散らされたが、二機だけが辛うじて魚雷を投下した。

「両舷全速！　面舵急げ」赤城の巨体がゆっくりと方向を変える。

船体の側面を狙って、おおよそ千五百メートルから二千メートルに投下された魚雷を回避する

ためには、全速でやり過ごすか、方向を変えるしかない。魚雷到達までの時間は、僅か一分半から二分である。

　全長二百六十メートルの巨体が方向転換するのには、それなりの時間が必要だが、雷撃する側も、熾烈な対空砲火と零戦の追撃をかわしながらの攻撃なので、最善の位置取りができるとは限らない。むしろ魚雷投下ができただけも幸運と言った方が良いだろう。

　したがって、この二本の魚雷は、難なく交わすことができた。

「ミッドウェー島からの攻撃機だな、陸上基地はやはり健在と考えるべきだな」

　草加が誰にとなく言った。

「第一次攻撃隊も同様の判断ですので、第二次攻撃が必要と思われます」

　吉岡の話に、野中が口を挟んだ。

「第二次攻撃が必要なのはわかるが、未だ敵空母の所在が不明の状況での判断は早計だろう」

「現在に至るまで偵察機からの連絡も無く、東京からの放送も平常通り、哨戒中の潜水艦隊や連合艦隊からの情報も入らないと言うことは、空母は真珠湾と考えるのが妥当と思われます」

　吉岡は野中を無視するように、参謀長の草加に向かって言った。草加が野中に視線を移した。

「現状では吉岡の言うことが、もっともと思えるが、野中君どうかね」

　野中は、草加の言葉に少し皮肉めいたものを感じたが、ここが正念場と腹を決めた。

「待つことだと思います。わざわざ陸上攻撃用と空母用の攻撃隊を分ける指示があったのは、敵空母を叩くと言う強い意志があったからこそです。私も出撃前夜に連合艦隊先任参謀に確認を取っております」

その時、第一艦隊司令長官の南雲がゆっくり振り向くと「野中君」と声をかけた。

「君の言うことも一理ある。しかし肝心の空母が居なければ、無駄に時間を過ごすだけじゃないのか。ミッドウェー島上陸作戦は明後日の七日と定められている。もう時間はいくらもないぞ」

野中は背筋を伸ばすと、はっきりとした口調で言った。

「しかし長官、敵は今回、こちらの手の内を知っている可能性があります。上陸部隊への空爆や我が艦隊への早いうちからの接触も確信的なものを感じます。そうであれば敵空母艦隊は、すでにこの海域にあると考えるべきです」

艦橋が緊張した空気で覆われる。野中は南雲が自分に話を振ってくれた流れに感謝した。最高指揮官に直接意見を言う機会は稀である。

「ミッドウェー島の航空機による攻撃が始まったことは、じきに空母艦隊からの攻撃もあると考える必要があります。ここで主眼を敵空母へ置き、空母攻撃隊の発進準備を整えるべきです。敵空母さえ叩いてしまえば、この海域の制海権、制空権を確保できます。そうすればミッドウェー島の攻略も容易に見えてきます」

南雲は黙って野中の話を聞いていたが、「空母ね……」とため息交じりに呟いた。横に居た草加が顔を強張らしている。恐らく南雲に対して直接意見を言ったことに腹を立てているのだ。それでも構わないと野中は思った。

指揮を執る者の頭の何処かに、敵空母を意識することが浮かんでさえいれば、大きな破綻は生じないのだ。今艦橋にいる全ての者が、空母を意識していると思えた。

だが、草加の南雲への一言で状況は、激変した。

「これだけ我々が動き回っているにも関わらず、ミッドウェー島からの接触しかないと言うことは、敵空母はいないと判断してもよろしいのではないでしょうか。連合艦隊もいつまでも待つことを求めているとは思えません」

「しかし、参謀長」野中は必死に食い下がった。連合艦隊参謀の職務の範疇を超えていると認識していたが、気持ちのわだかまりは、待つことを示している。

「せめて索敵機の最大到達点に達するまでは、待っていただけませんか、せいぜい後三十分です」

「君の意見は十分に聞いた。だから君がここに居る任務は果たせたろう。これから先は第一航空艦隊司令部の仕事だ。これ以上の議論は無用」

「しかし、連合艦隊の指示は、待てです」

野中の断定的な物言いに、草加が顔色を変えたのが分かった。

「現実に居もしない空母を待てと言うのか。作戦の変更は現場に任されている。敵と戦っているここで考えられる策こそが最良の策である」

野中は、草加を感情的にさせてしまったことを後悔した。大局を俯瞰して考えるべき作戦が、連合艦隊と第一航空艦隊司令部との主導権争いの様相を呈してきたからである。だが野中も「はい、そうですか」とは、引き下がれない。

草加に言っても堂々巡りになるだけと思い、再度南雲に進言しょうと姿勢を正したその時「野中、そこまでだ」と声がかかった。

驚いて振り向くと、航空参謀の源田が立っていた。相変わらず青い顔をしていたが「これは第一航空艦隊司令部の専権事項だ。もう口出しはするな」と言い放った。

源田の言葉は、野中の進言を阻むのに十分な迫力であった。

源田の言葉が幕引きだった。

草加が「第二次攻撃隊の準備を始めます」と南雲に言い、南雲は「よし」と頷いた。野中は草加を見つめながら心で問うた。

――参謀長、本当にこれで良いのですか？

だが、草加が再び野中に視線を合わすことはなかった。

野中は自分の役目が終わったことを悟った。どうしょうもない虚脱感が全身を覆っていた。だが、これで負けが決まったわけではない。

まだ第一航空艦隊は無傷で戦場にある。

魚雷から陸用爆弾への変換作業が始まった。「赤城」の格納庫は戦場だった。魚雷を取り外し、新たに陸用爆弾を装備しなければならない。この変換作業に要する時間は、一時間半から二時間と見られていた。

変換作業が始まって三十分が経過した七時四十分頃、巡洋艦「利根」から発出した索敵機から入電があった。

「敵らしきもの十隻見ゆ、ミッドウェーの方位十度、二百四十浬（約四百五十キロ）」

今度は「赤城」艦橋に沈黙が広がった。

「敵らしきもの」とは何だ。そこに居る全ての者が、頭の中で反芻していた。いくら考えても結論の出る話ではないが、せめて考えなければ気持ちの揺れを立て直すことができない。

「敵らしきものとは、何だ――」

草加が通信参謀に尋ねるが判るはずもなく、苛立たしさを募らすばかりだった。野中もこの情報ばかりは理解しかねていた。敵らしきものの言わんとするところは何だ、目まぐるしく回転する頭とは反対に、体は何の反応も示さない。皆がただ茫然と立ち尽くすばかりだった。

その時、野中の背後で「当たりだな」と囁く声が聞こえた。驚いて振り返ると源田が白い歯を見せてうなずいた。

野中は、無言で睨みつけたが、源田は何事も無かったかのように、体を寄せて呟いた。

「あそこで止めなければ、首が飛んでたぞ」

野中は唖然として源田の顔を見つめた。

「お前、俺のためにあんなこと言ったのか」

「そんなことより、お前の読みは当たりだ。間違いなく敵空母だ。今の連絡では敵とは二百浬以上も離れている。敵の爆撃機は飛んでこれても戦闘機は足が短いので付いてはこれない。戦闘機の護衛がなければ、先ほどのミッドウェー島の航空隊と同じ運命だ。これから仕切り直しても十分戦えるぞ」

そう言う源田の顔には、徐々に赤みが戻っていた。

源田が、草加に爆装転換中止の意見具申をし、利根索敵機に「艦種を確かめ接触せよ」との指令を発した。

その間にも「赤城」の甲板では、艦隊直掩の零戦が燃料や機銃弾の補給のため離着陸を繰り返していた。

その直後、新たなミッドウェー島航空隊の空襲が始まった。

七時五十三分「敵急降下、『蒼龍』『飛龍』攻撃中」

八時十分「直上、敵爆撃機」

ミッドウェー基地航空隊の攻撃が、絶え間なく続く。

高度からの爆撃を避けるため「赤城」は、右に左にと反転を繰り返していた。

「上空、味方第一次攻撃隊、帰って来た」

第一航空艦隊が基地航空隊の攻撃を受けている間に、第一次攻撃隊の先陣が帰って来たが、それを収容できる合間はない。やむなく上空待機の指令が飛ぶ。

さらに十分後には「『榛名』に敵急降下」と、息つく暇もなく空襲が続く。

その最中に、利根索敵機より「艦種知らせの」の返答として「敵兵力は、巡洋艦五、駆逐艦五」との連絡が入った。

「やはり空母はいないようですね。兵装変換を再開しますか」

左右に揺れる艦橋で、吉岡が草加に尋ねる。

野中が口を出そうとするのを、源田が目で制して言った

「この攻撃が収まれば、まずは第一次攻撃隊の収容が先だろう。下手すると燃料切れで不時着することになりかねん」

七時過ぎから始まったミッドウェー基地航空隊の攻撃は、時間にして約一時間、延べ六十機にならんとする波状(はじょう)攻撃だった。しかし戦闘機を伴わぬ攻撃隊は、艦隊の直掩機にその大半を打ち落とされ、第一航空艦隊は無傷のままだった。

「直掩戦闘機を持たない攻撃は、こんなに脆いものなのか」

野中は、幾筋もの煙となって落ちて行く敵の攻撃機を見ながら呟いた。

「我が方の零戦が優れていることもあるが、丸腰では所詮同じ結果だよ。だから直掩機無しでは攻撃隊を出すわけには行かない」

源田の言うことが実感として理解できた。

その時野中は、ふと我に返った。「赤城」は何事も無かったかのように大海原を進んでいる。無傷の艦隊は間違いなくここにある。それなのに、今見えているその景色が、瞬時に消えてしまうような危うさに囚われていた。

それがミッドウェー航空隊の空襲に振り回され、敵空母への思考が途切れていたからだと気づいた時、通信兵が艦橋に駆け込んできた。

「何事か！」

草加が通信参謀に叫んだ。皆が注目する中で、電文を受け取った通信参謀の顔色が変わったのが分かった。

「利根偵察機からの電文、読みます」通信参謀の声が震えている。

「敵は……その後方に空母らしきもの一隻を伴う……ミッドウェーより方位八度、二百五十浬（約四百六十キロ）」

艦橋に衝撃が走った。

草加以下の参謀たちも顔色を変えたが、南雲はいつもと変わらぬ声色で速やかに命じた。

「ミッドウェー第二次攻撃中止、第一航空艦隊はこれより敵空母に向かう」

この一声で艦橋は、瞬時に平時の落ち着きを取り戻した。南雲は何事も無かったように前方を見つめていた。

決断

「大和」では、次々に入ってくる通信で、第一航空艦隊が敵空母の位置を掌握したことを知った。山本は会議室で目を閉じてさまざまな情報を聞いていたが、いちいち口を出すことはなかった。しかし、利根偵察機の空母発見の情報が入った時は、目を開けて「やっと見つけたか」と呟き、先任参謀の黒島に「第一航空艦隊に攻撃命令を出すか」と尋ねた。

「第一航空艦隊は、攻撃機の半数を敵空母用に準備してますので、その必要は無いと思います」

黒島の回答を受けると山本は「そうだな」と言って、又目を閉じた。

「赤城」艦橋では、草加参謀長以下の参謀たちが対応を協議していた。野中はその輪の中に加えてはもらえなかったが、事によっては意見を言うと腹を決めていた。

協議の内容は、大きくは三点である。

まずは上空待機しているミッドウェー攻撃隊約百機の扱い、そして陸用爆弾に変更した魚雷の再装着、もう一つが直掩戦闘機の準備である。何れの作業もそれなりの時間を要する。

野中は、今にも敵の攻撃機が姿を見せるのではないかと、心中穏やかでなかった。

その時、「第二航空戦隊山口司令官から意見具申」と報告があった。その内容は「現装備のまま直ちに攻撃隊を発進せしむるを至当と認む」であった。

草加が「ん〜」とうめき声をあげた。

「参謀長、第一次攻撃隊を見捨てるんですか」吉岡が叫んだ。

「山口指令らしいな、肉を切らせて骨を切るか」

源田が納得したような口調で言うと「面白い」と続けた。

「陸用爆弾で、空母は沈められないが、甲板を破壊すれば航空機の発着は不能になる。そうなればそれはもう空母ではない、単なる鉄の箱だ」

源田の話に野中は得心が入った。いつか山本に航空艦隊の戦術はと聞いた時に、先に見つけて先に叩くと言われたことが思い起こされた。

思わず「源田、攻撃だ」と口に出た。草加が、じろりと野中をにらみつけた。

「百機の航空機を捨て、その搭乗員も殺すのか」

まさに血を吐くような声色だった。野中はさすがに一瞬息を飲んだが、努めて冷静に言葉を繋いだ。

「しかし参謀長、ミッドウェー航空隊が早い内から攻撃を仕掛けられたように、敵空母はこちらの位置を正確に把握しています。すでに艦載機はこちらに向かっているはずです。このままでは、敵に一撃も加えられず、こちらは全滅の可能性があります。ここは腹を決めて、山口指令の進言を受け入れるべきです」

この時点で、源田の言うとおり敵空母との距離が正しければ時間的余裕はあるはずだが、まだ詳細な位置確認はできていない。とするならば、山口指令の言う現装備のままの攻撃が正しいことになる。

草加が南雲の横に立って言った。

「長官、お聞きのとおりです。これより上空の味方攻撃隊を収容し、爆装を雷装に変更するとなると、発進は二時間後の一〇：三〇頃になると思われます。それとも……」草加が途中で言葉をのみ込んだ。

「草加君、連合艦隊からは何も言ってこないか」

南雲は、出撃前の打ち合わせで、敵空母の動向は連合艦隊より速やかに連絡すると言う取り決めに拘（こだわ）っていた。未だに何の連絡も無いと言うことは、偵察機の連絡のとおり、まだ距離があるからかも知れない。

「何も受信しておりません」通信参謀が答える。

しばらく考えていた南雲が、源田に目を向けた。

「源田君、君の意見は」

「利根索敵機の位置関係から考えると、敵空母は我が方との距離を詰めようとするはずです。丸腰の攻撃隊を発進させるとは考えにくく、まだ時間はあると思います」

「源田」と野中が声をかけたが、源田はそれを無視した

「ここで百機の航空機と百戦錬磨の搭乗員を失うことは、今後の作戦遂行にも齟齬（そご）を来すかも知れません。また、九七式艦攻の爆撃の命中率は十数パーセントですが、雷撃なら六十パーセントであり、爆弾よりも魚雷を装備した方が、戦果は期待できます」

南雲は、うなずきながら源田の説明を聞いていたが「分かった」と言ったきり口を閉じた。

野中は、源田の時間があると言う判断に反論したが、索敵機の報告を盾にされると、それを覆すほどの根拠は持ち合わせていない。

さらに、ここで百機もの機体を不時着させ、搭乗員をどれだけ救助できるのかの判断もつきかねていた。救助の間にも敵襲が無いとも限らない。草加に搭乗員を見殺しにするのかと言われるとその決断も鈍る。

それでも自分を奮い立たせ、やっとの思いで言った。

「山口指令の進言を再考すべきではないか」

だが、何処からも回答は無かった。

誰もが無言で立ち尽くしていた。

決断の時だと五感が示している。ヒリヒリとした緊張感が艦橋を覆っていた。

その時南雲が前を見据えたまま口を開いた。

「正攻法で行こう」

皆が、一斉に息を漏らしたのが分かった。その息は、安堵のためか、それとも危惧のためなのか。

作戦の決定は、現場の指揮官の判断である。南雲の胸中は知るすべもないが、苦渋の決断であったことは間違いない。

この判断を変えられるのは、もう山本しかいなかったが、すでに彼は、その一手を自ら封印してしまっていた。

被弾

作戦が決定され、「赤城」は大混乱となる。

まず、ミッドウェー攻撃隊を収容、格納し、さらに陸用爆弾を装着した攻撃機から、その爆弾を外し、新たに魚雷を装着しなければならなかった。

八時四十分から始まった「赤城」の第一次攻撃隊の収容は、一時間近く掛かったが、今は爆弾から魚雷への変換作業が始まっていた。

その時、見張り員の声が響く。

「左上空、敵雷撃機。数、十五」

「直掩戦闘機発進」

吉岡が間髪を入れず命じた。甲板に準備されていた三機の零戦が素早く飛び立って行った。

「直掩戦闘機は幾ら上げている？」草加が吉岡に聞いた。

「加賀より五機発進しましたので、合計二十六機になります。敵は直掩戦闘機をつけていないようなので、十分制圧可能です」

言っている合間にも、黒煙を引いて数機が落ちて行く。それでも直掩機の追撃をかわして、数機の雷撃機が突っ込んでくる。対空機銃が火を噴き、「赤城」は右へ左へと巨体を傾けながら回頭を繰り返していた。近づいた敵雷撃機を見て、源田が野中に言った。

「野中、こいつらは艦載機だ。やはり敵空母に先手を取られたな」

「だが、直掩戦闘機を付けていないのは、お前の読みどおりじゃないか」

「ああ、だがこの数からすれば、恐らく小さな隊ごとに発進してきたのだろう。その内戦闘機も付いてくるかも知れん。油断は出来んが、後一時間持ちこたえれば形勢は逆転できるぞ」

まさに、第一航空艦隊は、戦場のど真ん中にいた。

刻々と時が過ぎ、それと共に形勢も様々に姿を変えていた。守勢に立たされている艦隊が、攻勢に転じる必要条件は、唯一、一時間と言う時間軸だけだった。

その後、九時五十分に十四機、一〇時十分に十二機と空襲が続いたが、何れも撃退し、味方の空母は四隻とも健在だった。しかし、直近の空襲の際には、敵の直掩戦闘機も姿を現した。

敵の体制が整いつつあると言うことは、こちらの整備も急を要すると言うことだ。

艦橋からは格納庫に対し矢のような催促が続いていた。その度にあと何分、あと何分とまるで秒読みのような時間が経過していた。

魚雷への再変換作業が始まって小一時間が立ち、艦橋の苛立ちもピークに達していた。

「まだか」草加の声が響く。野中は源田に、手で下を示すと艦橋を飛び出した。

格納庫への階段を降りると、途中の踊り場で足を止めた。下からの喧騒が聞こえたからである。

踊り場から見ると、折り重なるように攻撃機が並べられ、機体の下を整備員たちが、魚雷を載せた運搬車を引き回していた。足元には本来弾薬庫に収納されるべき、取り外した陸用爆弾が幾つも転がっていた。

指示をする声や運搬車の音が入り乱れ、中には怒号も聞こえる。おまけに敵の空襲による回避運動の度に、船体は右に左に大きく傾斜して、作業の妨げとなっていた。その中で、野中は「赤城」乗船後に、同郷のよしみで知り合った整備班の山下整備兵曹長を見つけた。

山下も野中に気が付いた。

いつも艦橋にいる参謀が、格納庫に降りて来れば、否が応でも目立ってしまう。ましてやこの状況である。何をしに来たかを寸時に悟った山下は、すぐに両手の指で一と〇を作ってみせた。

野中が、口の動きだけで「十分（じゅっぷん）」だなと言うと、山下がうなずく。

あと十分だと教えられた野中は、近くにあった艦内電話を取り艦橋の源田を呼び出した。

「源田、あと十分で完了だ。今度はこちらの番だぞ」

「おう、攻撃隊の直掩戦闘機が今発進するところだ」

格納庫から甲板にあがると、すぐ横を零戦が走り抜けた。

「間に合った」言いようのない安ど感が、体中を駆け巡っていた。

山本から託された使命は、敵空母に向かう攻撃隊の常時堅持だったが、それはミッドウエー島の第二次攻撃準備のために反故（ほご）にされてしまった。しかし、今遅ればせながら敵空母攻撃の体制が整えられたことで、少し遠回りはしたものの何とか面目を保つことができると思った。

僅（わず）かながらの達成感を胸に、艦橋に戻ろうと階段に足を掛けたその時、ふと頭上に何かしらの違和感を覚えた。

「なに？」とゆっくりと視線を上げると、雲の合間に青空が見えていた。何もないと視線を下ろしたが、違和感は消えるどころか、むしろ大きくなっていた。

再度上空を見上げる。目を凝らすと、今度は雲の合間に黒い点が幾つか見えた。

「鳥か？」と見ているうちに、その点がすこし大きくなり、そしてきらりと光った。

まさか急降下と思った瞬間、「直上、敵急降下！　突っ込んでくる！」と見張り員の悲鳴にも似た声が上がった。

「赤城」を襲った急降下爆撃機は、針路を誤ってやっとのことで辿り着いた「エンタープライズ」の僅か三機だった。スプルーアンスの命じた飛行隊ごとの攻撃が、偶然とは言え見事に功を奏したのである。

幾次にも渡る空襲で、直掩機は雷撃機に気を取られ過ぎて低空を飛び、見張り員も上空への視点が欠落していたのだ。

それでも野中は、一瞬も目を離すことなく黒い点を見つめていた。

黒い点は、瞬く間に大きく羽根を広げ、胸に黒い爆弾を抱えた急降下爆撃機へと姿を変えた。

対空砲火も沈黙している。

悪いことに、今甲板からは直掩戦闘機の二番機が飛び立とうとしており、「赤城」は風上に向かって直進していた。

もはや全てが遅かったのだ。

急降下特有の空気を切り裂くような爆音が途切れた瞬間、機体から黒い物体が離れた。

「爆弾だ」

それでも野中は目を逸らさず見続けていた。

爆弾は、徐々に大きさを増すと視界いっぱいに広がり、野中の目の前の甲板に突き刺さった。

大爆発が起こると身構えたが、その物体はまるで甲板に飲み込まれるように、スッと姿を消した。

「不発弾か」と思う間もなく、甲板がゆっくりと盛り上がって来た。それは見る見る膨らみを増し、そして、限界を向かえると、そこから強烈な爆風と炎を吹き上げた。

爆発音が周囲を震わせた。

野中は、その瞬間、爆風で艦橋に叩きつけられた。

――しまった。遅かったか。

最初に感じたのは、強い自責の念だった。

熱風に曝され、動こうとしたが、手足はぴくりとも動かなかった。

野中は、次第に薄れて行く意識の中で、山本の顔を思い浮かべていた。

「長官、すみません。お役に立てませんでした……」

「赤城」の飛行甲板は、大きな火柱と共に吹き飛んだ。

格納庫で爆発した爆弾は、出撃準備の整った攻撃機の魚雷や放置されていた爆弾の誘爆を引き起こし、大火災となった。

野中には、魚雷や爆弾の誘爆音が「大和」の主砲の咆哮のように聞こえていたが、それもつかの間のことで、すぐに深い闇の中へと引き込まれて行った。

敗北

「大和」の会議室を沈黙が覆っていた。

第一航空艦隊の惨状が次第に明らかになり、誰もが思考を失っていた。

空母「加賀」「蒼龍」は沈没し、「赤城は」大火災により総員退艦となり、波間に漂(ただよ)っていた。第二航空戦隊の空母「飛龍」は、山口司令官の指揮のもと二次に亘(わた)って敵空母を攻撃、孤軍奮闘(こぐんふんとう)の末空母「ヨークタウン」を沈没に至(いた)らしめたが、自らも集中攻撃を受け沈没していた。

あの世界最強の第一航空艦隊が、消滅してしまったのである。その衝撃は皆を沈黙させて余りあるものだった。

突然、黒島が机を叩きながら泣き喚(わめ)いた。

「なぜなのだ……。なにが起きたのだ……」

その姿は見ていられるものではなかったが、誰も止めようともせず、声を掛ける者もいなかった。

しばらくして、宇垣が厳しい口調で黒島に言った。

「黒島、赤城をどうするんだ、このまま置いてはおけんぞ」

黒島が、涙に濡れた顔をあげたが、その声は弱々しかった。

「敵に渡すわけにはいきませんが、私には処分も命じられません……」

宇垣は、黒島の支離滅裂(しりめつれつ)な返事に驚いたが、重ねて聞いた。

「黒島、それは判断になっていない。第一航空艦隊への命令は？」

だが、黒島は、机に頭をつけたまま顔を上げようとはしなかった。周りの参謀たちに視線を送ったが、口を開く者もいない。

已む得ず宇垣は、山本に言った。

「長官、第一航空艦隊に赤城の処分を命じます」山本がうなずく。

「これより直ちに、全兵力をもって夜戦の準備に入ります。それと占領部隊に対しては一時退避を命じます。よろしいですか」

山本は、宇垣に「よろしく頼む」と言うと、立ち上がって会議室から出て行った。

宇垣には、山本の気持ちがよくわかった。夜戦などが問題なのではない。

第一航空艦隊の壊滅によって、山本の考えていた短期決戦、早期和平の道は閉ざされ、これからは、限りなき消耗戦を余儀なくされることになるのだ。

「これからが正念場だ」と宇垣は思った。

舷窓を雨粒が叩いている。

「大和」は、漆黒の闇の中にあった。

その日の深夜、山本はミッドウェー攻略作戦の中止を下命した。

六月十四日、呉に帰投した「大和」を、第一航空艦隊司令部が訪れていた。

参謀長の草加が頭を下げた。

「長官、この度は空母四隻を失うことになり、まことに申し訳ありません」

草加以下の参謀たちも揃って頭を下げる。中には、涙を流している者もいる。

「草加くん、もういい。さ、皆掛けなさい」

草加は腰を下ろしたが、他の参謀たちは座ろうとしなかった。

とてもそんな心情ではないことを思ったのか、山本もそれ以上勧めることはしなかった。

草加が一連の経緯を報告していたが、魚雷を陸用爆弾へ変換する命令を出したところで、黒島が大声をあげた。

「敵空母に対応するため常時攻撃隊を待機させろと言ったはずだ――なぜ勝手なことをした」

「黒島君！」宇垣が止めた。

今日の第一航空艦隊司令部の訪艦にあたり、山本は彼らを決して責めないようにと連合艦隊司令部に釘を刺していた。それは作戦の全責任は自分が負うと言う山本の信念だった。

だが、黒島の大声は続いた。

「誰があんな決断をしたのだ。お前らも同罪だ」と差した指を巡（めぐ）らす。参謀たちが身をすくめた。

草加が俯（うつむ）きながら、辛うじて声を出した。

「あの時点で、我々は敵空母の存在を把握していませんでした」

黒島が、ぎょろりと草加を睨（にら）みつけた。

「敵空母がその前から盛んに電波を出していたのを聞いていないのか」

草加の膝においた拳が震えている。今度は草加が黒島を睨みつけ、会議机に両の拳（こぶし）を打ち付けた。

「空母はマストも低い、大和のよう優秀な設備がある艦ではない。分かっていたのなら、なぜ教えてくれなかったんだ」

黒島が、怒りを露わに立ち上がった。その時山本が、手で黒島を制した。治まらない黒島が叫んだ。

「長官！」

「黒島、いいから座れ！」

めったに声を荒げない山本の一言に、黒島も驚いた表情を見せたが、渋々(しぶしぶ)腰を下ろした。ただその顔には、怒りの表情が張り付いたままだった。

宇垣が場を宥(なだ)めるように、静かな声で言った。

「その点においては、連合艦隊司令部も責任を感じている」

「参謀長、私どもが責任を取るのは当たり前です。しかし、許されることではないと思いますが、汚名挽回(おめいばんかい)の機会があれば、……南雲長官をはじめ皆救われます」

草加の声は深く沈んでいた。ここにいる誰もが、首(こうべ)を垂れ敗戦の苦しみを噛みしめていた。

無限に続くような沈黙に抗(あらが)うかのように源田が口を開いた。

「野中参謀が経緯の要所、要所で的確な状況判断をしてくれましたが、思いが至りませんでした。航空参謀として責任を痛感しております」

そう言うと源田は、野中の「赤城」での出来事を語った。

「そうか、野中が少しは役に立ったか」山本が感慨深げに言った。

「彼の意見は、全て的を得たものでした。それを受け入れることもできず、その命も救うことができませんでした。……すべては私どもの責任であります。本日は如何様(いかよう)なご処分も覚悟しております」

「草加くん、もういいと言うとるだろう。ミッドウェー作戦の結果で誰かが腹を切らなければいけないとすれば、それは私だ」

山本が毅然(きぜん)として言った。それを聞いて怒りを露わにしていた黒島も下を向いた。山本がしばらく草加の顔を見つめていたので、草加は何事かと眉を寄せた。

山本が、背筋を伸ばして張りのある声を響かせた。

「南雲くんと君の二人には、第一航空艦隊の代わりに編成する第三艦隊を預けようと思う」

草加は狐につままれたかのように山本の顔を見つめた。

山本の言葉の意味がすぐには受け止められなかった。だが、思い至ったのか草加が感極まった声を上げげた。

「また、機動部隊を預けていただけるのですか」

山本が、ゆっくりとうなずく。

「ああ、しっかり頼む」

草加は立ち上がると「ありがとうございます」と最敬礼したが、顔を上げることができなかった。

そんな草加に、宇垣が口を添える。

「長官は、お二人の一層の奮起を期待されていますよ」

その声に押されるかのように顔を上げると、参謀たちの間にも安堵の空気が流れた。

「奮闘努力いたします」

山本が笑みを浮かべて「よろしく頼む」と席を立った。

だが、歩き出そうとして、何かを思い出したように動きを止めた。

「忘れるところだった。……野中の件は、二人への貸しだよ」

山本は、軽口のつもりで言ったようだったが、それが何かの引き金になったのか顔をゆがめた。

悟られぬよう足早に部屋を出ると長官室に入って扉を閉め、そのまま扉に背を預けた。

天井を見つめながら懸命に堪えていたが、思わず噛みしめた歯の間から声が漏れた。

「野中、すまん……」

同郷の後輩ではあったが、誰よりも一番気の合う男だった。

「大和」を生み出した責任を胸に、その行く末を案じている男であった。

そして、自分がミッドウェー作戦の一番の要を、背負わせてしまった男でもあった。

山本の脳裏に、野中と語らった神田の料理屋の情景が蘇る。

いつもの座敷には、小さな坪庭があり、季節の花が心を和ませてくれた。

そしてあの折、ふと口にした花の名前が浮かんだ。

——春待ち草か。野中、春が遠くなったかも知れんな。

壁に取り付けられた伝声管が滲んで見えた。

第三章　ガタルカナル

ソロモン海の死闘

海軍は、ミッドウェー海戦において大敗したものの、米豪分断作戦の一環としてソロモン諸島のガタルカナル島に新たな飛行場建設を進めていた。

これまでの情勢から米英の反攻はまだ先かと思われていたが、昭和十七年八月七日早朝、米軍はソロモン群島からの反攻を開始、ガタルカナル島の完成間近の飛行場とフロリダ島のツラギを占領してしまった。

このガタルカナル島の覇権を巡り、ソロモン海域において米豪連合軍との一大空海戦が展開されることになる。それは、山本が一番恐れていた消耗戦への序章だった。


米軍のガタルカナル上陸を知った連合艦隊は、上陸部隊を迎撃するためラバウルから航空攻撃隊を発進させ、外南洋部隊の第八艦隊を中心とした巡洋艦隊を急行させた。八月八日深夜に米上陸部隊泊地に突入した巡洋艦隊は、米豪護衛艦隊と熾烈（しれつ）な夜戦を展開した。この夜戦で、日本艦隊はほぼ同等の戦力であったにもかかわらず、敵の重巡洋艦四隻を撃沈、一隻を大破させる大戦果をあげた。味方は重巡一隻が小破したのみであった。第一次ソロモン海戦である。

呉に停泊していた「大和」で、この報を受けた連合艦隊司令部は、久々の大勝利に沸き返っていた。

「いやー、それにしても今回の夜戦は、見事でしたね」

「これで味方の士気も盛り上がります」

参謀たちが、上機嫌で会話するのを山本は腕を組んで黙って聞いていた。

「これは、大勲章ものですね」と誰かが口にしたのを聞いて、山本が口を歪めた。

「今回の作戦は、君らの言う通り、ミッドウェー作戦の大敗を払拭（ふっしょく）する意味もあり、出撃を許可した。だが、その戦果は本当に評価に足るものなのか」

「長官、敵の重巡六隻の内、撃沈四、大破一は、立派なものじゃないですか」

黒島が、不服そうに山本に言う。

「黒島君、今回の作戦及びラバウルからの攻撃は、敵を殲滅（せんめつ）することにある。ここで言う敵とは、上陸部隊はもとより、輸送船団、護衛艦隊を含めての話だ。護衛部隊を壊滅させたのは判ったが、上陸部隊、輸送船団はどうなった」

「夜が明ければ、航空機の攻撃を受ける恐れもあり、一撃離脱は夜戦の鉄則であります」

「まだ時間も砲弾も残っていたと言うではないか」

「ただ、攻撃に手間取り敵の空襲を受ければ、残った重巡艦隊もどうなるか判りません」

「じゃあ黒島君、君でもあの場面で同じことをするのか」

黒島は、どう答えても藪蛇（やぶへび）になりそうだと思い唇をかんだ。その様子を見て山本が「やろうと思えば、やれると考えたのか」とたたみかけた。

「もし、私があの現場にいたとしたら、急速反転して敵輸送船団をたたく、そしてガタルカナルの上陸部隊を砲撃する。これにかかる時間は、たいしてかからないだろう。もう敵の護衛艦隊は体を成していないのだからな。その時点で敵の上陸作戦は失敗したことになるのではないか。すべての作戦は、その目的を明確にして達成することにある。今回の作戦の目標は、敵輸送船団のはずだが」

「しかし、敵重巡四隻撃沈はやはり勲章ものですよ」

黒島は、明らかにへそを曲げていた。これには山本もむっとして「勲章など絶対に出さん」と宣言してしまった。

あわてて宇垣が止めに入った。

「長官の言われるとおり、あれで反転攻撃をしておれば、完全な勝利になったでしょうが、敵も護衛艦隊がいなくなれば輸送船団を丸腰で置いている訳には行きません。このため大幅に作戦が狂っていると考えられます。それを良しとすれば、今回の戦果は評価できるのではないでしょうか」

「まあ、それはそうだが、私は事柄の本質を見誤るなといっているのだ。片方の戦果だけで浮かれている訳には行かない。本来なら重巡「鳥海」の早川艦長には勲章を出したいくらいだ。反転して鳥海一隻でも敵輸送船団を撃滅すると言ったようだからな」

宇垣は、改めて戦いとは難しいものだと思った。そして海軍の「艦隊決戦主義」により、商船より駆逐艦、駆逐艦より巡洋艦、巡洋艦より戦艦と言った評価の偏見が生じ、戦いの目的そのものが曲げられてしまうのではないかとの危惧を抱いた。

ソロモン海域の敵の反攻に対処するため連合艦隊は、八月十一日、戦艦「陸奥」と重巡五隻を中心とする第二艦隊を、八月十七日には空母「翔鶴」「瑞鶴」「龍驤（りゅうじょう）」と戦艦「比叡（ひえい）」「霧島」を中心とする機動部隊、第三艦隊を出撃させ、連合艦隊旗艦「大和」も一路トラック島を目指して錨を上げた。

しかし、ガタルカナル島においては、すでに敵の飛行場が完成しており、八月二十日には小規模ながら米海兵隊の戦闘機、爆撃機が運用を開始していた。

さらに米海軍は、ガタルカナル島飛行場の奪回を目指す日本陸軍増援部隊の上陸阻止と護衛艦隊に対抗するため、フレッチャー中将率いる空母「エンタープライズ」「ワプス」「サラトガ」を中心とした第六十一任務部隊をソロモン海方面へ派遣した。この情報を知った連合艦隊は、トラック島から第二艦隊を、トラック島へ向かっていた第三艦隊をソロモン諸島の北海域に急行させた。

そして日米空母艦隊による第二次ソロモン海戦が始まった。

「本二十四日、我が艦隊は空母『龍驤』を先行させ、ガタルカナル島を空襲、『龍驤』に敵空母部隊を引き付けておき、その間に『翔鶴』『瑞鶴』による攻撃を行うことになります」

作戦参謀の説明を聞いて、宇垣が問う。

「それでは、『龍驤』一艦が囮（おとり）になることになるが」

「敵空母は三隻と思われます。この三隻を叩くためには、軽空母は目をつぶるしかありません。また第二艦隊は、第三艦隊の前衛として横一列に並び、敵航空機を吸収する陣形を取っているとのことです」

じた。

「分かった。長官よろしいですね」宇垣が尋ねると、山本は「已むを得ん」と言ったまま目をと
これからミッドウェー海戦以来となる空母艦隊同士の海戦が展開されようとしている。

作戦会議室の参謀たちの間には、重苦しい緊張感が漂っていた。

十一時三十分、「龍驤」がガタルカナル島に向け攻撃隊を発進させた。その三十分後には、索敵機からの敵空母部隊発見の電信を受信した。

「長官、今回はこちらが先に敵空母を見つけたようですが、攻撃開始の指令を出しますか」

宇垣が尋ねると、山本が笑みを浮かべた。

「宇垣くん、いくらなんでも敵を見つければ、南雲くんも攻撃隊を出すだろう。止めておこう。後で文句を言われそうだ」

今回は、黒島が指示を出したそうな素振りを見せていたが、山本の一言で諦めてうなずいた。

一時間後、第三艦隊の「翔鶴」から戦爆連合三十七機の攻撃隊が発進する。

だが、すでにその頃「龍驤」には「サラトガ」の攻撃機が襲いかかっていた。

「我、敵艦載機の攻撃を受けつつあり、数おおよそ三十」

それは、予め想定された状況ではあったが、文面からは悲痛な想いが伝わってくる。

「囮は成功したようだが、『龍驤』がどこまで頑張れるかな」

已むを得ぬ作戦とは言え、山本の声も沈んで聞こえた。

一方、第三艦隊は十四時になって、「瑞鶴」から第二次攻撃隊三十六機を発進させた。

この後、「大和」は初めて第三艦隊からの電信を受信する。

……第一次、第二次攻撃に引き続き第三次夜間雷撃を敢行する。なお前衛艦隊は夜戦により敵を撃滅する……

「南雲君、気合が入っているようだな。第二艦隊の尻も叩いているよ」

やっと山本の声に張りが戻ってきた。

「後は、攻撃隊からの連絡だけですね」

作戦は順調に進んでいるからか、会議室内の空気も少し和らいでいた。

十四時二十八分、「翔鶴」攻撃隊は、空母「エンタープライズ」を発見。三発の爆弾を命中させたが、まだ沈没させるには至っていない。

「ワプスの情報がないな」

宇垣が壁の海図を見ながら呟いた　艦艇の動きを記入していた参謀が答える。

「どうも別に動いているようですが、作戦的な意図はないように思われます」

時計の針は十六時を指していたが、その後の様子が入ってこない。

「第二次攻撃隊はすでに会敵しているはずだが、おかしいな」

「第一次攻撃隊が、敵を補足して攻撃しているのだから、第二攻撃隊が見失うはずはない」

連合艦隊司令部がじりじりしているうちに、日没を迎えてしまった。

結局、第二次攻撃隊は敵の捕捉に失敗。そして十八時には、爆弾四発、魚雷一発を受けた「龍驤」が、奮闘空しく沈没した。

黒島が、罵声を上げた。

「第三艦隊は何をやっているんだ。敵は見失う、艦攻は使いそびれる、なんだそれは、意味がわからん」

しかし、宇垣には、南雲や草加の気持ちがよく分かっていた。彼らはここで再びミスをする訳には行かないのだ。

「電文からすると、一次、二次の攻撃でまず空母の甲板を使用不能にし、最後に艦攻の魚雷で止めを刺すつもりだったのだろう。ミッドウエーの二の舞はしたくなかったんだ」

宇垣の話を聞いて、山本が腰を上げた。

「宇垣君の言う通りだな。増援部隊も引き上げだ。どうも『龍驤』の囮代は高くついてようだ」

さらに夜戦を挑もうとした第二艦隊は、夜になっても敵を補足することはできなかった。

敵の空母「エンタープライズ」は、中破して戦列を離れたものの、ここでの「龍驤」喪失は負けも同然の結果だった。ましてや陸軍の増援も叶わず、ガタルカナル島の戦況は、一向に改善の兆しを見せなかった。

ガタルカナル島の苦戦の原因は、最初に敵上陸部隊の戦力を過小評価したことにある。

敵の上陸部隊は、当初二千名程度と考えられていたが、実際には一万人を超える大部隊であった。そうとは知らず陸軍は、二千名程度の一木支隊を送り込んだが、密林にはばまれ火器の運搬もままならず、軽装備のままの攻撃を繰り返し殲滅(せんめつ)されていった。

また、ガタルカナル島の飛行場が稼働し始めると、制空権を確保することは難しく、輸送船による食糧、弾薬の補給もままならぬ状況となった。このため駆逐艦による輸送を余儀(よぎ)なくされている。

九月七日、第二次ソロモン海戦で足止めを食っていた川口支隊の約四千人が、ガタルカナル島へ上陸した。だが今回も敵の上陸部隊の正確な陣容を把握し得ていなかった。このため、一木支隊と同様に空襲や密林に阻まれ、第一次総攻撃と銘打った攻撃も、兵員や装備を充実させた米軍に蹴散らされてしまった。密林に逃げ込んだ部隊は、今度は飢えとマラリアを敵にしなければならなかった。ガタルカナル島は、略称でガ島と呼ばれていたが、以降この島は「餓島（がとう）」と呼ばれることになる。

南太平洋に浮かぶ小島での激闘が、五千五百キロも離れた日本に届くはずもなく、呉に暮す佐川母娘（おやこ）も、今は穏やかな日々を送っていた。

「ただいま」

香代子が宿舎の戸を開けると文子が「お帰り」と奥から飛び出してくる。そして「お母さん、また黒木のおじちゃんから荷物が来てるよ」と嬉しそうな笑顔を見せた。

去年の今頃、黒木は夫を亡くした自分に「これが海軍としてのせめてもの償いです」と言って、あの極秘の戦艦「大和」を見せてくれたが、それからすぐに東京へ赴任して行った。

あまりきちんとお礼も言えなかったが、たかだか工廠の事務員に何かが出来る訳も無かった。

そんな矢先、黒木から荷物が送って来るようになったのだ。中身は食料品やお菓子だが、たまには文子の服が入っていたりした。荷物には短い手紙が添えられていたが、時候の話とお菓子などの説明があるだけだった。荷物が送られて来始めた頃は、もう気を使わないで欲しいと何度も断りの返事をしていたが、荷物はそれからも折々に届き続けた。

そして香代子は、最近になって自分の気持ちが少しずつ変化していることに気付いていた。どこかで荷物の届くのを心待ちにしている自分がいるのだ。

今日も、荷物が来ていると言う文子の声に、思わず頬が緩むのを感じた。

「おじちゃんは、今度は何を送ってくれたのかな」

そう言いながら早速荷解きを始めた。文子も嬉しそうに周りを飛び跳ねている。箱を開けると何時ものように、白い封筒が添えてあった。文子が「早く、早く」と中身をせがむのを「お手紙が先でしょう」と止めて封筒を開けた。東京は残暑が厳しいとあったが、後は「雷おこし」と「とらやの羊羹」の云われが書かれていた。そして最後に、包みの品は気に入ったら使ってくれと添書きがあった。

香代子は、突然息苦しさを覚えた。これまでお菓子や文子への贈りものはあったが、この文面は明らかに自分への贈りものである。

夫以外の男性からの贈りものなど、これまでもあろうはずがない。正直、香代子は手紙を読んでうろたえていた。その様子を悟られぬように「おこし」と「羊羹」を半分ずつに分けると、「信一兄ちゃんにおすそ分けしておいで」と文子を走らせた。

一人になると香代子は、荷の底に入っていた包みを取り出した。胸の苦しさが増して行くのを感じながら、包まれていた桐の箱を開けた時、思わず「あっ」と声が出た。

それは、美しい桜の花をあしらったつげの櫛（くし）だった。

櫛は「苦」と「死」につながるので、あまり贈り物には使われないが、若くして死んだ母は、父からの唯一の贈り物だと言って、つげの櫛をとても大切にしていた。香代子は母が死んだ時、父がその櫛を母の胸元に忍ばせるのを見ていた。

まさか香代子が、そんな想いを持っているとは黒木が知っているはずも無いが、その贈り物は、香代子の胸を鷲掴みにした。

箱から櫛を取り出してみる。桼で描かれた桜の花は、可憐だが艶やかな風情を漂わせ、櫛の歯は、つげ特有の象牙のような光沢を湛えていた。

香代子は、その櫛に見とれていたが、思い切って自分の髪にあてて梳いた。日頃手入れも疎かにしていた髪だが、なめらかな櫛通りが心地よく、繰り返すうちに椿油が密やかに香った。

人を想いながら、自分の髪を梳くことなど忘れて久しかった。香代子はひと櫛、ひと櫛に思いを込めて、髪を梳き続けた。

そんな時、お使いに出した文子が帰ってきた。髪を梳く母の姿を見た文子が、戸口で立ち尽くすと「お母さん、……きれい」と言った。

香代子は、その声に「綺麗な櫛でしょう」と答えたが、文子は二度三度首を振ると「お母さんが、きれい」と言った。その顔には驚きと憧れの色が浮かんでいた。

その時香代子は、文子が髪を梳く自分の姿を、母ではなく女として見ているのだと思い当たった。

これまでは生活に追われ、その日その日を暮らすことで精一杯だった。紅をさすのも髪を飾るのも、そして気が付けば女であることすら忘れていた。

香代子は、いまの自分は、母ではあるが女でもあるんだと、胸のときめきを慈しむように微笑んだ。

「おいで文ちゃん、髪を梳いてあげるわ」

文子が顔を輝かせて、美しい母に駆け寄った。

その夜、香代子は黒木から贈られたつげの櫛を胸に床についた。

夫が死んでから初めてその位牌に背を向けていた。背中が悲しいと感じていたが、香代子は自分の思いを大切にしようと心に決めていた。

何故だか、涙が溢れ枕を濡らした。

香代子は、思わず両の手で胸の櫛を、強く抱きしめた。

艦砲射撃

九月十五日、「大和」は今日もトラック島に碇を下ろしていた。

「ガタルカナル奪還については、陸軍は十月中に師団規模の増援部隊を派遣するとのことです」

作戦参謀の報告を聞きながら、宇垣は陸軍もやっとその気になったのかと思ったが、輸送体制の現状を考えると暗澹たる気持ちになった。制空権の無い現状では、駆逐艦による夜間輸送しか手がない。

何か良い手を考えねばと思いを巡らしていた時、「第六艦隊より入電」と通信兵が飛び込んできた。通信参謀が電文を受け取ると目を見開いた。

「読みます。本日、北ソロモン海域において、我が伊十九潜水艦が敵空母『ワプス』を雷撃、魚雷三発命中、数時間後に沈没す」

作戦会議室に歓声が上がった。つい二週間前には、伊二十六が空母「サラトガ」を雷撃し大破させたばかりである。山本も笑みを浮かべている。

「長官、これで今動ける敵空母は、『ヨークタウン』のみになりました。次の増援部隊の輸送がやり易くなります」

山本は宇垣の話を頷きながらも目を閉じた。

「ガタルカナル島の基地、確かヘンダーソンと敵は呼んでいるようだが、これが悩ましいな」

ガタルカナル島はソロモン海の東端近くにに浮かぶ島である。海軍航空隊のソロモン諸島の拠点、ラバウルからは一千四十キロの彼方にある。

「制空権確保のためには、ラバウルからの攻撃が必須であり、連日空襲をかけていますが、零戦で片道三時間、往復六時間、爆撃機の援護となると往復八時間を要し、戦闘時間は精々数十分と言われております。このため航空機、搭乗員の消耗が加速されていますので、これ以上の攻勢は難しい状況となっています」

一方、補給が潤沢なヘンダーソン基地には、続々と兵員や物資が補給され、すでに百機近い航空機が配備されていた。

作戦参謀の説明をききながら、山本は胸の内にある考えを披露して良いものかと躊躇していた。悪い手ではないと思う。だが実行するには、軍令部の考えが障害となるし、それを突破できたとしても、連合艦隊いや帝国海軍がそれを許すのか。

山本には、それがハワイ奇襲作戦より難しく感じられていた。だが思い描くのはこの手しかなかった。山本は意を決して口を開いたが、出てきたのは呟きだった。

「『大和』でやれんかな……」

宇垣と黒島が、呆気にとられたように顔を見合わせた。

「はあ？」

黒島がつい口を滑らせたが、誰もがそう思っていたことは、周りを見れば明らかだった。ある者は、持っていた鉛筆を取り落とし、ある者は口を半開きのまま固まっていた。

「やっぱり、無理か……」

山本の再度の呟きにも誰も反応しなかった。いや、出来なかったのである。

「長官、……この『大和』をですか」

宇垣が、恐る恐る尋ねた。

「そうだ、『大和』の主砲でヘンダーソン基地を叩く」

今度は黒島が、憑き物が落ちたかのように、しゃべり始めた。

「待ってください。『大和』は連合艦隊の旗艦です。それをガタルカナル島へなど考えられません。万が一、沈没したり座礁したら腹を切るぐらいではすみません。世界の笑いものになりかねません」

「では、我々が撃沈した『プリスオブウエールズ』は、どうなんだ。英国では誰か腹を切ったのかね。チャーチルが大戦中で最悪の日と言ったとは聞いたが」

「かの国とわが国とでは違います。大和は帝国海軍の華です。誇りです。大和に何かあれば、わが海軍の士気は、地に落ちます」

「士気で戦争をしているのではない。現状を変えるための乾坤一擲の作戦を考えるのが私らの責務ではないのか」

山本の言葉には、怒気が感じられた。宇垣が黒島を遮るように、身を乗り出した。

「長官、今、毎日このトラック島から多くの艦艇が出撃しています。長官は時間の許す限り艦艇を見送っていらっしゃいますが、駆逐艦や巡洋艦の兵士たちが何を言っているかご存知ですか」

宇垣が山本と視線を合わせた。

「皆、『大和』を見てこの艦がある限りは、海軍が負けることは無いと戦意を高めるのです。そして、長官の見送りを受けて、この人のためになら死力を尽くすと覚悟を決めるのです。もちろん、目立った動きもせず、冷房があり、コックまでいる、まるでホテルのようだと陰口をたたく者もいますが、いざ出撃となれば、『大和』を見て海軍の誇りを取り戻すのです。『大和』は常時戦闘をする艦ではありません。帝国海軍軍人の拠り所となる艦なのです。だから『大和』が本当に戦うのは、日本海軍最後の日しかあり得ません」

山本が、フーッと息を吐いた。

「君の話は良く判る。しかし本当にそれで良いのか。本当に、君たちはこれだけの艦を使う場所を決められるのかね」

黒島が、独り言のようにブツブツ呟き始めた。

「あの狭い海峡へ、この『大和』を。水深も浅いし、潮流も早い。しかも深夜の闇の中、どう考えても無理だ……」

「判った、もういい。これは私の発案だ。『大和』のヘンダーソン基地砲撃を軸に、作戦計画を立て軍令部に上申する。これで議論は終わりだ」

山本が、命令調で宣言したが、宇垣が一歩も引かず疑念を投げかけた。

「長官、もしや連合艦隊司令長官、自らが指揮を取られる積もりですか」

「当たり前だろう。『大和』は連合艦隊旗艦だ。それを司令長官の私が指揮して何が悪い」

「良い悪いの問題ではありません」

言った宇垣が、立ち上がって姿勢を正した。

「もし軍令部が『大和』出撃の許可を出した時は、私が指揮をしてガタルカナルへ向かいます。私の目の黒い内は、長官を出撃させる訳には行きません」

山本は、腕を組んで、宇垣の言葉を噛みしめるかのように目を閉じた。

「私も軍人なのに、自分では戦もできないのか。世界最強の戦艦に乗っているのに、それを使うこともできない。……こんなことでは死んだ野中に叱られるな」

「ただし、戦艦による砲撃は、作戦的には十分効果の見込める戦術と思います。『大和』出撃作戦も、取りあえず軍令部に相談してみます。恐らく怒鳴られるでしょうが、今後のことも見据えた上で仕掛けてみます。」

「ああ、……頼むよ」

そう言うと、山本は部屋を出て行った。少し肩が落ちている気がした。その後ろ姿を見送りながら、宇垣はある想いが沸き上がって来るのを抑えられなかった。

――長官が死に場所を求めている？

まさかと、その想いを振り払おうとしたが、開戦前に山本が近衛総理に対し、「半年や一年なら随分暴れて見せる」と言った言葉が頭をかすめた。

次第にその思いは腹の底へ降りて行き、滓のように溜まった。

「長官はどうされたのですか？」

めずらしく黒島が心配顔で尋ねた。宇垣は不安を悟られぬよう平静を保ちながら答えた、

「お疲れなんだろう。この戦いの一切の責任を背負っておられる。我々には分からない重圧だ。さあ、少し気合を入れて軍令部にねじ込むか」

宇垣の号令に、皆も気を取り直したように「ハイ！」と元気の良い返事が返って来た。

……敵空母は、一隻だけだ。この機を逃す手はない。

宇垣は、壁に貼られたソロモン海域の地図を睨みつけた。

「待ってろよ、ヘンダーソン基地」


戦艦「大和」のガタルカナル島砲撃作戦は、軍令部に大きな衝撃を与えた。軍令部次長の伊藤は「『大和』を使う千載一遇の好機、これに敵戦艦部隊が出撃してくれば、まさしく艦隊決戦になる」と乗り気だったが、大方は反対意見だった。最終的には前軍令部総長であった伏美宮博添王の一言で取りやめとなったが、戦艦による砲撃は、作戦として行われることになった。

それから半月後、山本は第三戦隊と第六戦隊に召集をかけた。

「ガタルカナル島への陸軍部隊上陸作戦の一環として、艦船によるヘンダーソン基地への艦砲射撃を実施することになった」

連合艦隊参謀長の宇垣が、参加者を見回しながら作戦会議を始めた。

「十月十二日、第六戦隊の重巡『青葉』以下三隻と駆逐艦二隻をもって、ヘンダーソン基地を砲撃、輸送部隊の水上機母艦二隻、駆逐艦六隻の援護を行う。これを第一次挺身攻撃隊とする。また、翌十三日には、第三戦隊の戦艦『金剛』『榛名』による砲撃を敢行する。なお直衛隊は駆逐艦六隻、また前路警戒隊として、軽巡『五十鈴』、駆逐艦三隻をもって実施する。これを第二次挺身攻撃隊とする。何れも深夜に砲撃地点まで到達のこと」

連合艦隊先任参謀の黒島の説明を聞いた戦隊参謀たちが、納得行かない素振りをみせた。

「先任参謀、陸上と海上の戦闘の場合、海上の艦船には、どうしても揺れが伴うことから分が悪いと言われてますが、本当に効果が望めるのでしょうか」

「あのような狭い海峡内の深夜の艦隊行動は、非常に多くの危険を伴います。陸上砲撃の場合は船速を遅くする必要があり、潜水艦の攻撃を受ける可能性も大きくなります」

黒島が、いらだった様子で反論する。

「陸上対海上の砲撃戦と言っても、敵の陸上要塞を攻撃する訳ではない。敵上陸部隊の砲では、艦隊まで届くはずがない。それと砲撃の際の船速は十八ノットで問題はないだろう。要はやる気の問題だ」

黒島がやる気の問題と口にした時、司令官の栗田が反応した。

「先任参謀、作戦はやる気が有るか無いかの議論では無かろう。どれほどの成果が上げられるかを見通し、そのための障害と天秤(てんびん)に掛けなければならない。一つ聞くが敵艦隊が出てくることは、想定してあるのか」

「無いとは言えません、当然想定はしておく必要があります」

「もしその時は、敵艦隊撃滅と飛行場砲撃とどちらを優先するのかな」

敵艦隊との遭遇は、この作戦において最も懸念(けねん)される事項であった。まず敵を蹴散らして飛行場の砲撃をしてくださいと口で言うのは容易いことだが、実施する側からすれば大問題である。ミッドウェーの海戦が大敗したのも、島の占領か空母かの目的の不徹底だった。しかし、現実にその事態を想定すると作戦そのものが成り立たなくなる。

敵艦隊は、排除できないような規模かも知れないし、飛行場砲撃中に現れるかも知れない。あるいは、トラック島からガタルカナル島の間で、会敵するかも知れないのだ。

そう考えるとその場、その時の対応で考えるしかない。そして、その目的に沿うよう全力でぶつかるしかないのだ。

「目的は、あくまでもガタルカナル、ヘンダーソン基地の砲撃です」

宇垣が、静かに断言した。

「それでは、敵の艦隊が絶好の攻撃位置に出現しても、それをやり過ごしてもいいんだな」

「それは現場の司令官の判断によることだと思います。机上で立てた作戦を実行していただくのが現場なのですから、そこは現場の判断に委ねるしかありません」

「では、現状における現場の意見としては、この作戦は非常に難しい。いや、あまり成功の確率は高くないと考えられる」

「司令官もやる気が無いのですか」

黒島が突っかかる。栗田も負けずに声が大きくなる。

「そんなことではない。障害が多すぎると言っているのだ」

会議室が騒然としてきたが、山本は背筋を伸ばして黙って聞いていた。

宇垣は、山本の様子を見ながら、まずい方向に向かっていると感じていた。山本は「大和」を使って自らが砲撃に行くと言っていたのだ、早く収めてしまわないと何を言いだすか分からない。

「栗田司令官……」と口にした時、山本が「もういい」と低い声で言い放った。しまったと宇垣が、思わず唇を噛んだ。

「諸君……、君たちが、そこまでこの作戦に賛成できないと言うのなら、第三戦隊には外れてもらおう」

山本が、ぎょろりと戦隊司令部の参謀達を睨んだ。

「その代わりとして、この山本が、自ら戦艦『大和』を指揮し戦艦『陸奥』を引き連れて、ガタルカナル島へ出撃する」

元々、山本が言い出した作戦である。ここで第三戦隊が納得しなければ、それを口実に強引にでも「大和」で出撃するつもりだと、宇垣は確信していた。

だが、外すと言われた第三戦隊の面々は、飛び上がるほど驚いた。しかも連合艦隊司令長官が、自ら戦艦「大和」で出撃すると言うのだから、今度は腰が抜けるほど驚いた。

然しもの栗田司令官も、腹を決めるしかない。栗田は第三戦隊の参謀たちに立ち上がるよう指示した。

「長官のこの作戦にかける思いを拝聴し、私も腹がきまりました。ガタルカナル砲撃お引き受けいたします。必ずや成功させるよう粉骨砕身努力いたします」

皆が一斉に腰を折って敬礼した。

山本が「そうか、やってくれるか。……頼む」と言ってうなずいたが、宇垣はその言葉の間合いに、寂しさが隠れているのを見逃さなかった。

十月十一日、第二次挺身攻撃隊は、軽巡「五十鈴」と駆逐艦三隻の前路警戒隊を先頭に、戦艦「金剛」「榛名」が駆逐艦六隻の直衛隊を従えて、トラック島から出撃した。

戦艦「大和」では、山本連合艦隊司令長官を始め、各幕僚が見送りに立っていたが、艦内にも「手あき総員帽振れ」の指令が出されていた。

戦艦「金剛」「榛名」は、大正初期に造られた言わば老朽艦であったが、数次の改装を経て、速力も三十ノットを超える高速戦艦に生まれ変わっていた。

排水量三万一千トン、全長二百十四メートル、三十六センチ砲六門を搭載する戦艦の姿は、「大和」から見てもまさに海の覇者(はしゃ)の趣(おもむき)がある。

その「金剛」「榛名」が「大和」の横に差し掛かった時、「大和」配置の軍楽隊が、軍艦行進曲の演奏を始めた。勇壮な行進曲に送られながら進む艦隊は、まさに挺身攻撃隊と名付けられた通り、雄々しくもありまた悲壮感漂うものであった。

「皆帰ってきて欲しいですね」

宇垣が、帽子を振りながら山本に声を掛けた。

「ああ、私もそう思う。いっそのこと行くなと言ってやりたいくらいだ」

宇垣は、山本の気持ちがよく判った。こちらは机上の作戦を立ててるだけで、戦火に飛び込むのは彼らなのだ。山本が、自分で行きたいと思うのは、もうその送り出す辛さに耐えられないと感じるからなのだ。

「大丈夫ですよ。第三戦隊は」

宇垣が自分にも言い聞かせるように言った。

この後、第二航空戦隊の空母「隼鷹（じゅんよう）」「飛鷹（ひよう）」が、挺身攻撃隊の航空機による直掩のため出航して行った。第二航空戦隊は、この作戦の終了まで常に六機の零戦で艦隊を守った。


「現在速力二十八ノット、目標到達は二〇：三〇」

第二次挺身攻撃隊は順調に航海を続け、十三日夜、突撃体制に入っていた。

「昨夜、第一挺身隊が敵の待ち伏せを受けた海域に入りました」

旗艦「金剛」の艦橋で、艦長が栗田に囁いた。

「重巡三隻が、沈没、大破、小破は痛いな。レーダーによる射撃でこの被害だと、今後の夜戦が難しくなるぞ。是が非でも我々が何とか成功させねばならん」

栗田の言葉に合わせるように、「見張り、厳重にせよ」の指示が飛ぶ。

「かがり火確認」

挺身攻撃隊の目印として、ガタルカナル島の岬など三か所に陸上部隊がかがり火を焚く手筈になっていた。

「サボ島通過、転針点にかかります」

「百三十度へ転針、速力そのまま」

艦隊はガタルカナル島とサボ島の間を通って直進する。

「目標まで三万メートル」

砲撃目標の飛行場に並行するように針路を変え、船足を落す。

「砲撃進路八十度へ転針、速力十八ノット」

「長官、敵艦も確認できません。天祐（てんゆう）我にありです」

「よし、三式弾、砲撃戦準備」

栗田が指示した三式弾は、新たに開発された対空砲弾であり、時限信管により設定時間で爆発、広範囲に小型の焼夷弾を飛散させるものである。「金剛」はこの三式弾を百発装備していたが、「榛名」は従来の時限信管付き対空弾である零式弾を搭載していた。

「主砲、一番から六番、右舷砲撃戦準備、距離二万四千」

金剛の三十六センチ砲を連装した一、二、三番砲塔が右舷側に旋回すると、砲身がゆっくりと上を向いた。

「距離二万一千」

「長官、砲撃準備完了しました」

「打ち方始め！」

栗田の命を受け、伝声管に「打ち方始め」の声が飛ぶ。しばらくの間を置いて、六門の主砲が一斉に火を噴いた。闇の中に、鮮やかな炎が周囲を浮かび上がらせ、凄まじい砲撃音が艦橋にこだました。そして巨大な戦艦の艦橋が揺れた　砲術参謀が、時計を見ながら着弾を測る。

「弾着まで二十秒……十秒……弾着」

真っ暗な闇の彼方に、眩いばかりの閃光が放たれ、それは幾重にもなって広がって行った。

艦の後方に炎が見えた。「榛名」も零式弾の砲撃を開始した。

再び耳を聾するような砲撃音が聞こえ艦橋が揺れた。一分置きに放れる三式弾と零式弾が途切れることなく闇夜を切り裂いて行く。閃光は、次第に真っ赤な炎に変わり、一辺二万五千メートルの目標を業火で包み込んで行った。

午後十一時三十分ごろから始まった砲撃は、約三十分後の午前零時には三式弾、零式弾を打ち尽くし、艦隊は反転地点に到達した。

「長官、反転し、再度砲撃を開始します」栗田がうなずく。

「取り舵、反転、速力十八」

命令が復唱されて行くと艦が大きく左に傾き、左旋回を始める。

「左舷砲戦準備、一式弾、距離二万一千」

六門の主砲が、ゆっくりと百八十度旋回する。

「打ち方始め！」

再び凄まじい轟音と閃光が、艦隊を包み込む。またしても戦艦二隻の一斉射撃である。今度は艦船用の徹甲弾なので、コンクリートの滑走路でも破壊しつくす威力がある。

陸軍の重砲と言えるのは、十五センチカノン砲で、砲弾重量は四十五キロしかないが、「金剛」の三十六センチ砲は、砲弾重量は六百七十キロで、おおよそ十五倍となる。

したがって、この威力は凄まじいものとなる。連続砲撃により、主砲の砲身が熱を貯めて闇夜に薄赤く浮かび上がる。

飛行場の航空機や航空燃料も燃え上がり、飛行場全体が火の海と化した。

午前零時二十分からの復路砲撃に「打ち方やめ！」の命令が出たのは、零時五十分過ぎの事である。

この一時間半の反復砲撃の間、発射された主砲弾は、戦艦「金剛」が四百五十五発、戦艦「榛名」が四百八十三発、合計九百十八発に上った。

挺身攻撃隊は、何の損害もなく、最大船速二十九ノットで戦場を離脱した。

この砲撃を見ていた陸軍部隊は、久々に歓喜の声を上げ、大いに留飲を下げていた。

砲撃終了時には「飛行場は火の海と化し、その体を成さず、現在も誘爆あり、炎上さらに拡大中」との電信を発し、その後も「重砲二個大隊をもって、昼夜連続砲撃を行ったと同様の効果ありと認む。砲撃の続行を切に希望する」と発信していた。

「艦長、我々は運が良かったようだな。僅か一日でこれだけの差がある」

栗田が感慨深げに呟いた。

「皆が、そう行いが良いとは思えませんがね」

艦長の一言で、艦橋が笑いに包まれた。だが、栗田は、何かを思案するように目をとじた。

「この金剛の代わりに、『大和』が出撃していたらどうなったのかな」

艦長は、栗田の言葉の意味を考えた。単純に考えると「大和」の四十六センチ砲は、砲弾重量が千四百六十キロあり、「金剛」の約二倍以上の重さである。今回の作戦に、その艦砲射撃が行われれば、敵飛行場は壊滅（かいめつ）というより地上より消失することになったであろう。

だが、栗田が言ったのは、そんなことでは無く、戦艦「大和」と言う世界唯一無二のものが、戦場に姿を現す衝撃とそれが失われる恐怖の二面性を、割り切ることのできない矛盾として感じているのかも知れない。

艦長は、そのことには触れず、「見てみたかったですね」とさりげなく言葉を濁して、双眼鏡を眼に当てた。

前方を行く駆逐艦の航跡が、夜光虫により青白く輝き、帯となって流れていた。

そして上空には、南十字星が輝いていた。


十月十三日の戦艦の艦砲射撃によりヘンダーソン基地は、使用不能となり、航空機も半数の五十機が破壊された。

十月十四日、十五日と重巡の艦砲射撃が成功し、第二師団二万名が上陸を果たしたが、物資の陸揚げは、火砲二百門が二十数門、戦車・装甲車七十五両が十数両でしかなく、食料も半数に満たなかった。これは陸揚げの最中に敵戦闘機の空襲を受けたためである。

敵は空母一隻しかなく、ヘンダーソン基地は火の海と化して使用不能となっていた。では敵の戦闘機はどこから飛んできたのか。

あとで分かることだが、すでにこの時、米軍はガ島のヘンダーソン飛行場の他に、新たな戦闘機用の滑走路を完成させていたのである。この二つ目の滑走路に、島内の陸軍部隊も空襲を行っていた航空隊も気付いていなかった。

連合艦隊は、第二師団の第二次総攻撃を援護するため第三艦隊の空母「翔鶴」「瑞鶴」「瑞鳳」を中心とした機動部隊に、前衛部隊として戦艦「比叡」「霧島」と重巡五隻を配置し、さらに前進部隊として、第二艦隊の戦艦「金剛」「榛名」と重巡四隻及び二航空戦隊の空母「隼鷹」を出撃させた。

一方の米海軍は、第二次ソロモン海戦で損傷を受けた空母「エンタープライズ」の修理を急がせ十月二十四日には、空母「ホーネット」と合流させた。


十月二十三日から、第二師団の攻撃が始まった。

だが、重火器も無く、迫撃砲や速射砲すらもジャングルに阻まれ遅延し、軽装備だけの突撃は悲惨な結果を招いた。この時点での米海兵隊は二万三千人に上り、実働兵員でも陸軍を上回っていた。このため第二師団は、堅牢な陣地と重火器で防御された飛行場に近づくことさえ困難であった。また、二十五日からは、ヘンダーソン飛行場からの空襲も始まり、次第に第二師団は壊滅状況となって行った。

連合艦隊は、二十四日、二十五日と陸軍の総攻撃に呼応して、駆逐艦や水雷戦隊をガ島に突入させ、敵艦隊と小競り合いを繰り返していたが、肝心の敵機動部隊を補足できず、実質的な支援を行なえていなかった。

しかし十月二十六日、日米両機動部隊は相手の索敵に成功、互いに攻撃隊を発進させて、南太平洋海戦が始まった。この海戦で日本の機動部隊は、空母「ホーネット」を撃沈、「エンタープライズ」を中破させたが、空母「翔鶴」大破、「瑞鳳」中破の損害を被った。


「長官、やはりこちらでしたか」

宇垣が、後ろから声をかけた。

山本は「おう」と答えたが、視線を動かすことなく長官席から外を眺めていた。

「南国の夕暮れ時は、美しいな」

「大和」の艦橋から見るトラック環礁には、南国の青い海と鮮やかな橙色に染まった空が広がっていた。

「とても戦争をしているとは思えん風景だが、現実は厳しいな」

「はい、昨日の海戦で、現在太平洋海域において稼働している米空母はいなくなりましたが、我が方も艦載機に甚大な被害が出ております。何よりも真珠湾以来の熟練搭乗員を多数失いました」

「米空母がいなくなったと悠長なことは言っておれんか」

「約百機の艦載機と約百五十名の搭乗員を無くしました。このため「翔鶴」「瑞鶴」以下四隻の空母は、修理と航空機、乗員補充のため内地へ回航します」

「では、作戦可能な空母は、『隼鷹』一隻と言うことか」

「はい」

「宇垣君、いよいよ消耗戦へ引きずりこまれたようだな。こうなるとアメリカは強いぞ」

穏やかな残照を受けながらも山本の横顔は、深い愁いを纏(まと)っていた。

「次の作戦で、こいつを使えんかね……」と言いながら片方のつま先で床を二度、三度叩いた。

「長官……」

宇垣は、腹の中の澱(おり)に触れた気がして、次の言葉を失っていた。

鉄底海峡

「ガタルカナル島に新たらしく第三十八師団の派遣が決まった。連合艦隊はこの師団を無事上陸させるため、ヘンダーソン基地への航空機による攻撃及び艦砲射撃を敢行する」

十一月七日、「大和」の会議室には、この作戦に参加する各艦隊、戦隊司令部が顔を揃えていた。

壁に貼られた艦隊構成表を示しながら黒島が説明する。

「ヘンダーソン基地を砲撃する挺身隊は、第十一戦隊の戦艦『比叡』『霧島』を主力とし軽巡一、駆逐艦十四とする。支援隊は空母『隼鷹』、戦艦『金剛』『榛名』以下重巡五、軽巡一、駆逐艦五とし、輸送部隊は輸送船十一、駆逐艦十二となる」

黒島の説明が続く。

「ガ島砲撃は、十一月十三日深夜、したがって、艦隊は九日トラック島を発進、輸送船団は十二日ショートランド発進となる」

戦隊司令部の参謀が声を上げる。

「今回のヘンダーソン基地艦砲射撃は、敵艦隊との遭遇戦の公算が大きく、未だ制空権が敵の手にある以上、成果以上の損失を見込まなければならない。それでも艦砲射撃を行うのですか」

「前回の戦艦による砲撃は、たまたま運が良かったのでは。そんなに二番煎じの作戦が上手く行くとは思えません」

参謀たちが口々に意見を言ったが、何れも、もっともなものではあった。宇垣は、また黒島が興奮するだろうと思っていたが、意外にも静かな口調で話し出した。

「懸念の点は承知している。だが、今回は敵の空母を意識する必要がない。さらに、ラバウル、ブナなどの基地航空隊がガ島上空の制圧戦を展開し、空母『隼鷹』も攻撃、援護を行う。だが、いずれにしてもガ島の飛行場を叩かなければ意味がない。また、敵艦隊との遭遇戦となれば、必要に応じて支援隊が増援体制をとる。今回が千載一遇の好機と捉えてもらいたい」

黒島は、前回も会議途中から感情的になり、最後は山本の出番を作ってしまったことを反省しているのかも知れない。

参謀たちの小声の話は聞こえていたが、正面切って反論する者は居なかった。

だが、作戦を了解した訳ではなく、どちらかと言えば否定的な雰囲気が漂っていた。

宇垣は、このままだと前回の二の舞を演じかねないと思い、補足を入れた。

「すでに陸軍は、一木支隊、川口支隊、第二師団と三万にならんとする兵力をガ島に送り込んでいるが、戦況は未だに改善されていない。いや、むしろ悪化の一途を辿っていると言って良いだろう。ガ島が敵の手に落ちてしまうと、ソロモン諸島の制空権、制海権を失い、米豪の連携が強化されることになる。そして日本は、南太平洋全域において、守勢に立たされることになる。今回の三十八師団の投入は、まさに最後の一手と言って良いだろう。その現状をしっかりと認識して戦って欲しい」

何も特別なことを言っている積りはなかった。しかし、もっともらしい話をしたことで、少しまとまりが見えてきた。

だが、ここでもやはり山本が、口を挟んだ。

「参謀長が言うとおり、今回こそは海軍の面子にかけても、第三十八師団を完全に上陸させねばならない。すでに我が陸軍部隊は二万に近い死者を出している。しかもその三分の二は、餓死と病死である。今、ガ島の我が軍は、生死の境目にあると言っても過言ではない。ガ島の確保は戦略的にも求められるところであるが、同胞を救うための作戦であることを肝に銘じて欲しい」

皆の背筋が、伸びるのが判る。

「そこで、君らの意見を聞きたい。今回の作戦で敵艦隊との遭遇戦を考えるなら、私は、この『大和』を使うべきと思うが、如何か」

一瞬で会議室が、凍り付いた。

――「大和」が出撃！

誰もが考えていない事だった。いや、考えるべきではない事なのかも知れない。

ここにいる者にとって、それはまさに青天の霹靂(へきれき)だった。

前回の第三戦隊の時と同様に、ある者は目を見開き、ある者は天を仰ぎ、そして固まっていた。

静寂が皆の驚きを現していた。

「誰か、意見はないのか」

山本が、皆を見渡しながら言った。

「君、どう思うか」

山本に聞かれた参謀は、目を合わせぬように前を向いたまま答えなかった。

「じゃ君は」

山本が次々に答えを求めたが、誰も口を開こうとはしない。

ひたすら前を見つめるか、頭を垂れるか、そのどちらかだった。

それでも山本は、苛立ちもせず順番に意見を求めていた。

「次の君は、どう思う」と聞いた時、一番末席に座っていた参謀が立ち上がって、姿勢を正した。

「おう、何か意見があるのか」

その若い参謀は、緊張しながらもしっかりした口調で話し始めた。

「長官のおっしゃることは、当然の策と思います。私は出撃すべきだと思います。ガタルカナルの戦いは、まさに正念場と思います。そこに最大の戦力を投入するのは当然のことであります」

山本が、我が意を得たりとうなずく。

「しかし……」若い参謀が口ごもり始めた。

「しかしなんだ」

「私は……、私は……」

「しっかり言いなさい」

「私は……『大和』の沈む姿を、絶対に見たくありません……」

若い参謀は、子供が親に怒られた時のように、しゃくりながら答えると、顔をくしゃくしゃにして、立ったまま号泣した。

その時、最初に声をかけられた参謀が立ち上がり「私も、そう思います」と言ったが、顔は天井へ向けたままだった。

そして、参謀たちが次々に立ち上がると同じことを言ったが、目を赤くしているか、口をへの字に結んでいるかだった。

　山本の横に座っていた第十一戦隊司令官の阿部が、笑みを浮かべて言った。

「長官、若い連中には参りましたな。こうなれば私どもが行くしかありませんな。この作戦お任せください。こいつらが頑張るでしょう」

「そうか、よろしく頼む。……しかし、この『大和』と言う艦は、もう私が思っている艦とは違っているのかも知れん。それで良いのかは――私にも判らん」

　そう言うと山本は、腕を組んで目を閉じた。

　山本は、「大和」はあくまでも抑止力としての兵器として考えていた。無論、世界最大、最強の戦艦であるならば、それは帝国海軍の華であり、誇りでもあることは良く判る。

　しかし、現実に戦争が始まり、航空機が主流となっていても、その有効な使い場所は、間違いなく存在している。それにも関わらず、それが実行できない現実がある。

「大和」は、海軍の中ですでに神聖化され、その領域にまで高められているのかも知れない。もうじき「武蔵」と言う姉妹艦も投入されるのに、使われない戦艦が増えるだけでは、勝てる戦争も勝てない。

　各艦隊、戦隊司令部が引き上げたると、何となく寒々とした空気が流れる。

「宇垣君、『大和』をどうすればいいのだ」

「海軍将兵の気持ちの中には、『大和』の凄さは判かっていても、それを失う喪失感を受け入れられないのでしょう。ある意味神格化されて来ていることはあると思います。私ですらその想いはあります」

「そうだよな。やはりこれは国力の差かもしれない。失えば二度と造れない国と……失ってもその倍造れば良いと考える国との違いかな」

「その通りだと思います。この一連の戦いでも、敵は随時必要と思われる戦力を投入していますが、我が軍の空母の投入一つとっても、出し惜しみをしています。それが作戦の運用にも影響を与え、積極果敢な行動を制約し、想定の戦果は上がっておりません」

「今回は、敵も空母が使えなければ、戦力としては、戦艦や巡洋艦を投入する以外に手はない。『大和』は、艦隊決戦用の戦艦なので、本当は出撃の好機なのだが」

山本が大きなため息をもらしたが、気を取り直すように締めくくった。

「とにかく、今回の作戦を成功させなければ、ますますじり貧になって行く。陸上の航空隊にも踏ん張ってもらおう」

退室する山本を見送りながら、宇垣は再び腹の奥の滓（おり）がうごめくのを感じた。

十一月九日　日本艦隊は、トラック島を出撃、ガタルカナル島の増援を察知していた米海軍は、自軍の増援と日本艦隊に対応するための巡洋艦を主体とした護衛艦隊を派遣した。

十一月十三日深夜、ガタルカナル島とサボ島の浦賀水道ほどの狭い海域で、両国の艦艇三十数隻が、壮絶な夜戦を展開した。最も近い距離での砲撃戦は、わずか一千～二千メートル、砲弾の到達時間はわずか三、四秒で、主砲、副砲以外の高角砲や機銃も水平打ちの大乱戦となった。第三次ソロモン海戦　第一夜戦である。

「本日未明の戦闘により、敵の増援部隊・護衛艦隊十四隻のうち巡洋艦二隻、駆逐艦一隻大破、軽巡二隻、駆逐艦四隻沈没、その他軽巡一隻、駆逐艦二隻中小破とのことであります」

作戦参謀の報告に、山本が「味方の損害は？」と尋ねた。

「戦艦『比叡』が、舵故障のためサボ島近海に留まっております。なお、駆逐艦一隻沈没、三隻が小破であります」

「米護衛艦隊は、ほぼ壊滅したと言うことか」

「はい、ただ昨日の情報では、なお別動の巡洋艦部隊が確認されておりますので、予断は許されません」

宇垣が、心配顔で口を挟む。

「『比叡』が、舵故障で離脱できないと夜明けには敵機の攻撃を受けることになる。『比叡』には何隻付いているか」

「現在、駆逐艦四隻が張り付いております」

「何とか曳航できないものかな」

参謀たちの対応を聞いていた山本が、いち早く決断する。

「駆逐艦に『比叡』の曳航を指示せよ、基地航空隊と空母『隼鷹』には、『比叡』の上空警備、一旦退避した増援輸送船団は、再度ガ島へ向かうよう命ぜよ」

さらに命ずる。

「今回の第三十八師団は、ガ島確保の最後の切り札である。直ちに残存挺身艦隊と支援艦隊を再偏し、夜間のヘンダーソン基地の砲撃を敢行せよ」

宇垣は、今度は別動の米巡洋艦隊が進出してくるのは間違いないと思った。ならば、山本の言う通り、ここはこの「大和」を使うべきだと感じた。「大和」の温存は、敵の航空機からの脅威である。現在、敵の空母は南太平洋にはいない。それなら「大和」の戦う相手は、夜間であれば戦艦か巡洋艦である。

今「大和」を使わずして何時使うのか。思わず「長官、「大和」も一緒に出撃しましょう」と言いかけてその言葉を封じ込んだ。

悪い思いだけが頭を駆け巡っている。

もし「大和」出撃となれば、山本も一緒に行くことになるだろう。万一「大和」と山本を同時に失うようなことでも起これば、日本海軍の先はない。

まだ早いと躊躇（ちゅうちょ）した自分が、何となく臆病者に思えた。

夜明けとともに、ヘンダーソン基地からの攻撃機が、「比叡」に襲いかかった。上空警護の「隼鷹」艦載機や基地航空隊の戦闘機も防戦に努めたが、その足並みは揃わず、舵を故障した比叡は回避運動もままならず、魚雷四本以上を受け、ソロモン海に夕日の落ちる頃、自ら注水弁を開き、鉄底海峡と呼ばれる軍艦の墓場に静かにその身を沈めた。

日本海軍最初の戦艦の沈没であった。

「昨日沈没した『比叡』攻撃の主力は、敵空母『エンタープライズ』の艦載機とのことです」

「『エンタープライズ』は、南太平洋海戦で中破させたはずではないか」

宇垣が驚いて聞いた。

「はい、その後同じ艦載機が、ガ島の航空基地で離着陸をしているところを見ると、恐らく発艦はできても着艦はできないかと思われます」

「敵も総力戦と言うことか。だが発艦しかできない空母まで動員するとは、敵ながら天晴れと言わざるを得ないな。宝の持ち腐れが染み付いたどこかの国とはえらい違いだな」

山本の皮肉が、宇垣の胸に刺さった。

「まだ、ヘンダーソン基地は機能しているんだろ」山本が聞く。

「はい、本日未明、重巡『鈴鹿』と『摩耶』が飛行場砲撃に成功しましたが、巡洋艦の二十センチ砲では、大きな損傷を与えることが出来ませんでした。さらに敵機の攻撃により、重巡『衣笠』が沈没、味方輸送船団十一隻中六隻が沈没、一隻離脱で、現存輸送船は四隻であります」

黒島が、口を挟んだ。

「長官、輸送船四隻ということは、兵は数千名にしかなりません。この際、作戦の中止も検討すべきです」

山本が、閉じていた目をあけて、黒島を睨みつけた。

「兵隊の人数だけではない。ガ島では弾の一発、米の一杯が欲しいのだ。敵は戦艦もしくは巡洋艦の艦隊を送り込んでいる。ここは、艦隊決戦並びに敵飛行場の撃破、そして三十八師団の上陸を支援しなければならない」

宇垣は、山本の言葉を聞きながら、やはり「大和」の出撃を早めに決断すべきであったと臍を噛んだ。

山本の言う三つの目標を達成するとすれば、「大和」の破壊力は必須であった。飛行場の破壊でも艦隊決戦でも良い。どちらかの場面に「大和」が存在するだけで、状況は一変するはずだった。だが、もう遅い。

今は最善を尽くすのみと気持ちを切り替えて黒島に聞いた。

「今夜のヘンダーソン飛行場砲撃の編成は」

「はい、第一部隊として戦艦『霧島』、重巡『愛宕』『高雄』、軽巡『長良』と駆逐艦六隻、第二部隊として軽巡『川内』と駆逐艦三隻であります。敵艦隊との遭遇は確実と思われますので、四方向からサボ島海域に入る予定であります」

「敵艦隊は戦艦と言う偵察報告もあるが、最新情報は」

「現在のところ巡洋艦との線が濃厚であります」

ぼそっと山本がつぶやいた。

「片肺の空母まで投入する敵が、そんなもので済むのかな」

何時もの黒島なら、むきになって反論するところだが、今回は何も言わなかった。

その変化を見て、宇垣は不安なものが湧き上がってくるのを覚えた。

敵の空母が、南太平洋に居なくなってからも、何かしら全てが後手、後手で回り始めていると感じていたからである。

十四日夜半、日米両艦隊は、まるで引き付けられるかのように鉄底海峡に突入していた。第三次ソロモン海戦第二夜戦である。

戦闘の初めの段階で、米駆逐艦四隻を撃破した日本艦隊は、残る大型艦と相対する。

その時、重巡「愛宕」の探照灯に浮かび上がったのは、巡洋艦ではなく――敵は、高き前檣楼（しょうろう）を有し、上甲板高く偉大なる新式戦艦――「サウスダコタ」だった。

しかし「サウスダコタ」は、すでに艦橋に砲弾の直撃を受け電源を喪失していたため、「愛宕」「高雄」「霧島」の集中砲火を浴びた。

だがこの時、突然闇の中からの凄まじい砲撃が「霧島」を襲った。もう一隻の大型艦「ワシントン」である。

「サウスダコタ」「ワシントン」は、軍縮条約失効後に建造された戦艦であり、基準排水量は、三万八千トンと三万五千トン、何れも四十センチ砲九門を装備した最新鋭艦であった。「サウスダコタ」は、日本艦隊の攻撃で中破し戦列を離れたが、「ワシントン」は日本艦隊が「サウスダコタ」に気を取られている間に、「霧島」に照準を合わせ、四十センチ砲を斉射し続けた。

「霧島」も三十五センチ砲で反撃したものの、先制攻撃と四十センチ砲の威力には勝てず、日付が変わって間もなく鉄底海峡に沈んでいった。

太平洋戦争初の戦艦対戦艦の対決は、最新鋭艦二隻を惜しげもなくつぎ込んだ米艦隊に軍配が上がった。残された輸送船団は、揚陸地点に突入、座礁を強行して兵の上陸を図ったが、その数は僅か二千名、食料は四日分でしかなかった。

「本未明の戦闘により、戦艦『霧島』、駆逐艦『綾波』が沈没、重巡『愛宕』『高雄』が小破し、敵は戦艦『サウスダコタ』、駆逐艦一隻中破、駆逐艦三隻沈没であります」

戦闘報告をする参謀の顔が強ばっていた。

「なお、輸送船団は、座礁を強行、二千名を上陸させております」

誰もが言葉を発せなかった。一番の衝撃は、敵が「大和」と同世代の新鋭戦艦二隻を投入してきたことであった。しきりに山本が「大和」出撃を口にしてきていたのを無視し、結局は二隻の戦艦を失った。そして、ガ島奪還の最後の一手とした第三十八師団の上陸も無残な結果となった。

沈黙の中、山本が呟くように言った。

「ガ島は、もう取れんかも知れんな」

「しかし、陸軍はさらなる増援部隊を計画しているとのことです。まだ諦めてはいません」

黒島の言葉に、山本が鋭い目を向けた。

「すでに米軍は、ガ島を制圧している状況で、その兵力は四万を越えている。その島に上陸作戦を敢行するとすれば、どれくらいの兵力が必要か、分かって言っているのか」

「通常では、上陸する側は、敵の三倍の兵力が必要と言われていますが……」

「単純に計算しても、四万の三倍なら十二万だろう。兵隊は揃えたとしても、それをどうやって運ぶのだ。すでにガ島の航空基地は、百数十機を擁している。正式空母二隻分だ。しかもそれは陸上基地である限りは不沈空母だ。制空権を維持することも難しい。制空権のない海には、制海権も存在しない。そんな状況の中で、どう言った作戦が考えられるかね」

さすがに黒島も返答に窮した。

「まあ、この『大和』をヘンダーソン基地の浅瀬にでものし上げて、四十六センチ砲を撃ちまくるくらいが、関の山だろうな」

思わず宇垣が「長官……」と声をあげた。今の山本の心境なら本当にやると言いだしかねないと思った。

敵が新鋭艦で来るなら、こちらも新鋭艦で向かい打つ、艦隊決戦の鉄則であった。

山本には、その機会が何度もあったのに、黙って指を咥えて見ていた自分に腹を立てているのだ。全ては作戦を考え艦隊を運用する連合艦隊司令部の不手際であるが、艦隊戦で完全な敗北をしたわけではない。だが、作戦そのものは完全に失敗している。

宇垣は、戦いと言うものの難しさを思い知らされていた。

そして、次の一手が浮かんで来ない事に、恐怖を覚えた。

「輸送船を座礁させるなどは、作戦ではない！」

黒島が話題を変えようとしたのか、輸送船団の対応に疑問を呈する。

山本が、腕組みをしたまま、遠くに思いを馳せるかのように視線を上げた。

「私が、輸送船団の司令でも同じことをしただろう。ガ島を目の前にして、反転することは、人であればできることではない」

そして「今日は、これで終わりだ」と言い残して、部屋を出て行った。

宇垣には、その後ろ姿が、背が丸まっているよう見えた。

戦艦を二隻も失ったのだ。いかに航空機の時代としても、やはり戦艦は海軍の華である。

それを失う寂寥感は、自分でも被い難い。

——長官、申し訳ありません。自分にもう少しの勇気があれば……。

山本の後ろ姿に、心の中でそう叫びながら、宇垣は唇を噛んで頭を下げた。

十二月三十一日の御前会議において、ついにガタルカナル島からの撤退が決定された。

出現

年が明けた昭和十八年一月三日、トラック島の「大和」は、正月早々から大本営高官の訪問を受けていた。

「御前会議においてガ島撤収が決まりました。この作戦は海軍の協力無くして遂行できるものではありません。連合艦隊のご支援をお願いしたい」

大本営陸軍部第一部長の綾部少将が、苦渋の面相で頭を下げた。

「大本営海軍部としても、連合艦隊の協力を切にお願いする」

大本営海軍部第一部長の福留少将である。山本が二人を見つめながら言った。

「正月早々、大本営のお偉いさんが揃ってのお願いとは、まさか断る訳にも行きますまい。すでに作戦計画を練ってあるので、聞いてもらおう。黒島くん」

「はい、撤収作戦は、一月下旬から二月上旬にかけて行います。使用艦艇は駆逐艦二十隻を予定しております」

「現在、ガ島には一万数千人が残っておりますが、駆逐艦での輸送で可能でしょうか」

綾部が心配顔で黒島に視線を向けた。

「一万数千ともなれば、やはり最低三回の輸送が必要と思われます。敵の攻撃も予想されますので、極めて難しい作戦になると思います」

「やはりそうですか、大本営でも五千人位が精一杯かなと考えておりました。しかし、敵の攻撃を受けながらの撤収となれば、艦船の被害も尋常ではありませんね」

「うむ」と山本が唸った。

「恐らく、参加艦艇の四分の一を喪失、四分の一が損傷、そんなところだろう。だが、追い詰められた兵たちを、このまま放って置くわけにも行かない。連合艦隊の総力を上げてやる積もりです」

綾部と福留が、頭をさげた。綾部が撤退については、ガ島の将校の中でも意見が割れていると言う。

「これだけの犠牲を出し、戦友の屍を置いて撤退するくらいなら、最後の総攻撃を仕掛け玉砕するとのことであります。その気持ちも分からないではありませんが、ガ島司令官は撤退を了承されております」

その時、思わぬことが起こった。

山本の目から、大粒の涙が溢れ出したのだ。

「綾部さん、もういいよ……。これまであんなに頑張ってきたのだ……。もういいと言ってやんなさい」

山本の胸の内には、この一連の戦いは海軍が仕掛けたとの思いがあった。ガ島の攻防戦を機に、敵艦隊を誘き出し一挙に壊滅させる腹積もりだった。それが海軍の不手際で、ずるずると陸軍を泥沼に引きずり込んでしまったのだ。ガ島で死んだ兵士たちに、いくら詫びても心安まることはない。

　山本は、溢れる涙を気にすることもなく、綾部の手に自分の手を重ねた。

「ガ島の部隊に連絡してくれ、海軍が必ず向かえに行くからと」

　綾部の目にも涙が光る。

「長官の御言葉、ガ島の将兵に代わりこの綾部が、確と承りました。感謝に堪えません」

　そう言うと綾部は、机に打っ臥すと声を上げて泣いた。

「綾部さん、お互いに辛い立場だ……。まあ、戦とはそう言うものかもしれないが、もうひと頑張りやりましょう」

　そう言って、山本は黒島に目を向けた。

「聞いての通り、連合艦隊は全力を上げてガ島撤退作戦を遂行する。従って第二次以降の輸送は上陸用舟艇の大発を使った島伝いの撤収案もあったが、全てに駆逐艦を投入して行う」さすがの黒島も山本の涙を見た後では、うなずくしかなかった。

「宇垣くん、その他の手筈も予定通りで良いな」

「はい、撤収まではまだ一ヶ月ありますので、その間の食料の輸送を駆逐艦、潜水艦を使って実施します。また、敵に撤退を悟られると嵩にかかって攻撃される可能性がありますので、あくまでもガ島増援と思わせる必要があります。重巡や潜水艦、海軍の通信隊による偽電の情報戦を展開します。また、ソロモン海北方海域に、空母『隼鷹』『瑞鳳』を中心に戦艦『金剛』『榛名』、重巡三隻からなる機動部隊を遊弋させ、敵艦隊を牽制いたします」

「後は、ガ島の部隊が上手く撤収場所に集結できるかだな」

皆が、ガ島のジャングルを思い浮かべていた。

撤退戦は犠牲が大きい。足場の悪い中を敵の追撃を受けつつ、病人や負傷者を運びながらの逃避行は、至難の業である。辿り着くまでに大勢の命が失われるだろうし、動けぬ兵は座して死を待つしかない。

山本はきつく閉じた目の奥が、痛みを伴うのを感じていた。

「しんがりを受け持つ一千名規模の新規部隊の投入を考えております」

綾部の説明を目を閉じたまま聞いていた山本が、苦しげに顔を歪めた。

「その部隊こそ、捨石か。一千を殺して五千を助けるか。割が合わんな……。せめて割の合うように艦隊に頑張ってもらうしかないか」

何を話しても、どこまで話しても、この作戦の苦しさから逃げられることはなかった。

「十四日、陸軍の撤収特別部隊九百名は、我が駆逐艦輸送により無事ガ島へ上陸を完了しました」

「すでに十五日よりガ島敵航空基地に対し連日夜間攻撃を実施、さらに二十五日より航空撃滅戦を展開します。これには陸軍の一式戦「隼」の二戦隊が攻撃に参加することになっております。ガ島周辺への攻撃及び日中の撤収艦隊の警備に当たります」

「昨日十九日、情報戦実施のため重巡『利根』や伊号潜水艦及び飛行艇部隊が出撃し、マーシャル群島東方洋上において、哨戒及び偽電の発信、カントン島の砲撃など陽動作戦を展開します」

「二十八日には、ラッセル諸島に陸海軍混成部隊五百三十名を派遣、ガタルカナルへの増援と見せかけるとともに、駆逐艦での撤収が難しい時には、ガタルカナルより舟艇でラッセルへ移動し、そこから駆逐艦による輸送を行おうとするものであります」

「三十一日には、空母『隼鷹』『瑞鳳』を含む機動部隊が進発、ガタルカナル島北方海域において、敵艦隊に備えることにしております」

各参謀からの報告を、山本は黙って聞いていた。

これまでの作戦で、ここまできめ細かな計画を立てたことがあっただろうか。しかも今回は撤退作戦である。どうしても意気の上がる作戦ではないのだが、皆が一心不乱に考えやり遂げようと気力を漲らせている。目的が一点に絞られているからこそなのか。それとも何としても同胞を助けたいという気持ちなのか。

敵の戦艦を、敵の空母を沈めるわけではない。

ただ島にいる兵士を載せて帰るだけの作戦である。

だが、山本はこれで良いと思った。作戦とはそう言うものだ。全ての条件を洗い出し、分析し組み上げて行くその過程こそが重要なのだと、そして、その過程の中で不備を見つけ、修正し再構築する。　その繰り返しが多ければ多いほど、良い結果を生むことを皆が認識していると感じられた。そのことが嬉しかった。

その一方で、常識に囚（とら）われない作戦もあるべきだと密かに考えていた。

黒島が撤収作戦の詳細を報告する。

「第一次撤収作戦は、二月一日、第二次が二月四日、第三次を二月七日とする。何れも駆逐艦二十隻を持って敢行する。第一次の撤収海岸エスペランスには、撤収艦隊旗艦『巻波』以下六隻を警備隊とし、八隻を輸送隊とする。同じくカミンボ海岸には、二隻の警備隊、四隻の輸送隊を派遣する。各隊の艦名は、表の通りである」
その時、ふと山本は視線を感じた。その先にいたのは宇垣だった。
一瞬、胸の内を悟られたかとドキリとしたが、そんなはずはないと目を逸らした。
だが、宇垣が視線を外さずにこちらを見つめているのを、視界の端で捉えていた
一月二十二日、大和型二番艦戦艦「武蔵」が、トラック島に到着した。

二月一日第一次撤収艦隊、駆逐艦二十隻は、朝十時半にショートランドを出発、約二百海里（三百七十キロ）離れたガタルカナル島を目指した。到着予定は午後八時であった。しかし、日中になると敵の攻撃機が姿を現し、ラバウルからの直掩機との空中戦が展開された。延五十一機に上る空襲で旗艦「巻波」が航行不能となったが、他の艦は予定通りガタルカナル島へ到着し、洩用の大発や折りたたみ舟艇を利用して収容を開始し、午前〇時には完了した。しかし収容時に「巻雲」が触雷し、友軍の魚雷で処分された。また、収容の間には、敵の魚雷艇十数隻が攻撃して来たが、護衛隊の砲撃により撃退した。
第一次撤収艦隊は、海軍二百五十名、陸軍五千百六十四名を無事収容した。
第二次撤収艦隊も二月四日、同様の経緯をたどり、一隻中破、一隻小破の被害を受けたが、海軍五百十九名、陸軍四千四百五十八名の収容を完了した。この時は、陸軍の一式戦「隼」が艦隊直掩に参加、二度に渡る空襲を最小の被害で守り抜いた。

同日、「大和」の長官室に宇垣が押しかけていた。

「長官、何をお考えですか」

「一次、二次撤収作戦は、予想以上の成果を上げている。だが、三度目ともなれば、敵さんも異変に気付くだろう。そうなると三次の撤収は、惨憺(さんたん)たる結果に終わるかもしれない」

「敵艦隊の出現の公算が大であると、私も思っております」

山本が、腕を組むと目を閉じた。

「宇垣くん、私はこの撤退作戦を是が非でも成功させたい。収容した兵は、その多くが兵隊の呈をなしていないと言うではないか。一次でも二次でも収容してから息を引き取った者が、大勢いると聞いた。やっと地獄から抜け出したのに悲惨なものだ」

宇垣は、ガ島北方に遊弋している機動部隊をソロモン海に、進出させても良いと思っていた。だが、最近の山本の顔つきは、そんな単純な策を考えているようには見えなかった。宇垣は、意を決して単刀直入に言った。

「この『大和』を使いますか？」

山本が、驚いたように目を開けて宇垣を見つめた。

「反対するのじゃないのか」

「長官、相手が『サウスダコタ』『ワシントン』であれば、私としても望むところであります。二番艦の『武蔵』も控えていますので、『大和』は思う存分暴れられると思います」

艦隊決戦で「大和」を使うとすれば、最早ここでしかないと宇垣も腹を決めていた。

「長官、ガタルカナルへ参りましょう」

山本が「そうか」とうなずくと満面の笑を浮かべた。

「ただ、軍令部や海軍省をどうするのか考えなければなりません。『大和』出撃を前提に直ちに作戦会議を行います。」

作戦会議は、思ったとおり紛糾した。

「撤退作戦に、『大和』を使うなど考えられん」

黒島がその急先鋒だった。言いだした宇垣を睨み付けている。

「しかし、撤退作戦も三次ともなれば、敵もこちらの意図を読み切るだろう。そうすれば敵艦隊の攻撃があると予想しなければならない。敵艦隊が現れるとすればそれは『ワシントン』を中心としたものと考えざるを得ない。相手が最新鋭の戦艦であれば、それに対抗できるのは、この『大和』だけだ」

「しかし、ガタルカナルまでこのトラック島からおおよそ二千キロ、丸々二日がかりですよ。直掩機も無しに、敵潜水艦の出没する海域をどうやって突破するのですか」

「それを言えば、トラック島から出撃する艦は、全て同じ条件じゃないのかね。だから皆にも行くなと言えるのか」

「それは屁理屈です。『大和』は日本海軍の象徴です。そんな軽い艦ではありません」

その時、山本が黒島に目を向けた。

「黒島くん、『大和』は戦艦だ。戦ってこそその真価が現れる。飾り物の戦艦であるのなら、ハリボテでも良いじゃないか。私はもう決めたのだ。『大和』をガタルカナルへ出撃させる」

山本の一言は重たい。だが、作戦参謀も譲らない。

「何を言っても軍令部が承知するとは思えません。『大和』の出撃は不可能です」

「宇垣くん、軍令部はどうする」

　さすがに山本も、軍令部を無視して作戦行動を起こす訳には行かない。宇垣は、これまで考えてきた筋書きを説明した。

「軍令部へは、出撃後報告を入れます。それも伊藤次長宛の報告です。伊藤次長は『大和』の実戦参加を止められることは無いと思います。軍令部の中を上手く根回しして頂けると考えますが？」

「伊藤くんか。それは上手い手かも知れんな。電報が届いた時は、我はすでに南太平洋、洋上に有りか。伊藤くんには悪いが、それしか無いな」

　作戦参謀が、なおも突っ込む。

「第二艦隊や第八艦隊へは、どうするのですか、撤退作戦の指揮は、これらの艦隊司令部が行っています。いかに連合艦隊旗艦の『大和』でも、無断で撤収作戦に加わることはできません」

　宇垣が、答える。

「第三艦隊、第八艦隊にも出撃後に報告する。『大和』に一切構うなとな。『大和』に直掩機を付ける位なら、撤収艦隊に充てろと。まだまだラバウル、ショートランド近海までは、制空権もある。しかも敵は、ガタルカナル西方の我が機動部隊やショートランドからの撤収艦隊に釘付けのはずだ。その中で『大和』を見つけるのは至難の技だ。したがって、『大和』のガタルカナル接近は、成功の確率も高いと考えられる」

　ひと区切りついたところで、山本が居並ぶ参謀たちに目を配りながら言った。

「今回の行動は、作戦と言えるものでは無いのかも知れない。しかし、この『大和』が出撃することに意義があると思う。いま連合艦隊には、世界最大、最強の戦艦を何時如何なる戦場にでも、躊躇（ちゅうちょ）なく投入することができる柔軟な発想が求められているのだ。この出撃は、その意味では作戦ではない。連合艦隊の思考を改める一歩と考えてくれ」

　これまでのガ島攻防戦では、全てにおいてもうひと押しが足らなかった。

もしヘンダーソン基地の艦砲射撃に「大和」が参加していれば、ヘンダーソン基地は壊滅していたかも知れない。もし第三次ソロモン海戦に「大和」が出撃していれば、「比叡」も「霧島」も沈むことは無かったかも知れない。

　誰もが、そのもしもの意味を噛み締めていた。

　戦局を劇的に改変できる力を「大和」は持っていたのに、それを使いこなせなかったのだ。皆の沈黙が、その後悔を物語っていた。

「この『大和』は、昨年の八月以来五ヶ月の間、ただここに碇泊していただけだ。こんな戦艦がどこにある。今回は作戦ではない。往復四日間の遠洋訓練と思えば良い。その間に敵と相まみえることがあれば、その時は戦艦として戦うのみである」

　もはや反論出来る者は、居なかった。

「出撃は、明日二月五日二〇：〇〇、ガ島近海到着は七日二〇：〇〇、第三次撤収艦隊の無事を見届けて帰投する。無論、敵艦隊が現れれば、身をもって撤収艦隊を守り通す」

　宇垣の説明に、皆がうなずいた。

「ただ、大和単艦では対潜行動に不安が残るので、駆逐艦『潮』及び『曙』を参加させる」

「大和」の艦内放送が「本艦は、ガタルカナル撤収作戦支援ため明日二〇：〇〇出港する。各員出撃準備をなせ」と告げると、あちらこちらから歓声が上がった。ミッドウエー海戦以来の出撃である。艦内が興奮と熱気に包まれていった。

ゴトゴトと錨を巻き上げる音が聞こえていたが、「近錨（ちかいかり）」の報告でその音が止まった。海底の錨が水深の一・五倍の距離に近づいたのである。

「艦長、近錨です……。出港時刻になりました」と副長の佐藤が報告する。

艦長の松田が「長官、出港します」と山本に伝えると、山本が静かにうなずいた。横に立っていた宇垣は、いよいよだと思わず身体を震わせた。

松田が「出港用意、錨揚げ」と命じた。出港ラッパが夜のトラック島に鳴り渡り、再び錨鎖（びょうさ）が巻き揚げられる音が響く。錨が海面に姿を現し「正錨（まさいかり）」の報告が届くと、松田が「両舷前進微速」「舵そのまま」と命じた。

「両舷前進微速、舵そのまま」と命令が伝達されて行き、タービンの回転がシャフトに繋がるとプロペラが回り始め、「大和」はゆっくりと動き出した。

月明かりの海面に「大和」の航跡が、きらめきながら伸びてゆく。

トラック島は、東西六十キロ南北五十キロの巨大な環礁であり、その中にある二百五十もの島で出来ている。周りを珊瑚礁で囲まれ、水深も深いことから艦隊の泊地としては最良の場所であった。

「大和」は、大小の島々の間の水道を抜けると、勇躍して南太平洋へ乗り出して行った。

朝、伊藤が自分の部屋に入ろうとすると、副官の吉田が待ちかねていたかのように立ち上がり、部屋の中まで付いいてきた。

「次長宛に電報が入っております」

伊藤がどこからかと尋ねると「山本連合艦隊司令長官からです」と声をひそめて答える。

あまり良い内容では無いなと思ったが、椅子に掛けて電文を見た。

……本艦は、五日二〇：〇〇トラック島を出港、ガ島近海までの遠洋訓練を実施す、帰投は九日二〇：〇〇、我はすでに南太平洋、洋上にあり……

伊藤は静かに電文を置くと副官を見上げた。

「この電報、誰にも見せて無いな」

「もちろんであります。迂闊(うかつ)に扱える内容ではありません。下手すると軍規にも抵触しかねません」

「良い判断だ。ところでガ島の第三次撤収作戦は、何時だったかな」

「明日二月七日深夜の予定であります。まさか……大和が撤収作戦に参加ですか」

吉田の顔色が変わった。

「吉田くん、何もそんな事は書いてないだろう。あくまでも遠洋訓練だと思ってくれとの意向だ」

「しかし、もし大和が戦闘に巻き込まれたりすれば、大変な責任問題となります。山本長官も次長も無事では済みません」

伊藤は、吉田が血相を変えて言うのを聞きながら、山本の心境を思い描いていた。

開戦からすでに一年が過ぎ、ガ島をめぐる攻防戦で海軍は守勢を強いられている。ここで、誰かが何かを起こさねば、このまま追いまくられてしまうかも知れない。戦争を何時までも継続する国力は日本にはない。そのためには、どこかで大きな戦果を揚げ和平交渉に持っていかなければならない。その思いは、自分も山本も同じだと信じている。

現状を打開するための新たな取り組みの先駆けとして、山本は「大和」を動かそうとしているのだ。ここを守ってやらねば、次の一手は永久に出てこないのかも知れない。

――山本さん、やってください。伊藤は腹を決めた。

「吉田くん、この件は私が一人で飲み込む。一切他言無用。さらに第三、第八艦隊からの大和に関する連絡は、全てこの私に集約してもらう。他部から何か言ってくるようなら、それもこの私が対応する。これは軍令部次長の命令である」

吉田が、姿勢を正して「承知しました」と言ったが、「本当に良いのですか」と心配そうに顔を曇らした。

「我々は、戦争をしているのだ。きれいごとだけで済むはずはない。これからは、もっと泥水をすすることが起こるだろう。君も海軍軍人なら山本長官の気持ちは分かるだろう。世界最大、最強の戦艦をどう使うのか、山本長官はこの行動でそれを示したいのだと思う。私は今回、『大和』と『ワシントン』の砲撃戦があれば良いと思っている。山本長官に返信をしてくれないか……委細(いさい)承知(しょうち)……それだけで良い」

二月七日、第三次撤収艦隊は、最後の撤収作業を完了しガ島を離れた。

予定通りの行動ではあったが、これが最後の撤収であることが皆の気持ちを暗くしていた。集合地点に辿り付けなかった部隊もあれば、病気や怪我で打ち捨てられた大勢の兵士たちもいる。

闇に消えてゆく島影に向かい、ただ「すまん」と頭を下げるしかなかった。

「司令、第一連隊はこの旗艦『白雪』以下八隻、無事ガ島カミンボを離れました。収容人数はおおよそではありますが、海軍二十五名、陸軍は二千二百を超えているとのことであります」参謀の報告である。

「よし、これで我が隊が無事帰還すれば、ガ島撤収作戦は成功だな。全体で一万三千名近い撤収になる。第二連隊も問題はないな」

「はい、昼間の空襲で『磯風』が被弾し後退しましたが、残り八隻でラッセル諸島の遊軍約五百名を収容後、すでに帰途についております」

「敵艦隊が姿を見せぬのが、却って不気味だな。警戒厳となせ」

「見張り警戒厳となせ」艦橋からの指令が、次々に復唱されてゆく。

第一連隊は、旗艦「白雪」と「黒潮」が警護隊として先頭に立ち、輸送隊として「時津風」「雪風」「皐月」「文月」が続き、「朝雲」「五月雨」が後方を警護していた。

「せめてラッセル島あたりまで行けば、少しは気も休まるのだがな」

第一連隊指揮官の第三水雷戦隊橋本司令がつぶやく。ガ島からラッセル諸島までは、約五十キロ、時間にして小一時間である。これが最後の撤収作戦と思えば、却って気が急く。

だが、輸送隊の四隻は、そんなことよりも甲板まで溢れかえった兵隊の面倒で、大わらわであった。病人や怪我人の苦悶の声が溢れ、水を求める声も響く。

そして耐えられないような異臭に包まれていた。

それでも水兵たちは、小まめに兵隊たちの面倒を見ていた。

駆逐艦「雪風」のある水兵が、甲板に横たわった傷病兵に水を飲ましていると、横に座っていた痩せこけた兵隊が「俺たちは本当に助かるんですか」とかすれた声をかけてきた。

水兵は、その意味が分からず「何が言いたいんだ」と尋ねる。

「敵の戦艦や潜水艦がうようよ居るんでしょう……。この船が沈められたら、わしらにや……、もう泳ぐ力はありません」と首を振った。水兵は返答に困ったが、その兵隊の頭の上にある魚雷発射管を叩きながら言った。

「日本海軍の酸素魚雷は世界一だ。敵の戦艦でも一発当れば轟沈だよ。心配せずにここは海軍にまかせておけ」

兵隊の頬が少し緩んだ気がした。

「海軍も命懸けでここまで来たんだ。必ず連れて帰るよ」

それを聞くと、その兵隊は涙を浮かべ、ままならぬ手で震えながら敬礼をした。水兵は自分たちの使命を改めて思い知らされた気がしていた。

「ラッセル諸島までの中間点を通過しました。もう一息です」艦長が橋本に報告した。

その時、突然見張り員の声が響いた。

「左舷前方、艦影見ゆ！距離一万五千」

この海域に撤収艦隊以外の味方の艦船はいない。十中八九敵艦に間違いない。

「くそ、こんな所で待ち伏せか」橋本が呻いた。

「司令、戦闘配備を命じます。全艦戦闘配備！」

間髪を入れず艦長が命令を発した。

「総員戦闘配置につけ！」

けたたましいブザー音と戦闘配置の掛け声で、艦内が騒然となる。配置に付く兵たちの足音が狭い廊下にこだまして、危機感を募らせる。

「司令、もはや強行突破しか手がありません。護衛隊をまとめて突破します」

「それしかあるまい、直ぐに敵さんは撃ってくるぞ」

「後衛『朝雲』『五月雨』に連絡。先頭護衛隊に合流せよ。輸送隊は可能な限りの戦闘体制を取り、護衛艦の突撃と同時に全力で走り抜けよ」

発光信号と気流信号が、慌ただしく錯綜（さくそう）する。

「左砲撃戦、魚雷戦用意！」

輸送隊の艦艇にも、戦闘配置のブザーが鳴り響いた。甲板の陸軍兵たちが、悲鳴を上げた。

「敵だ。敵の軍艦だ」

恐怖に駆られて叫ぶ兵隊に「騒ぐな！　早く魚雷発射管から離れろ」と水兵の怒鳴り声が響く。狭い甲板の上で、兵隊たちが慌てて発射管の周りから移動し、肩を寄せ合うように角に固まると、四連装の発射管が左舷に方向を変えた。

「ここから魚雷が発射されたら、当たるように祈るんだぞ」

水兵の言葉に、兵隊たちが真顔でうなずいた。

護衛隊は「白雪」を先頭に「黒潮」「朝雲」「五月雨」が単縦陣を組んだ

「距離一万二千、敵艦の檣楼（しょうろう）高く、戦艦と思われます。その他駆逐艦二」

「『ワシントン』か。よし、『霧島』の弔い合戦だ。全艦突撃せよ」

「突撃開始。機関全速一杯」橋本の命令に、艦長が応える。

「最大戦速」と速度指示器が機関室に信号を送る。「白雪」の五万二千馬力のタービンが唸り上げると、舳先の波頭が一段と高くなり、全速三十五・五ノットの高速で敵艦隊の左舷に接近する。

「距離一万」

橋本司令が、首を傾げる。

「なぜ、敵は打ってこないのだ。接近戦になれば、戦艦の威力は半減するのに」

「まさか、我々を見つけていないのでしょうか。こうなればこちらから砲撃による先制攻撃をしかけますか」

参謀の言葉に、橋本が待ったをかけた。

「敵が打ってこないなら、魚雷で敵艦の横腹を狙えるまで待とう。一撃で仕留めなければ、厄介になる」

「敵艦、艦隊正面に針路変更！」

「やはり腹を見せるつもりはないか。艦長、敵艦の左舷に回り込め」

「敵艦の左舷に回り込みます。面舵（おもかじ）十度」

「白雪」の舳先（へさき）が右に振れたが、敵の巨大な艦影は、見る見る内に近づいてくる。

「距離八千、間もなく近距離で相対します」

「司令、撃ちます」橋本がうなずいた。

「魚雷、発射用意」

全艦に緊張が走る。

「撃て！」の合図を今か今かと全神経を集中させて待つ。背筋がゾクゾクするような時間が過ぎて行く。

その時、暗闇に見張り員の絶叫が響いた。

「発光信号！　敵艦より信号！」

艦橋が騒然となる。

「なに！　敵艦からの発光信号など有り得ん。間違いないか」

「間違いありません。信号続いてます」

「読め！」


「ワ…レ…ヤ…マ…ト…ナ…リ」

「ワレヤマトナリ?」艦長が、双眼鏡を覗きながらつぶやいた
次の一瞬、緊張が驚愕(きょうがく)に変わり、声が上ずった。
「司令！『大和』です。連合艦隊旗艦の『大和』です！」
橋本が、目を見開いて「や…ま…と」と呟きながら、身体を両腕で支えるようにして立ち上がっ

た。あまりの衝撃に足元もおぼつかない。

「なぜ『大和』がここにいるのだ？　何かの間違いだろう」

艦橋の窓枠に身を寄せながら橋本が聞く。

「いえ、信号は確かに『大和』です」

「攻撃中止！　魚雷戦中止！　全艦に至急送れ！」参謀が絶叫した。

突撃体制をとっていた護衛艦隊は、突然の攻撃中止命令に算を乱した。慌てて艦長が「機関、ふた戦速に落とし、戦列を整えよ！」と命じた。

「まさか――『大和』がここに」

橋本が絶句して、拳を握り締めた。


その時「大和」艦橋では、大きなため息が漏れていた。

「長官、幾らなんでも接近し過ぎです。あと十秒遅ければ、魚雷攻撃を受けるところでした」宇垣が額の汗を拳で拭った。

「いや、見事な艦隊運動だった。日本の水雷戦隊は捨てたものじゃないな。それが良く分かったよ」

「それにしても、やり過ぎです」黒島が口を尖らせた。

「橋本司令も肝が冷えたことだろう。あとでに謝らにゃいかんな」

山本が笑を浮かべて頭を掻いた。宇垣も口元を緩めて尋ねた。

「長官、これからの事は予定通りでよろしいですか」

山本がうなずくのを見て、宇垣が合図すると黒島が通信参謀に命じた。

「『白雪』に発光信号。本艦はこれより第三次撤収艦隊第一連隊の指揮下に入り、艦隊最後尾において輸送隊の警護にあたる。以上」

「司令、発光信号です。『大和』は本戦隊の指揮下に入り、輸送隊の警護に当たるとのことであります」

「超弩級戦艦を従えた駆逐戦隊など聞いたことないぞ」

「確かに、司令官の命令で連合艦隊司令部が動くことになります」

そんなやり取りの間にも「大和」が回頭を始め、「白雪」に並びかけて来た。

「大和」の舳先は、「白雪」の艦橋よりも高く、頭上を艦首が回って行くような感覚になる。

舳先に取り付けられた菊の御紋章が、月明かりの中できらりと光った。

何よりも驚いたのは、輸送隊に収容された陸軍の兵隊である。敵の戦艦と思ったものが、世界最大の味方の戦艦と聞かされ、歓喜の雄叫びが上がるところなのだが、喜びどころか、皆がその威容に圧倒されて、声すらも発することが出来なかった。併走する「大和」の艦橋は、首を後ろに反らさなければ、視野から飛び出してしまう。泳ぐ力はもう残って無いと言った兵隊さえもが、両の足を踏ん張り驚愕の表情で、「大和」を見つめていた。

「海軍さん、あの艦の名は……」

「名前か、『大和』と言う。戦艦『大和』だ」

「我々陸軍は、ガ島で散々やられましたが、海軍にはこんな凄い戦艦があるんですね。この船がある限り、日本が負けることはありませんね」

「ああ、連合艦隊の旗艦が、あんたらを守りに来たんだ。ありがたいと思えよ」

そう言う水兵も感激で目頭を熱くしていた。


「司令、『大和』に返信が必要です。何と返しますか」

先任参謀が、気まずそうに聞いてきた。何時もなら原案を考えるのが仕事だが、指揮下に入るのが、戦艦「大和」でおまけに連合艦隊司令部となると、何を言っても怒鳴られそうな気がする。

橋本も腕を組んで沈黙している。併走していた「大和」がゆっくりと後方へ離れて行く。

その姿が視界から消えて、やっと人心地がついた気がして橋本が言った
「わしが連合艦隊司令長官、君が連合艦隊参謀長になったと思えば何か浮かぶのじゃないか」

先任参謀が、目を丸くしたが「私が、連合艦隊参謀長ですか――」と満更(まんざら)ではない顔をした。

その気になった先任参謀が、二度三度書き直した電文を橋本に見せた。

それを読んだ橋本が、ニヤリと笑って送れと指示した。


「『白雪』より信号、読みます……貴艦の申し出すべて承知。戦隊はこれよりガ島海域を離脱、ショートランド泊地に向かう。貴艦は、警戒を厳となし後衛の任を果たすべし。また、本隊に遅れぬよう努めよ……以上であります」

通信参謀が、顔をしかめながら読み上げると、周りを見渡した。

案の定、黒島と目が合うと怒鳴り声が飛んできた。

「誰に向かって言っているんだ！」

通信参謀が首をすくめたが、山本の大笑いで艦橋が和んだ。

「黒島くん、撤収戦隊の指揮下に入ると言ったのはこちらだ。的確な指示を受けたのだ。粛々と従えば良い」

「しかし、物には限度と言うものがあります。連合艦隊司令部に対してあまりの物言いです」

山本が、じろりと黒島を睨んだ。

「彼らが本気で走り出したら、この『大和』はとても付いて行くことはできない。艦隊行動はそう言うものだ。己の立場だけで全てが収まると思うな。艦長、置き去りにされて笑われぬよう離れるな」

艦長が「どこまで考えて走ってくれますかね。すでに第四戦速まで上がっています。できればこの程度にして欲しいですね」と答えた。

「橋本くんもそこらはわきまえてくれるだろう。それにしても敵が現れぬとは、陽動作戦や牽制作戦が功を奏したのだろう。明日になってガ島の敵さんが唖然とする顔が見ものだな。まあ、撤退とはなったが、ここで一泡吹かせたのは君らの作戦が上手くいったと言うことだ。本来なら『ワシントン』と砲撃戦をやりたかったがね」

宇垣は、山本が何時もより饒舌であることに気づいていたが、それが悔しさの裏返しだとも理解していた。

世界最強の「大和」をして、米国の新鋭戦艦を叩き潰す構想は、撤退作戦の成功を持って帳消しとなってしまったのだ。

もし、敵戦艦「ワシントン」と会敵すれば、敵艦の主砲の三十三キロより遠い距離、「大和」想定の三十五キロから全九門の第一斉射を行い、一分後に第二斉射、着弾の修正を行い三分後には第三斉射を行う。この繰り返しにより敵艦は轟沈する。そのために「大和」には、十五メートルの測距儀が備えられていた。しかもこの間、敵艦からの砲弾は一発たりとも届かないのだ。その後、最大射程の四十二キロからガタルカナル島のヘンダーソン基地に対し砲撃を加え、これを壊滅させることも出来たかも知れないのだ。

宇垣は、我ながら絵に書いた餅だとは思ったが、そんなことより軍令部の伊藤次長の配慮もあって、「大和」がソロモン海まで、足を伸ばした意義は大きいと思っていた。

これから山本は、もっと自由にこの「大和」使い道を考えるだろう。それが少しでも戦局の打開になるのであれば、また先が見えてくる。全ては次の一手の裁量が増えたということだ。

前を行く駆逐艦の引く航跡を見やりながら、宇垣は少し気持ちが楽になった気がしていた。

ソロモン海の朝は早い。水平線のあけ染める頃、「大和」はトラック島へ向けて舵を切った。もうショートランドは近い。

……我は「大和」なり、第三次撤収艦隊の作戦成功を祝し、航海の無事を祈る。我はこれよりトラック島へ帰投す……

その信号文を橋本は、神妙な顔で読んだ。そして即答した。

「『大和』に返信、貴艦の参加を心より感謝する。この半日の航海は、艦隊にとって至福の時であった。また、いつの日か旗艦と共に戦場にあらんことを。さらば『大和』――」

橋本は、自分でも少し時代がかった信号文とは思ったが、いま、ソロモン海の蒼穹よりも青い海を進む「大和」の勇姿を見ると、それしか思い浮かばなかった。

「全艦に指令。連合艦隊旗艦『大和』に対し、総員帽ふれ！」

その指示がある前から、甲板の陸兵からは、万歳の声が上がっていた。

その声を発したのは、「雪風」の甲板にいたあの痩せこけた陸軍兵だった。

「『大和』万歳！」

その一声が艦上に広がり、前後の艦にも拡がっていった。それは戦をする全ての兵に共通する感情だった。

――この艦がある限り、日本が負けることはない。

まさに、海を圧する巨艦であった。ソロモン海の朝日を浴びて疾駆する勇姿は、見るもの全てを魅了(みりょう)した。それは浮べる城と言うに相応しく、そのマストに八条旭日の将旗を翻し、その艦尾には大軍艦旗がはためいていた。

その艦のある限り、ソロモン海は永遠に日本海軍のものと思えた。

い号作戦

「大和」がトラック島に帰投して二日後の二月十一日、連合艦隊旗艦が「大和」から「武蔵」に変更された。

二番艦の「武蔵」は、「大和」よりも連合艦隊司令部としての施設や機能が充実されており、この変更は、既定のことであった。

だが「武蔵」もトラック島を動くことはなかった。

それは、山本が新たな戦略を練っていたからである。

「連合艦隊は、東部ニューギニア及びソロモン諸島の敵船団、航空兵力に対し、航空戦をもってこれを撃滅し、その反攻企図を粉砕する。なお、本作戦は、ラバウルの航空艦隊に空母の艦載機を加えた総力戦で臨むことになる。参加兵力は、第十一航空艦隊第二十一航空戦隊の二五三機、七五一航空隊から七十五機、第二十六航空戦隊の二〇四機、五八二、七〇五航空隊から百三十機、これに第三艦隊第一航空戦隊から空母『瑞鶴』の艦載機六十三機、空母『瑞鳳』から二十一機、第二航空戦隊からは、空母『隼鷹（じゅんよう）』の四十五機、空母『飛鷹（ひよう）』から五十四機の合計約四百機。これらを集中運用することにより、作戦目的の達成を図る」

黒島が、作戦概要を説明したが、すぐに反対意見が上がった。

「南太平洋海戦後の機動部隊の整備が、半年かけてやっと整ったところです。ここで艦載機を陸上基地に上げて攻撃に参加させるのは、錬成（れんせい）困難な艦載機乗員の消耗が激しく、やっと整えた機動部隊の戦力低下をまねく恐れがあります。敵もこの間航空艦隊の整備を行っており、肝心の場面での機動部隊運用に問題が生じます」

「ガタルカナル島を始めとして、ソロモン海域の攻撃距離は、片道一千キロを超えてしまいます。これは航空機や搭乗員の消耗をさらに加速することになります。機動部隊としての運用こそが最良と考えられます」

「基地航空部隊と艦載機では、その運用も異なり、また、命令系統も違うことから混乱を生じる可能性があります」

　これらの意見は、至極最もなものであった。

「君たちの意見は良く分かるが、この作戦は広範囲にわたり、また、敵の航空兵力も増強されていることからも、圧倒的な戦力を確保しなければならない。よって、艦載機と基地航空隊の併用を避ける訳には行かない」

　宇垣は言いながら山本の様子を見ていた。この「い号作戦」は軍令部の案ではなく、山本自らが発案したものであり、「大和」のガタルカナル島撤収作戦参加に続く、連合艦隊としての戦況打開策であった。山本は黙って議論に耳を傾けている。

　宇垣の発言で、議論は一旦は収まったかに見えたが、直ぐに別の意見が上がった。

「第三艦隊は、この件を了承されているのですか。慣例で行くと指揮官は、先任である第十一航空艦隊司令官が執られることになります」

「そこは、長官にお考えがある」宇垣の言葉を山本が引き取った。

「ガタルカナルを廻るソロモン海域での航空機の消耗は、すでに一千六百機を超え、ほぼ同数の搭乗員を失っている。このまま同じような消耗戦を続けたのでは、日本の国力は持ち堪えられないだろう。ここで敵の進攻を少しでも食い止め、時を稼ぎ戦力の充実を図るためには、艦載機の多少の消耗も止む得ないと考える。私も最良の一手とは思えないが、手をこまねいている時間はない。この作戦は第三艦隊にも第十一航空艦隊にも指揮は任せない。この私が直接指揮を執るつもりだ。その為には連合艦隊司令部を、一時ラバウルに置くことになる」

　黒島が、驚いて目を剥いた。

「長官自らがラバウルで指揮を執られるのですか」

「何か問題でも？」

「いや、ラバウルは最前線に近く、それは如何なものかと……」

「黒島くん、我々は戦争をしているのだ。指揮官が弾の届かぬところで指示できるような状況ではない。それとも何か、この『武蔵』『大和』を引き連れてラバウルまで行くか」

さすがに黒島が下を向いた。

「宇垣くん、この方向で作戦計画をよろしく頼む。作戦開始は遅くとも四月頭にはやりたいな」

そう言うと山本は、部屋を出て行った。

宇垣は、その背中を見つめながら、少し性急過ぎはしないかと思っていた。

連合艦隊指令長官が、陸上から作戦の指揮を執るのは日本海軍初めてのことであり、その決断には頭が下がる思いがする。

しかし、山本がどこに向かって歩を進めようとしているのかを、理解しきれていない自分がいると感じていた。

ふと、先ほどの山本の言葉が蘇った。

――弾の届かぬところで指揮ができるか。

山本の思考の中で自分が唯一理解でき得ないものが、以前から感じていた「死に場所」だと思い当たり、宇垣は愕然（がくぜん）とした。

昭和十八年四月六日、「武蔵」から常時マストに掲げられていた将旗が下ろされ、同日それはラバウルの航空基地に翻（ひるがえ）った。

ラバウルに司令部を移した山本は、い号作戦の間、出撃する航空機を純白の第二種軍装で見送った。他の将兵が褐青色（かっせいしょく）の第三種軍装や防暑服の中で、その姿は際立っており、搭乗員らは、連合艦隊司令長官直々の見送りに勇気百倍であった。

翌七日、ブーゲンビル島やブカ島、ショートランド島の各基地を飛び立った戦爆連合二百機が、ガタルカナル島を空襲、駆逐艦や輸送船を撃沈したが、この作戦を事前に察知した連合軍は、七十六機の迎撃機で対抗し、思うような成果をあげることは出来なかった。

十一日には、ニューギニアのブナ、十二日には同じくポートモレスビー、十四日にはラビを空襲、いずれも百機から百五十機を超える大兵力を投入したが、それに見合う効果は得られなかった。味方の損害は、零戦二十五機、艦上爆撃機二十一機、陸上攻撃機十五機に上り、当初危惧された艦載機の消耗を招いてしまった。

「十四日までの攻撃によって、ガ島及びニューギニア方面の敵に多大なる損害を与え、反攻の意図を初期の段階で、食い止めたものと認められる」

い号作戦の検討会である。宇垣が、一旦報告を止めると手元の書類を取り上げた。

「この報告によると、今回の作戦で敵巡洋艦一、駆逐艦二、輸送船十九を撃沈、敵航空機の撃破は百三十四機となっている。まさしく大戦果と呼べるものであるが、昨今では過大な戦果報告もあり、ある程度割り引く必要がある。これは搭乗員の能力の低下に伴うものであり、事実我が方の損失も五十機を越えている。これからの作戦では、これらの点を十分に考慮すべきである」

宇垣が懸念したとおり報告された戦果は過大なものであり、実際には駆逐艦と貨物船、油送船各一隻を撃沈しただけで、航空機に至っては僅か二十五機撃墜と言う有様であった。

「敵は、今年に入ってF四UコルセアやP－三八ライトニングなどの新型機を投入しており、総合力においては、今のところ零戦の性能が勝っておりますが、防護力は敵戦闘機の方が数段優れております。このため搭乗員の損失が少なく、これによって修熟度も各段に上がってきております。敵は防護力の強化に伴う重量の増加を強力なエンジンを載せることで性能を確保しております」

作戦参謀の話を航空参謀が続ける。

「開戦当初は、まず零戦とは格闘戦を避け、後ろを取れないときは三百マイル以下での空戦を禁止し、そして上昇する零戦を追うなとされておりましたが、現在は高高度からの一撃離脱や二機一組みによる編隊戦などその戦術も日々進歩しており、我が搭乗員の習熟度の低下に伴い、被害が増大していると考えられます」

宇垣が山本に目を向けると、うなずいて言った。

「い号作戦は、連合軍の出鼻をくじく意味はあったと思う。諸君の言う通り、これからもこの戦いの帰趨は、航空戦に寄るところが大である。今回の作戦のような大規模な兵力による戦闘を継続して行うことが求められているのだが、現状ではそれも難しい。いまやれると言えば、零戦の防御力の強化や新鋭戦闘機の開発が最優先となるだろう。だが、そんなことはお構いなしに、敵の航空戦力は日に日に増強されている。そんな強大な国と戦争をしているのだと再認識して、以後の作戦を考えてくれ。ただ、戦いはものだけではない。国を愛する気持ちと勇気が必要と思う。最前線で戦う将兵の士気もその一つだ。そのために、私は明日、前線航空基地を慰問に行くことにしている」

戦死

山本の前線慰問の話は、三日前の十三日の打ち合わせで唐突に発表された。皆の顔に驚きが表れ、それは直ぐに不安へと変わった。

「前線基地の将兵にとっては感激ものですが、長官自らが行かれることは、危険が多すぎます」

「今回のい号作戦のための陸上基地での指揮も、本来であれば旗艦から行うものと考えます。それを最前線の航空基地慰問などありえません」

「アメリカ太平洋艦隊の司令長官でもハワイから指揮をしています。長官は『武蔵』に将旗を掲げるべきであります」

第三艦隊の小沢司令官も強固な反対意見を述べた。

「長官にもしものことがあれば、その後を誰が継げるとお思いですか」

小沢の意見は的を得ていると、宇垣はうなずきながら聞いていた。

この慰問の話を山本から聞いた時、宇垣も必死で思い留まるよう説得したが、山本は頑として譲らなかった。

宇垣の頭の中では「死に場所」の文字が、浮き沈みを繰り返していた。

小沢長官や参謀たちの意見で、考えを翻意してくれれば良いがその目は薄い。案の定「これは決定事項である」と押し切られてしまった。

ブーゲンビル島のブイン基地を経てショートランド島近くのバラレ島基地訪問の日程が決まっ

た。一式陸攻一番機に山本、二番機に宇垣が幕僚と共に搭乗する手はずになっていた。

　無論、訪問する地域は最前線とは言うものの、制空権は日本海軍が握っており、何かが起こる可能性は低かった。

　同日、前線巡視の詳細な日程が各方面に発信された。その電文を見た第十一航空艦隊城島司令官は、電文を握り締めたまま連合艦隊司令部に押しかけ「こんな詳細な電文を打つ馬鹿がどこにいる」と怒鳴り声を上げた。

　宇垣は、前線に行くと言う山本も山本だが、その日程を最大漏らさず連絡する司令部も間が抜けていると思った。ガ島撤退作戦では、偽電まで使って敵を欺（あざむ）いたのに、まだ情報戦の認識が欠けていると、新たな不安の火種を抱えた気分になっていた。

　十七日の検討会の後、第三艦隊の小沢が黒島先任参謀を呼び止めた。

「黒島、幾らなんでも護衛の戦闘機が六機とは少なすぎる。最低でも二十機、場合によっては、前線基地の戦闘機も上げるように云っておけ。宇垣参謀長にもその旨伝えろ」

　黒島が、黙ってうなずいた。

　その頃、ハワイ太平洋艦隊司令部のスプルーアンスの部屋を、司令長官のニミッツが訪れていた。スプルーアンスはミッドウェー海戦後、太平洋艦隊参謀長となっていた
「スプルーアンスくん、昔のことだが君は情報課にいた時、日本の山本提督と面識があったと聞いているが、君は彼をどう思っている」
　ニミッツは、何時ものようにくだけた調子で聞いてきた。

「私が、山本提督とお付き合いしたのは、彼が駐在武官の時であり、短い期間でしたが尊敬に値する海軍士官だと思っておりました。もっともあの頃の米海軍では、日本海海戦の東郷元帥が、憧れの的でありましたので、その影響もあるかと思います」

「ミッドウェーでは、互いに戦った訳だが、現在の評価はどうなのかね」

「私の中では、戦略的にも戦術的にも優れた提督だと思います。特に真珠湾攻撃の戦略性、そして航空艦隊を組織した先進性は、中々真似のできるものではありません」

ニミッツが、真珠湾の話のところで顔をしかめた。それでもスプルーアンスは気にもせず続けた。

「わが国では、真珠湾は騙し討と声高(こわだか)に言われておりますが、私は戦争である以上それも戦略の一部であると思っています。ミッドウェーも一つ転べば、どちらが勝利してもおかしくない海戦でした」

ニミッツは、そこまで聞くと「確かにそうかも知れん」と相槌を打った。

スプルーアンスは、ニミッツがなぜ山本のことを知りたがるのか不審に思ったが、出過ぎた真似は、自分には似合わないと尋ねることはしなかった。

「ところで、日本海軍には、山本と同等もしくはそれを超えるような提督が、育っているのかね」

遠まわしの質問だったが、スプルーアンスは「ドクッ」と心臓が跳ねるのを感じた。

ニミッツは、山本亡き後の優秀な後継者がいるのかと聞いているのだ。

山本は病気なのかもしれないが、それなら個々の評価など気にすることはない。やはり何かあると気づいたが、ニミッツの質問だけに答えた。

「彼以上の提督は、今の所思い当たりません」

そう言いながら、スプルーアンスは、伊藤の顔を思い浮かべていた。彼なら山本の後任としても立派にやっていけるかも知れない。だが、彼が戦場に出てくるのはまだ先のことだろうと思い、敢えて名を出すことを避けた。

ニミッツは「良く分かった。気にしないでくれ」と言うと、ニヤッと笑いを浮かべて部屋を出て行った。

スプルーアンスは、ニミッツが部屋を出て行くと直ぐに机上の電話機に手を伸ばした。

相手は昔の情報課時代の部下である。

「スプルーアンスだ。この電話は太平洋艦隊参謀長ではなく、昔の好で話をしている。日本の山本提督のことで何か情報があるのではないか？」

相手が息を飲むのが分かった。

「折り返し電話を差し上げます」その言葉で連絡を待つことにした。

直ぐに電話の呼び出し音がなった。恐らく誰もいない部屋から掛けているのだろう。声が反響している。

「これは極秘情報とされています」

「分かっている。私がこの話を誰かに漏らすことはない。安心してくれ」

それでも相手は、躊躇しているようだ。スプルーアンスは、もうひと押し圧をかけた。

「酒場で独り言を言っていると思いたまえ」それで相手は観念したようだ。

「山本提督が前線視察を行うと言う情報を、本日傍受しました。経路や時間までの詳細な情報です」

「きっちり解読出来たのだな」

「完全です」

「前線視察は、何時からの予定だ？」

「明日早朝からの予定です」

スプルーアンスは、思わずため息をついた。明日自分の知り合いが戦死すると予言されたに等しい。その人物は、僅か一年数ヵ月前、ハワイの太平洋艦隊を瞬時に壊滅させた稀代の名将である。

スプルーアンスは、複雑な感情に押し包まれ、言葉を忘れていた。

「もしもし……」

相手の声で現実に戻ると「この電話のことは忘れてくれ。私も忘れることにする」と言って受話器を置いた。

敵の名将を打ち取ることは、この戦争を優位に進めることに繋がる。その意味で間違いなく有効な戦術ではあると思う。だが、真珠湾奇襲を騙し討と言うのなら、この計画は正しく暗殺である。誇り高き太平洋艦隊が、暗殺に手を染めるのは汚点以外の何物でもない。

スプルーアンスは、もう一度大きなため息をついた。

――これが戦争か……。

椅子を回して窓の外に目をむけると、ハワイの青空に星条旗が翻っていた。

スプルーアンスは、明後日（あさって）の日曜日には教会に行って、この提督のために祈りを捧げることになるだろうと思いながら瞑目した。

翌十八日早朝、ラバウルの艦隊司令部に怒号が響き渡った。

「黒島はどこに行った！　長官の護衛機を増やせと言ったのに、黒島！」

第三艦隊司令官の小沢の声だった。この日の朝、山本の出発より先に、ラバウルを離れ艦隊に帰るところであったが、飛行場に並ぶ護衛機を見て、司令部に駆け込んできたのだ。

「先任参謀は、昨夜発熱され現在も病院であります。このため今回の前線基地慰問からも外れておられます」

そう説明する参謀に、小沢はいきなり胸ぐらを掴むと「貴様らも同じ穴の貉か、長官に同行しない自分たちは、高みの見物とでも思っているのか」と吠えた。

参謀は、小沢の手を払い除けると、姿勢を正して反論した。

「昨夜も参謀長を含め護衛機の増強を長官に意見具申いたしました。しかし、長官は、搭乗員は皆疲れている。最小機数で良いとお譲りになりませんでした」

小沢は、気勢を削がれたように「そうか」と言ったが、「昨日の検討会の後、黒島から何か指示があったか」と尋ねた。

「いいえ、何も聞いておりません。参謀長もあれから先任参謀とは会われておりません」

この言葉で、再び小沢の怒りが燃え上がった。

「黒島が帰ってきたら言っておけ。この件、もしものことがあれば、この小沢治三郎が許さんとな。あの野郎、自分だけ雲隠れしやがって……」

宇垣は、小沢の怒鳴り声を隣の部屋で聞いていた。

黒島は、なぜ護衛機のことを誰にも言わなかったのだろう？　ただ一言で済むことなのに。まさか先日、長官が小沢司令官に先任参謀の交代を相談されたことを知っての腹いせなのか。

だが、出発の時間が迫っていたこともあり、宇垣は湧き上がる疑念を腹の中に収めた。

黒島が小沢の話を誰かに伝えたとしても、山本が護衛機の増強を了解することは無いのだから。

朝六時、山本が司令部入口に姿を現した。その姿を見て宇垣は息を飲んだ。連合艦隊参謀長になってこれまで自分の見てきた山本は、冬場は第一種軍装、夏場は第二種軍装が当たり前であった。

ラバウルに来てからもその純白の軍装は、それだけで司令長官を現すものであった。

ところが今日の山本は褐青色の第三種軍装に身を包んでいた。

「長官、その服は？」宇垣が驚いて尋ねると、山本は「いやー、従兵が前線基地はラバウルより暑いので、これをと勧めるので着ただけだよ。似合わないかな」と屈託のない笑いを浮かべた。

だが、宇垣にはその褐青色の第三種軍装が、死装束に見えてならなかった。普通なら白こそが死装束だが、これまで山本は常にその白を着ていたのだ。ここで軍服の色を変えるということは、その色こそが山本の死装束なのだ。

宇垣は、そんな思いを懸命に払拭しょうとしていたが、腹の底の澱は、火が付いたように燃え上がっていた。

山本が、搭乗する一番機の昇降梯子に手をかけた時、宇垣は思わず姿勢を正して敬礼した。それには万感の思いが込められていた。

山本は、一瞬驚きの表情を見せたが、その態度に何かを感じたのかじっと宇垣を見つめた。そして静かにうなずくと軽く礼を返して機上の人となった。

一番機には、山本他三名、二番機には宇垣他四名の幕僚が同乗した。

この日は天気も良く絶好の飛行日和(びより)であった。ラバウルを出発して一時間半が経過し、一、二番機はブーゲンビル島の西側に達し、次第に高度を下げ始めていた。

山本たちがラバウルを出発する十分前、ガタルカナル島ヘンダーソン基地から十八機のＰ‐三八ライトニングが、山本機迎撃の命を受けて出撃した。

山本提督暗殺作戦の開始である。この作戦は、事の重要性に鑑み、ルーズベルト大統領にまで上げられていた。

Ｐ‐三八は、双胴の重戦闘機であり、二十ミリ機関砲一門、十二・五ミリ機銃四門を装備し、速力、急降下性能に優れており、高高度からの急降下による一撃離脱戦法で零戦と五角の勝負を繰り広げていた。今回の作戦にＰ‐三八が選ばれたのは、ガタルカナル島からブーゲンビル島を往復し、その間に空戦もできるその航続距離の長さにあった。

途中二機が、エンジン不調で引き返したが、十六機になっても零戦六機には十分な戦力である。相手の一式陸攻一機の攻撃に二機ずつを割り当て合計四機、残りの十二機が六機の護衛戦闘機に対応する作戦である。今回の目的は、一式陸攻の撃墜であり、護衛機がその邪魔をできないようにするだけである。

七時三十三分、Ｐ‐三八の迎撃隊が山本の編隊に向かって急降下をかけた。

　宇垣は、腕時計を見て後十分で到着と思い、操縦席を通して外に目をやった。左前方に山本の乗った一番機が見えた。その時、その一番機が、急激に機首を下げた。追随するように二番機も急角度で高度を下げ始めた。

「何事か！」宇垣の問いに答える前に、機体の上方と尾部に装備された二十ミリ旋回銃が、バリバリと射撃音を響かせた。

「敵戦闘機、十数機、護衛機と交戦中、別働隊突っ込んでくる！」

「くそ！　待ち伏せか」宇垣は言いながらもどこかでこの状況を想定していた自分に驚いていた。

　一番機と二番機は、高度を落としながら左右へ方向を変えた。

「長官機から目を離すな」命じたその時、一番機のエンジンが火を噴いた。二番機が銃撃を避けるため、大きく右に旋回したため一番機が視界から消えた。

「長官！」宇垣の絶叫も、機銃音や着弾音にかき消されたが、機が水平になった時、炎と黒煙を吐きながらジャングルすれすれに飛ぶ一番機が、かろうじて視野に入った。

　ジャングルへの不時着は、助かる可能性が少ないと宇垣は、目をきつく閉じた。

　山本は、敵戦闘機の攻撃が始まってからも、静かに瞑目していた。

　ここで終わりかの思いはあったが、特段心が騒ぐことは無かった。

　――真珠湾奇襲からミッドウェー、ソロモン海の空海戦、いずれも後ひと押しの決断ができなかった。どこかの場面でそのひと押しがあれば、短期決戦、早期講和に持って行けたかも知れなかった。だが、すでに戦況は、消耗戦の様相を呈している。この戦いを終わらせるには、まだまだ長い時間と多くの命が必要になるだろう。結局自分が行ったことは、米国を本気にさせてしまっただけなのかも知れない。戦争を回避できる方策は無かったと思う。ならば自分が最善をつくすと腹を決めた。しかし事ここに至れば、死を持ってその責を償うことしかないのだろう……。

山本は、一式陸攻の翼や機首にジャングルの大木が激突する音をききながらも、思いを巡らせていた。ひときわ大きな衝撃と轟音を聞いた時、誰にかは知らぬが――「スマン」と言う言葉が口をついて出た。

山本の身体は凄まじい衝撃の中にあった。

宇垣の二番機は、右へ右へと旋回していたので、眼下は海だった。すでにエンジンからは黒煙が吹き出している。「海上へ不時着します」機長が叫んだが、不時着には程遠い墜落だった。大きな衝撃の後、機体は横転し瞬時に海水に満たされた。

海水の中で、宇垣は海軍士官として海で死ねるのなら本望と覚悟を決めた。意識が遠のいて行くと感じた時、突然身体が海面に浮かび上がった。

宇垣は、助かったと言うよりは死ねなかったと言う後悔の念を先に感じていた。

――長官、お供も許していただけないのですか……。

宇垣は、波間に漂いながら緑のジャングルに目を向けて号泣した。

空戦は、十数分で終を告げていた。

結局二機の一式陸攻が撃墜され、迎撃側のP－三八、護衛機の零戦には被害が無かった。これは、攻撃側が護衛機を邪魔する戦術を採ったことと、両者に圧倒的な戦力差があったためである。

翌十九日、墜落した一式陸攻を捜索していた陸軍部隊によって、山本の死が確認された。遺体はラバウルで火葬され、遺骨は連合艦隊旗艦戦艦「武蔵」の長官室に安置された。


二十日、山本の死を知らされた伊藤は、その電文を握りしめて自分の机に打っ伏した。

「次長……」伊藤の様子を心配した副官の吉田が声をかけた。

「吉田くん」胸の思いが一挙に吹き出してきた。

「……山本長官を失って、この戦争を誰が終わらせることができるのだ。長官はどこかの時点で、早期講和に持っていく信念で戦いを進めてこられた。これまでの全ての戦いはその為のステップでしか無かった。その長官がいなくなれば、日本は決定的な敗北まで、この戦争を続けなければならなくなるぞ」

吉田が黙って伊藤の話を聞いてくれていた。

「日本の国力はすでに限界に近づいている。それに対し米国はその戦力を着々と増強してきている。あの強大な国が本腰を入れてきたということだ」

「はい、大本営海軍部の源田参謀の情報では、昨年の我が国の航空機の生産は九千機でありましたが、米国のそれは五万機とも言われているようです。また、建造中の空母にしても昨年我が国が三隻なのに対し米国は十一隻に上っているそうです」

「これからは更にその差が拡がって行くだろう。これでは、まるで大人と子供の喧嘩じゃないか。いや喧嘩にもならないのかも知れない……。それをどうやって、終わらせられるのだ」

吉田が、入口に目をやると声を落とした。

「次長、声が大きすぎます。海軍省、大本営、軍令部も何も分かってない若手将校の行け行けと言う声に引きずられています。お気を付けください」

吉田の言う通り、この戦争の実態を把握している人間は少ない

「い号作戦の成果を鵜呑みにして浮かれている上層部の連中も含めて、この戦争を終わらせる意識など欠片もないだろう」

だからこそ、伊藤にとって山本は、戦争を終わらすことの出来る唯一の存在だった。その存在を失って、何を頼りにこれからの戦いのあり方を考えれば良いのか。

伊藤は暗澹たる気持ちに押し潰されそうになっていた。

連合艦隊司令長官の後任は、古賀横須賀鎮守府司令長官に決まったが、山本長官の戦死は極秘とされ、五月二十七日の海軍記念日に合わせて公表される予定であった。

米国も、山本長官機の撃墜を発表しなかった。暗号を解読していることを日本に悟られるのを恐れたのである。

艦隊でも長官の死は極秘であったが、トラック島の連合艦隊旗艦「武蔵」では、マストには将旗が翻っているのに山本の姿が見えぬことが話題となった。そして古賀の存在である。細かな情報の点が何時しか線になり、自然と山本の死は、艦隊全体に広がって行った。

山本の死を最も厳粛に受け止めたのは、戦艦「大和」の乗組員だった。太平洋戦争が始まるとすぐに「大和」は、連合艦隊旗艦として山本と共にあったのだ。その衝撃は大きく艦全体が沈鬱

な空気に包まれていた。艦内作業の日課が一段落すると、多くの者が甲板の手摺りを掴んで呆然と「武蔵」を眺めるようになった。全ての乗組員が、其々（それぞれ）に山本との何らかの触れ合いを持っていたのだ。山本は艦内において上下の分け隔てなく兵と接し、新兵の水兵の敬礼にも必ず答礼していた。折に触れ親しげに声をかけられた者も大勢いた。

「大和」の強さは、連合艦隊旗艦としての誇りと、山本への畏敬の念が作り出したものだった。

旗艦を外され山本を失い、戦闘艦としての機能低下を危ぶんだ艦長の松田は、「大和」に熾烈（しれつ）な訓練を課した。それは日常作業だけでなく、緊急の出撃訓練、主砲や対空射撃訓練など、日々が戦闘状態と思わせるものであった。その状況を見ていた僚艦の乗組員らからは、「大和」へは行きたくないとの声が漏れたと言う。

一連の猛訓練により艦内の士気を回復した「大和」は、電波探信儀の新設と対空装備を増強するため、五月八日トラック島を出港、呉へと向かった。

だが、呉到着前日の五月十二日、米軍はアリューシャン列島のアッツ島に上陸を開始した。南太平洋の攻防戦に手を取られていた連合艦隊は、急遽旗艦「武蔵」を始め戦艦「金剛」「榛名」など十一隻でトラック島を出港、横須賀へ向かった。古賀司令長官は、内地の機動部隊を含めて陣容を揃え、北方の敵艦隊に挑むつもりであったが、大本営は十八日アッツ島放棄を内定した。敵の北方艦隊を攻撃したところで多大な戦果が望まれる訳でもなく、極寒の小島に際限なく戦力を注ぎ込み、ガ島の二の舞になることを恐れたのである。

さらに根本的な問題は油の枯渇にあった。すでに内地の燃料は三十万トンしかなく、ここで機動部隊が動けば、連合艦隊の主力艦は数ヶ月は動くことができなくなるとの判断もあった。これもソロモン海での夥しい輸送船の喪失に起因していた。

二十一日横須賀に「武蔵」が到着した。当初二十七日に公表予定であった山本司令長官の戦死は、「武蔵」の到着とともに発表された。

「武蔵」は、連合艦隊旗艦として山本を乗せて航海したことは無く、その遺骨を運ぶことが最初で最後の航海となった。

そしてアッツ島守備隊は、三日で制圧すると言う米軍一万一千名に対し、僅か二千六百名で孤軍奮闘、十七日間に及ぶ激闘の末二十九日玉砕した。戦争が始まって初めての敗戦の公表であった。

山本司令長官の戦死とアッツ島の玉砕は、国民に戦争の足音を実感させることになった。

第四章　反転攻勢

絶対国防圏

五月十三日、呉に到着した「大和」は改修工事に入った。

「大和」の電探、すなわちレーダーは、二号一型が搭載されていたが仮装備であり、主に対空用として使われ、編隊なら百キロ、単機であれば七十キロで探知とされていた。新たな二号二型も試験装備であったが、対水上用であり戦艦で三十五キロ、駆逐艦を十六キロで探知可能であった。

さらに副砲の防御強化や対空兵器の増強を行い、八月二十三日トラック島に到着した。

僚艦の「武蔵」も八月四日には、トラック島に戻っていた。

この間、ニューギニア方面の連合軍の攻勢が強まり、中部太平洋方面では米海軍の圧力が増していた。


「中沢くん、今回の絶対国防圏の案だが、どう見る」

軍令部第一部長の中沢が、舌打ちをした。

「どうもこうもありませんね、また陸軍に押されてのことでしょうが、これでは今の占領地域をなぞっただけにすぎません」

絶対国防圏案の範囲は、千島、小笠原からマリアナ諸島、カロリン諸島を経て、西部ニューギニアからスマトラそしてビルマに至る広大な地域である。しかもその大半は、太平洋に浮かぶ島々である。

伊藤は、その地図に目を落としていたが、ため息をついて顔を上げた。

「絶対国防圏は面だが、島々は点だ。陸続きならば、兵力の集中、分散は簡単にできるが、この広い太平洋に浮かぶ点をどうやれば守れるのかね。攻める側は、その一点に戦力を集中させれば良いが、守る側は一つ一つの点でしかない島に戦力を分散しなければならない。ガ島やアッツ島も、増援の兵や物資を送り込まれなかった結果だろう」

「おっしゃるとおりです。絶対国防圏と言うのなら思い切り前線を縮小し、重要な島嶼（とうしょ）を定め、さらにその島嶼内での重要拠点を絞る込むべきです。この国防圏に固執すれば、その外側に位置する島嶼も守らなければなりません。敵が中部太平洋を西に向かうとすれば、ギルバート諸島やマーシャル諸島が国防圏の外側に位置します。ギルバート諸島の主な島は、マキン、タラワですが、マキンには七百名、タラワには四千八百名の守備隊がおります。マーシャル群島には、総勢約一万数千の兵がおりますが、五つの島に分けるとそれぞれ二千から五千にしかなりません。敵がアッツ島に一万を超える兵力を投入したことを考えると、現状の体制では、これらの島々も含めて島嶼の確保はおぼつきません。基本的に島嶼防衛は、制海権、制空権無しでは、至難の技としか言い様がありません」

「米海軍は中部太平洋から、米陸軍主体の連合軍はニューギニアからと二つの選択枝があるが、君はどちらだと考えている？」

「米軍内も我が軍と同じで、海軍と陸軍が同一方向を向いている訳ではありません。恐らくどちらも歩み寄ることは無いと思われます」

伊藤が少し驚いたような顔をした。

「すると、中部太平洋とニューギニアからの両面作戦と言うことか」

「まず、間違いないと思われます。米国の国力なら可能ですし、これまでの両方面における敵の戦力の拡充は、目を見張るものがあります。ソロモン諸島では、ニュージョージア島、ベララベラ島を失い、その間のコロンバンガラ島の保持は難しくなっています。このままでは、ブーゲンビル島への進攻も時間の問題です。またニューギニア方面では、東部のラエ、サラモアも陥落し、我が軍はニューギニア西部に追い立てられております。恐らくこれからは、ラバウルを廻る戦いになりますが、やはり敵の最大の狙いはマリアナ諸島と思われます。マリアナが敵の手に渡れば、日本全土が長距離爆撃機の標的になります」

「マリアナの次は、比島か」

「マリアナが手に入れれば、比島の戦略的意味はあまりありませんが、米陸軍の中心がマッカーサーなので、意地でも比島を獲りに来るかも知れません」

伊藤は、マッカーサーが比島を諦めることはないと思っていた。それは一度比島で負けている彼のプライドが許すわけがない。

「まさにマリアナが絶対国防圏と言うことになるな」

であるならば、マリアナを最大の戦場と位置づけ、戦力の集中化を図らなければならないのに、この絶対国防圏では、全ての島々を手放すわけには行かないのだ。

「現在、我が海軍も航空艦隊の整備をおこなっておりますが、米海軍も着々とその体制を整えております。それに中部太平洋艦隊の司令官は、次長もよくご存知のスプルーアンス中将です」

「ああ、スプルーアンスのことは聞いている。手強い相手だな。彼は物静かな男で、派手なことはしないが、堅実で有能な人物だ。ミッドウエーでも先手を取られているし、これから暫くは彼との戦になるんだろうな」

「はい、我が軍も来年三月には、飛行甲板に装甲を施した新型の大型空母『大鳳』が竣工し、高速の艦爆彗星や艦攻の天山も実戦配備が始まっております。『大鳳』が完成すれば正規空母三隻となり、これに軽空母三隻、改装空母三隻を加えると空母九隻の陣容となります。現在空母部隊である第三艦隊と戦艦部隊の第二艦隊がありますが、これを一元的に指揮、運用するために両艦隊を統合し、第一機動艦隊にする準備を行っております。これにより、戦艦『大和』や『武蔵』も実戦投入されることになります」

「すると第一機動艦隊の司令官は、第三艦隊の小沢さんと言うことか。スプルーアンスと小沢さんなら良い勝負かも知れん」

「山本長官の後継者とも言われておりますし、一部では海軍の諸葛孔明との呼び声もありますので、期待したいと思います」

　だが、伊藤はそう簡単には行かないだろうと考えていた。それは米国の圧倒的な工業力だった。空母や戦艦の建造、航空機の生産と技術革新は、日本の二歩も三歩も先に行っていた。スプルーアンス麾下の空母だけで二十隻とも言われていたし、レーダーは元より対空砲火の劇的改善も噂されている。

「対空砲火の新技術が出てきたと言われているが、どうなんだ」

「近接信管ですね。電波により機体を感知して爆発すると言う理屈ですので、弾が当たらなくても破壊力は強力になります。これまでの時限式信管に比べると、数倍の効果があると思われます。当然我が方も研究を行っておりますが、現状では実用化には程遠いと言わざるを得ません」

これが国力の差なのか、中沢が唇を噛み締めた。

「新型戦闘機も投入されたと聞いているが」

「F六Fヘルキャットです。こいつは最高速度も零戦を上回っていますし、格闘戦もこなします。低速ならまだ零戦も戦えるでしょうが、総合力と搭乗員の練度を考えると苦戦は免れません」

「地獄の猫か、それとも性悪女(しょうわる)か」その名前の不気味さが、伊藤の気持ちを逆なでる。

「米国らしい名前だな」

「我が国もヘルドッグと呼べるような新鋭機が出てくれれば良いのですが」

中澤が精一杯の冗談を返したが、伊藤に笑が浮かぶことは無かった。

「まあ、島嶼戦で陸上基地を不沈空母と置き換えて考えれば、それなりの勝負が出来るかも知れない」

「それでも最終的には、航空艦隊の一大決戦をやらなければなりません」

伊藤は、今後起こるであろう航空艦隊戦で、日本の命運が決まると感じていた。もし、その決戦で勝利を得れば、現在の全ての占領地に満州を加えた領土を引換に、和平交渉が可能かも知れない。

戦争を終わらせようとするなら、明治初期の日本に戻れば良いだけのことだ。そしてそこから出直せば良い。要は勝目の無いこの不毛な戦争を早く終わらせることなのだ。

だが、今の軍部にそれを良しとする者が、何人居るのだろうか。

「中澤くん、何を置いてもどこかで大勝しなければならない。そこに眼目して作戦を考えてくれ」

中澤が部屋を出て行っても、伊藤はなかなか椅子から立ち上がることができなかった。

ヨーロッパ戦線では、独軍がスターリングラードで敗退し、九月八日には三国同盟のイタリアが連合軍に降伏している。東西何れの戦場でも連合軍の圧倒的な攻勢が始まっていた。

——この戦争を終わらせられるのは、一体何なんだ。


その頃連合軍は、米陸軍主体の南西太平洋地域軍が、ソロモン諸島、ニューギニアを経由して比島へ、米海軍主体の中部太平洋地域軍が、マーシャル諸島、マリアナ諸島から比島への二面反攻作戦を決定していた。

戦略よりもマッカーサーのプライドが優っていたのだ。

伊藤は、絶対国防圏の大幅な縮小案を作成させたが、九月三十日の御前会議において、確固たる戦略もないまま当初の絶対国防圏が決定された。


中部太平洋方面の米機動部隊の動きは、九月ごろより活発化し、ギルバート諸島やウエーク島が空襲されるようになった。

このため連合艦隊は、九月初旬には重巡、水雷戦隊を中心とした第二艦隊と空母「瑞鶴」「翔鶴」及び戦艦「金剛」「榛名」の第三艦隊をマーシャル諸島近海に出撃させたが、会敵することは無かった。また十月中旬には、再度、敵機動部隊来攻の兆しありと第二艦隊、第三艦隊に戦艦「大和」「武蔵」を加えた艦隊を出撃させたが、これも空振りに終わった。

「中沢くん、今回も連合艦隊は収穫無しで引き上げたようだな」

伊藤が、諦め顔でつぶやいた。

「敵機動部隊の本土空襲など様々な情報が乱れ飛んでおり、止む得ないとも思いますが、問題はトラック島の重油が枯渇しつつあることです。今回の出撃で約五万トンの重油を消費しており、もし艦隊の全力出動が求められる事態が起きても、十一月中旬以降でなければ動くことができません」

「トラック島の重油は、内地からの輸送だったかな」

「はい、全力輸送を行っていますが、今月だけでも油槽船四隻、約四万トンが敵潜水艦により撃沈されております」

「護衛の駆逐艦も、ガタルカナル以降の消耗戦で脆弱になっていると言うことか」

伊藤が、そう言ってフッと息を吐いた。

「何もかもが、後手に回っているな。我が国にとってやはり消耗戦は堪えるな」

「はい、連合艦隊は、中部太平洋での航空艦隊決戦が近いと考えていますので、ニューギニアや中部ソロモン諸島での空母艦載機の使用を拒否し続けています」

「ろ号作戦か。その考え方は私にも良く分かる。ここで艦載機を磨り減らすことになれば、肝心の航空艦隊決戦での勝ちが遠のくことになる。しかし、現状のままでは、ラバウルも危なくなる」

「おつしゃる通りです。艦載機の消耗を考えていては、今の戦況を変えることはできません」

伊藤は、暫く思案していたが、腹を決めたような物言いをした。

「中沢くん、古賀司令長官に、例え艦載機を全て潰してしまっても、搭乗員を半数残せるなら数ヵ月で再建すると、この伊藤が言っていると伝えてくれないか。やるからには、向後(こうご)の憂(うれ)いなど忘れて全力で掛かって欲しいとな」


十月下旬、軍令部第一部の黒木の電話が鳴った。

「黒木主任、部長がお呼びです」

中沢部長からの呼び出しと言われても、黒木にはこれといって思い当たることが無かった。

島嶼防衛案は、すでに課長に上げてあるし、増援の輸送計画も八割方出来上がっている。転勤のことも頭をよぎったが、それなら課長から話が来るはずだと思い直して、部長室へ向かった。

「まあ、掛けてくれ」中沢が何時もの席に腰を下ろすと、煙草に火をつけた。

「何を言われるのか思案顔だな。命令を出せば済むことだが、その経緯(いきさつ)を知っていた方が良いと思ったので、来てもらった」

「一体何の話しなんですか」

何時もなら要点を簡略に話す中沢なのだが、今日の態度は不自然だと黒木は感じていた。

「まあ、そう急(せ)かしなさんな。実は三日前に次長に呼ばれた」

その時中沢は、伊藤にこう切り出された。

「中沢くん、副官の吉田くんが、艦隊へ行くことになったので、誰か後任を選んでくれないか」

「副官の後任ですか?誰か次長の目に止まった者が居りますか」

伊藤は暫く考えていたが「君のところの黒木はどうかな」と言った。

そして「彼は『大和』の建造に携わっていたよな」と付け加えた。

中沢は、伊藤がここで「大和」を持ち出して来るとは思ってもいなかったので、驚いて尋ねた。

「次長、何がどこで『大和』と繋がるんですか」

伊藤は、暫く口を噤んでいたが、これは私だけの思いだと断って話し出した。

「この戦争を始めようとした時、私は山本連合艦隊司令長官の首を切ってでも、阻止しようとした。海軍が否と言いさえすれば、この戦争は止められたのだ。だが、その海軍の中は、あの戦艦『大和』があれば、否を応に変えられると言う雰囲気に満ち溢れていた。私にはその『大和』と言う戦艦が目障りだった。たかが一隻の戦艦に踊らされるなんて、その艦は一体何なんだ。こんなものさえ無ければ、海軍は端から戦争をする積もりは無かったのかも知れない」

「そうですね。私は、開戦前は軍令部や第五艦隊におりましたが、どこも超弩級戦艦の話題で持ちきりでした。極秘とはされてましたが、海軍内は皆知っていましたね。私もこれで米国と対当に艦隊決戦ができると思っておりました。実際、『大和』建造計画の段階では、その速力を三十五ノットと主張して議論していた一人でしたので、あの艦が完成したことで開戦に際しての弾みになったことは否定できません。無論、開戦自体には反対でしたが、何らかの光明が見えたと感じたのは間違いありません」

中沢は淡々と話をしていたが、彼も山本や伊藤と同じ米国留学組であり、米国の強大さを認識できる一人だった。三国同盟に強行に反対し、その成立の際には職を辞するとまで言った男が、やはり「大和」には特別の思いを持っていたのだ。

「君ですらそう言うのなら、他の者は皆これで勝てると思ったのだろうな」

「はい、あの時点で、やはり『大和』は超一級の最終兵器であったことは間違いありません。しかし、『大和』が誕生したその瞬間から近代戦は航空機に変わりました。それを変えたのも日本の海軍です。こちらで時代遅れになるかも知れない世界最強の戦艦を造り、あちらでは航空機による斬新な先端戦略を推進する。普通なら同じ組織の中でこんな相反することは起こり得ません。その二面性を融合出来なかったのが、この海軍の宿命なのかも知れません」

　伊藤は、黙って中沢の話を聞いていた。

「何んと言っても開戦に向かう段階では、『大和』は米国艦隊を粉微塵に撃破する最新兵器であったのです。ですから、『大和』ありきの考えを責めることは難しいと思います」

「君の言う通りだな。理屈では分かっているのだが、何か気持ちがざらつくのだ。私が『大和』に拘るのは、開戦の日、真珠湾攻撃の戦果を知らせる電報の束の中に、『ヤマト、カンセイス』のメモを見つけた時からだ。不思議な因縁だと思う。これから先、この因縁がどう巡って行くのか私は見つめていようと思っている。全ては私の感傷だが、それだけで終わるとも思えない気もする。この国にとって『大和』とは何なのか。色んなことを知っておきたいのだ。我侭と思って黒木を付けてくれないか」

　話を聞いて黒木が「フー」と大きく息を吐いた。

「私の知っていることが、次長のお役に立てるとは思いませんが、それにしても不思議な艦ではあります」

「すでに君は『大和』との強い関わりを持っている。これから先、『大和』がどんな運命を辿るのか誰も分からない。だが、この戦争が続く限り、『大和』はどこかで戦局に関わってくる気がする。次長を支える副官として、君にもその意味を考えて欲しい。これは作戦でも戦略でもない。ただ、世界最大の戦艦を生み出した以上、それを見守ることも、我々の責務だと思う」

黒木は、次長の副官就任を受けた。

そのきっかけが「大和」とは驚きだったが、自からの「大和」との関わりを考えると、やはりその中心は呉工廠になる。それまでの経緯は、艦政本部に聞けば分かることだ。伊藤が何を求めているのかは知らないが、知っていることをありのままに話してやろうと思った。

自分は、設計の牧野、現場の西島、工員の岡本や佐川、更には延二百万人の工事関係者の苦しみや喜びまでも知っている。だが伊藤には何よりも先に、あの男たちの胸の内に秘めた夢と誇りを伝えることだと思った。

そして、その延長上には香代子もいるのだ。

黒木は、何時の日にか香代子のことも話してみよう思った。

――何もかもが、あの「大和」がきっかけなのだから。

ろ号作戦

「次長、連合艦隊から、ろ号作戦を発令するとの連絡がありました」と中沢が報告にきた。

十月二十八日、連合軍がブーゲンビル島から二十数キロ南のトレジャリー諸島のモノ島に上陸したことから、ブーゲンビル島への上陸も近いと判断されたのである。

「第一航空戦隊の艦載機は、おおよそ百七十機、これに第十一航空艦隊の基地航空隊を合わせて三百機の戦力となります。艦載機の基地配備は十一月三日までには完了する予定です」

そう言われても伊藤の顔は、晴れなかった。

「敵はソロモン諸島や豪州の陸上基地だけで、それぐらいの戦力を保持しているだろう。それに敵の空母艦載機を加えると、数の上だけでも圧倒されることになる。よほどの幸運に恵まれなければ、山本長官のい号作戦と同様の結果になるかも知れん」

伊藤の言葉に、中沢は反論できなかった。敵の戦力は、日を追って充実され、味方の戦力は、日々消耗させられていた。油や資源を自国で生み出せぬ我が国は、その全てを輸送によって入手しなければならない。製品が出来上がっても、それをまた輸送して届けることになる。その長大な輸送距離は、太平洋を主戦場とする状況の中では、致命傷であった。

原料を本土へ運ぶ輸送船は、敵の潜水艦の網を潜り抜けなければならず、さらに僅かに届いた原料で作った製品を、本土から島々へ運ぶ輸送船は、これも敵潜水艦の絶好の獲物となっていた。戦争が補給戦であることは、昔よりの定説であり、ガ島の攻防戦でも証明されている。戦争初期の段階で、その補給線を意識した者が、どれだけ居ただろうか。絶対国防圏の広大な地域に、潤沢に物や人を運ぶ仕組は、すでに崩壊しているのだ。

「だが、ラバウルを獲られるのを指を咥えて見ている訳には行かない。古賀司令長官の采配に期待しょう」

中沢は、伊藤の言葉に黙ってうなずいた。

この日ラバウルを中心とした基地航空部隊は、モノ島周辺の敵輸送船団に空襲をかけたが、戦果は挙がらなかった。そして、三十一日味方偵察機が、輸送船三十数隻を含む四十六隻からなる大輸送船団を発見、直ちに攻撃を加えたが、ソロモン諸島の敵基地航空機の迎撃により、これも効果を上げることはできなかった。この輸送船団は、翌十一月一日ブーゲンビル島のタロキナに上陸を開始した。

「次長、敵はブーゲンビル島西岸のタロキナに上陸を開始しました」

中沢が次長室に飛び込んできて言った。伊藤は打ち合わ中だったが、思わず立ち上がった。

「ブインの飛行場近辺ではないのか」

「恐らく敵は、ブイン近辺では上陸時の抵抗が大きいことから、人的、時間的損失も考えてのことと思います」

「タロキナの守備は、どうなっている」「陸軍が三百人程度のようです」「敵の規模は？」「おおよそ一万かと」そこまで聞いて伊藤は、ゆっくりと腰を下ろした。

「また何時もの繰り返しか。攻める時は、行け行けで良いが、守りとは難しいものだな。敵は、無理して飛行場を取らずとも、人のいないところに悠々と飛行場を造れるということか」

「はい、ブーゲンビル島には、陸海軍六万の兵がおりますが、タロキナにはブインからの道もなく、ジャングルを超えて行かねばなりません。こちらが攻撃に手間取っている間に、ひと月もあれば飛行場が完成するでしょう」

伊藤はジャングルと聞いて、直ぐにガ島を思い出した。

「まさか、ガ島の二の舞になるんじゃなかろうな」

伊藤の直感のとおり、ボーゲンビルとも呼ばれていたこの島は、後に「墓島（ぼとう）」と呼ばれる運命にあった。

「現在、連合艦隊では、ラバウルに停泊中の重巡「妙高」「羽黒」を中心に軽巡「川内」「阿賀野」ほか駆逐艦六隻を持って連合襲撃艦隊を編成し、タロキナ輸送船団及び護衛艦艇の攻撃を計画しております」

「艦隊の夜間強襲か。効果も期待できるが、危険もまた大きかろう」


タロキナ沖の輸送船団を狙って南下した連合襲撃艦隊は、二日未明、軽巡四隻、駆逐艦八隻からなる米第三九任務部隊の迎撃を受けた。戦闘は乱戦模様だったが、強襲艦隊は軽巡「川内」と駆逐艦一隻を失い、味方同士の衝突で四隻が損傷し、ラバウルへ撤退した。

第三九任務隊は、損失は免れたものの二隻が戦闘で、二隻が衝突で損傷した。ブーゲンビル島沖海戦である。

この三九任務隊を狙って、ろ号作戦の第一次連合攻撃が、戦爆連合約百機で行われたが、米軍もソロモン航空軍が迎撃したためほとんど戦果は無かった。だが、米軍はそのお返しとしてPー三八戦闘機とBー二五爆撃機約百六十機で、ラバウルを空襲したため帰り着いたばかりの強襲艦隊は、空襲から逃げ回ることになる。翌三日には第二次連合攻撃としてブーゲンビル島の揚陸地点を空襲したが、敵艦艇を見つけることはできなかった。

一方連合艦隊司令部は、この強襲艦隊の他にも急遽、遊撃艦隊を編成し、ラバウルへ向け急行させた。

　この艦隊は、第二艦隊司令官の栗田中将が指揮をとり、重巡七隻、軽巡一隻、駆逐艦五隻からなる強力な艦隊であった。

「中沢くん、強襲艦隊の次は遊撃艦隊かね。先にラバウル在泊艦艇を使い、次に援軍を送ることは分からないでもないが、戦力の小出しに見えてならないな」

「次長の言われることは良く分かりますが、手元の戦力が枯渇して行く状況の中では、連合艦隊も思い切った作戦が組めなくなっているのだと思います」

「それは、ガ島の時の山本さんも言っていたな。消耗戦になるとどうしても体力のある方が優勢になって行くのは道理だが……。ところで、ラバウルの制空権が脅かされている現状で、艦隊が出て行って大丈夫なのか」

「はい、南東方面艦隊司令部も、来るなとは言えないが、来ない方が良い、との意見があるようです。ただ、ブーゲンビル島近海には、現在有力な敵艦隊が見当たらず、タロキナへの逆上陸も含めて好機かも知れません。本作戦は連合艦隊司令部としての作戦でありますので、任さざるを得ないと思います」

「何もかもが、こちらの思い通りに動いてくれると良いのだが」

　伊藤は、戦場から五千キロも離れ情報も限られた中で、戦況を考える自分が何となく哀れに感じられた。何も見ることのできない虚構の戦場と戦争遂行の為の政治的な駆け引きに、疲れてしまっているのかも知れない。

　だが、この遊撃艦隊は、ブル、猛牛と呼ばれていた南太平洋方面軍司令官のハルゼーを驚愕させた。ハルゼーの手持ちの艦隊は、ブーゲンビル島沖海戦を戦った第三九任務部隊と輸送船護衛の駆逐艦隊、そして、期限を切って派遣された空母「サラトガ」と「プリンストン」を中心とした第三八任務部隊だけであった。第三九任務部隊は後方へ下がっており、空母は夜間の艦隊戦には役に立たない。このままでは、タロキナへ上陸した部隊は、敵の優勢な巡洋艦隊に蹂躙(じゅうりん)されることになる。「緊急事態だ」と頭を抱えたハルゼーを救ったのは、若い参謀の一言だった。

「敵艦隊の動向は常に監視しております。おそらくラバウルで燃料を補給するはずです。そこを艦載機で攻撃してはどうでしょうか」

これまで、迎撃体制が完備され、強力な対空砲火なども整備された軍事施設に対して、陸上基地の爆撃機による高々度からの空襲は行われていたが、米空母の艦載機が強襲した事例は無く、この空襲は一種の賭けであった。場合によっては、第三八任務部隊が相当な被害を受けることも、覚悟しなければならない。だが、ハルゼーの頭にあったのは、南太平洋の島々に居座る日本兵は、西部開拓時代のインディアンと同じだった。「下等な猿どもに」タロキナの上陸作戦を反故(ほご)にされることは、ハルゼーの自尊心が許さなかった。

猪突猛進の指揮官の決断は速かった。

「ラバウル空襲を決行しよう。第三八任務部隊は、全速でラバウル近海に進出、全機を持って攻撃せよ。ソロモン方面航空部隊は、第三八任務部隊の上空警護に当たれ。猿どもの赤い尻を蹴り上げて来い」

十一月五日早朝、遊撃艦隊の重巡「愛宕」「高雄」「摩耶」「鳥海」「鈴谷」「最上」「筑摩」と軽

巡「能代」そして駆逐艦五隻が、ラバウルに到着し燃料補給が行われた。タロキナへの出撃は十四時であった。

だが、すでにこの時、敵航空艦隊は全速をもってラバウル近海に到達していた。

〇七：〇〇、空母「サラトガ」と「プリンストン」から、ヘルキャット五十二機、雷撃機二十三機、爆撃機二十二機の合計九十七機が飛び立った。これは両空母の稼働全機をもっての全力攻撃であり、航空艦隊の直掩機は皆無となったが、陸上基地戦闘機がその任を果たした。

〇九：一七、空襲警報発令と同時に、迎撃戦闘機七十数機が離陸し、彼我入り乱れての大空戦が展開された。この空戦により第三八任務部隊は十機を損失、味方の損失は六機だけであった。

しかし、これに対し給油中の遊撃隊の各艦の損傷は大きかった。重巡「愛宕」は浸水、「高雄」は水線上の大破口、「摩耶」は機関故障と重巡、軽巡合わせて六隻、駆逐艦二隻が何らかの損傷を被っていた。この状況に南東方面部隊の司令官は、重巡艦艇のトラック島帰投を命じた。

この空襲が終わると同時に、ラバウルにいた第一航空戦隊の艦載機十八機が敵艦隊発見の報を受けて出撃し、これを攻撃した。大本営は、この日の戦果として敵大型空母一、戦艦三撃沈、中型空母一、大型巡洋艦二、巡洋艦二を撃破したと発表した。さらに、八日朝タロキナ沖に輸送船団を発見。約百機が出撃し敵戦闘機との空戦となったが、輸送船三隻、駆逐艦三隻を撃沈した。ブーゲンビル島沖航空戦である。

さらにその日午後の索敵の結果、戦艦三、駆逐艦四からなる艦隊を発見し、艦攻や陸攻が薄暮攻撃を敢行した。大本営はこの攻撃の戦果を戦艦四、巡洋艦二、駆逐艦三、輸送船三を撃沈、大型巡洋艦六、巡洋艦四を大破したと報じた。また、十日にも敵船団に攻撃を加え駆逐艦一、輸送船一を撃沈した。第二次ブーゲンビル島沖航空戦であるが、この島を巡る攻防は、日々激しさを増していた。

「スプルーアンスくん、ブルのラバウル空襲が上手く行ったようだな。それで味を占めたのか、今度は第五〇・三任務部隊を貸せと言ってきた」

　ニミッツが、顔を歪めながら言った。

「中部太平洋からの進攻作戦の開始も近づいていますし、ここで航空艦隊に無理をさせたくはないのですが」

「だが、あのブルのことだ、簡単には諦めないだろう。いざとなればマッカーサーを動かすことも考えられる。マッカーサーなら最後には大統領に直訴しかねん」

「そうですね。フィリピン攻略も大統領との直談判で決まったと聞いています」

　スプルーアンスは、しばし思案顔をしていたが、腹を決めたのか二度、三度うなずいた。「ここで空母の艦載機を消耗するのは得策ではありませんが、敵もラバウルに艦載機を配備しています。結果はともかくとして敵の艦載機を攻撃することになりますので、ここは痛み分けで目を瞑りましょう」

　とたんにニミッツが、笑顔になった。

「君ならそう言うと思っていたよ。だが、ブルは三八任務部隊の空母『サラトガ』『プリンストン』、さらに五〇・三任務部隊の『エセックス』『バンカーヒル』『インディペンデンス』と正規空母三隻、改装空母二隻を有することになる。この空母艦隊の陣容は、ミッドウエー海戦の日本の機動部隊に匹敵するものだ。一年前には、我々が南太平洋で使える空母がゼロだったことが、信じられないよ」

「確かに、我が国の工業力は立派なものです。『サラトガ』以外は全て新造の航空母艦です。こちらの航空艦隊の整備は順調ですが、敵もこの間指を拱いている訳ではありませんので、どこかの局面で、一大航空艦隊決戦をやることになるでしょう」

　ニミッツが、頬を引き締めた。

「君は、その決戦場をどこだと思っている」

「敵は、現在三隻の空母の艦載機をラバウルに揚げております。我々が計画しているギルバート諸島及びマーシャル群島への進出には間に合わないでしょう。そうすれば敵の絶対国防圏内のマリアナ諸島あたりになるのではないかと思います。重爆撃機B－二九の中国からの日本本土空襲の計画がありますが、マリアナからであれば日本本土全体が爆撃の対象になります。そうすればフィリッピンは、戦略的意味を失います」

「それなのにマッカーサーは、フィリッピンまで押さえようとしている。彼にしてやられたな。彼の名誉のためだけに無駄な血が流れることになるが、我々は我々の道を行こう。スプルーアンスくん、頼むぞ」

　スプルーアンスは、ニミッツの呼びかけに対し、立ち上がるときちっと姿勢を正して敬礼した。

　それを見てニミッツは、たまには愛想の相槌くらい打てよと思ったが、部下ながらこの寡黙で頭脳明晰な将軍を心から信頼していた。

　ニミッツは、知人に対し「スプルーアンスは将の中の将、ハルゼーは卒の中の将」と語っていた。

十一月十一日、米機動部隊は、ブーゲンビル島を挟んで南北に布陣し、これにソロモン航空部隊を加えて三波の波状攻撃を計画していた。

だが、五〇・三任務部隊は、早朝ラバウルの哨戒機に発見され、空襲を察知した在泊艦艇は避難行動を開始した。

〇七：〇〇、ラバウルに空襲警報が鳴り響き、零戦約百機が迎撃に飛び立った。空襲の第一波は第三八任務部隊の予定だったが、悪天候に阻まれ引き返したため五〇・三任務部隊の戦闘機七十機、艦爆、艦攻六十機が先頭を切って来襲した。続いてソロモン航空部隊のB－二四爆撃機とP－三八戦闘機七十機が、第二波として姿を現した。空襲は一時間半に及び零戦十一機を損失、駆逐艦一隻が沈没、一隻が大破した。

空襲が収まると、米機動部隊の動向を把握していたラバウルから戦闘機三十三、艦爆二十三、艦攻十四、合計七十機が発進、五〇・三任務部隊に襲いかかった。

しかし、五〇・三任務部隊は、レーダーにより二百キロ以上手前でこの攻撃を察知し、ソロモン基地航空隊の支援戦闘機約四十機が、早期の迎撃体制を組み上げていた。この迎撃をかいくぐって空母上空に到達した数少ない攻撃機は、今度は熾烈な対空砲火を浴びることになる。

それは、これまで経験したことない弾幕であった。発射された対空機銃の銃弾は、命中しなくても攻撃機の周辺で、ことごとく爆発したのである。VT信管とよばれる近接信管であり、攻撃機は、機体の前後左右で起こる爆発により、空母に接近することも出来ず、精々至近弾を浴びせるのが精一杯であった。

この結果、五〇・三任務部隊の艦艇に損傷を与えることは出来ず、零戦二機、艦爆十七機、艦攻十四機が撃墜された。一方、五〇・三任務部隊の艦載機の損失は、ラバウル空襲を合わせても、僅か戦闘機十一機のみであった。この戦いで特に味方の艦爆や艦攻の被害が多くなったのは、近接信管を装備した対空砲火の威力が大きく関係していた。

だが、大本営は、この第三次ブーゲンビル島沖航空戦における戦果を、巡洋艦一撃沈、戦艦一、大型空母二、巡洋艦・駆逐艦五隻大破と発表する。

しかし、この時点における「ろ号作戦」の艦載機の損失は百二十一機に上っており、消耗率は実に七十パーセントに達していた。

この状況を重く見た古賀司令長官は、「ろ号作戦」の終了を下命、第一航空戦隊の艦載機はトラック島へ後退した。

艦載機が引き上げたラバウルには、その後も各基地航空隊から戦力の増強があり、その数は百七十機に達したが、ソロモン、豪州における連合軍の保有機数は一千機とも言われており、まさに圧倒的物量の差となって前線を圧迫していた。

ラバウルの基地航空隊は、その後もブーゲンビル島周辺の敵艦船に対して攻撃を続け、以降第四次から十二月三日の第六次までブーゲンビル島沖航空戦を展開した。

第四次においては、重巡一、巡洋艦一、駆逐艦一を撃沈、中空母一、戦艦一を撃破し、第五次に至っては、大型空母一、中空母二、巡洋艦三、輸送船三を撃沈、駆逐艦一、輸送船一を撃破した。

第六次になっても空母三、戦艦一、重巡一撃沈、戦艦一、重巡一、駆逐艦一を撃破と華々しい戦果が公表されていた。

進攻

軍令部次長室に伊藤、中沢、黒木が顔を揃えていた。

「中沢くん、ろ号作戦やブーゲンビル島をめぐる航空戦の報告が、続々と上がってきているが、これを信じろというのか。十六日の第五次航空戦でも大型空母一隻と中空母三隻を撃沈となっているが、私には到底信じることはできない」

中沢は、腕を組み目を閉じていた。

「事実誤認が多く含まれていると思います」抑えた口調がその苦悩を物語っていた。

「やはりな」伊藤がうなずきながら大きく息を吐いた。

黒木が、遠慮がちに口を開く。

「私が軍令部で仕事を始めた開戦当初の頃には、指揮官機が最後まで状況確認を行い、場合によっては写真撮影などで、その裏付けも行っておりました。無論、後日写真も送られて来ておりました。現状ではその余裕すら無いのだろうと思います」

中沢が目を開けると「副官の言う通りです。すでに今は戦闘機隊、攻撃隊の隊としての統制もおぼつかないのだろうと考えられます」と絞り出すように言った。黒木が続ける。

「搭乗員の話では、敵の新型輸送船や上陸用艦艇などは、船体だけが大きく甲板上の構造物も最小限になっていますので、遠くからでは空母と見間違うこともあるそうです。また、砲煙や煙幕も錯覚を起こし、魚雷や爆弾の自爆も高度によっては命中に見えるようです。現在前線にいる若い搭乗員は、実戦の経験があまり有りませんので、その識別は至難の技と考えられます」

伊藤が黒木の説明にうなずきながら言った。

「じゃあ、航空機に縁のない私や黒木くんが、判定しているようなものか」

「いや、私も同類です」と中沢が口を挟んだ。

「私は元々水雷屋ですので、飛行機乗りではありません。その意味ではお二人と一緒ですよ」

三人が顔を見合わせて黙り込んだ。しばらくして中沢が重い口を開いた。

「連合艦隊には、軍令部第一部長の役目として、不確実の報告をやめ戦果確認に配慮せよと注意を促しましたが、逆に何を根拠に戦果の修正を求めるかと叱られましたよ」

「しかし、これまでの戦果を積み上げると米太平洋艦隊は、青息吐息の状態になっているはずだ。そんな兆候はどこにも無いだろう」

黒木が声を落として、「ここだけの話ですが」と切り出した。

「軍令部第三部第五課の米国情報担当に同期生がおりますが、彼の話では、この間の戦いで戦果はほとんど無いと言っております。艦隊からの戦果を鵜呑みにしては、今後の作戦計画に大きな影響を与えることになります」

黒木の言葉を中沢が手で制した。

「東京に居ながらにして、現地の戦果を修正するのは不可能だ。私は、戦果は頭から三分の一と考えてこれからの事を考えようと思う。次長それでよろしいですか」

「それは構わんが、古賀司令長官は一連の作戦の成果で陛下より勅語を賜った。私は永野軍令部総長を止めたのだが、点数稼ぎなのか手続きをしてしまった。上層部は戦争の現状より身の保身が大切だと考えているようだ。ここで考えることを止めたら、この日本が無くなるまで戦争が続くことになる。我々だけでもその歩みを止めてはならん」

　そう言うと伊藤は静かに目を閉じた。

　黒木は、伊藤を気にしながらも中沢に聞いた。

「ところで部長、敵の中部太平洋からの進攻をどう考えていますか。例の五課の話ではもう間近ではないかと言ってますが」

「そうだな、敵もブーゲンビル沖に五隻の空母を投入していたので、すぐすぐには動けないかも知れない。早くて年末、年明けかな。だが、我が航空艦隊の方が傷は大きい。燃料の関係や艦載機の補充となれば、ギルバートやマーシャル諸島では間に合うまい。やはりマリアナが決戦場になるのだろうな」

　黒木もそう思っていたので「やはりマリアナですね」と相槌を入れた。

　伊藤が、目を閉じたままで「そうだマリアナだ」とつぶやいた。


　だが、すでにその頃、スプルーアンスは、旗艦重巡「インディアナポリス」に将旗を掲げ、十一月十日真珠湾を出撃、ギルバート諸島のマキン、タラワを目指していた。

　中部太平洋進攻作戦の開始である。

　この時、中部太平洋艦隊司令官としてスプルーアンスの指揮下にあった艦艇は、正規空母六隻を含め空母十八隻、戦艦十二隻、巡洋艦十五隻、駆逐艦六十五隻、さらに輸送船や上陸用艦艇八十三隻であり、その他に陸海軍爆撃機、海兵隊航空機三百五十機と言う膨大な戦力であった。

十一月十九日から艦載機の爆撃と艦砲射撃が始まった。マキン、タラワ同時進行である。

二十一日、米上陸部隊が両島に殺到した。

マキンの守備隊は約七百名であったが、その半数は軍属の設営隊であり、六千四百名の上陸部隊に圧倒され二十三日までに約六百名が玉砕した。海軍陸戦隊の生存者は僅か一名しかいなかった。米海兵隊の死者は六十六名、戦傷者は二百十八名であった。しかし一方では、二十四日マキン沖を遊弋（ゆうよく）していた護衛空母が、日本海軍の潜水艦伊一七五の雷撃を受け轟沈、戦艦の砲塔爆発事故と合わせ死者七五二名、負傷者二九一名となり、マキンの守備隊の死者を上回る損害を被（こうむ）った。

タラワには、四千八百名の守備隊がいたが、軍属、設営隊が二千名含まれていた。だが、タラワの陸戦隊は強力な火力と堅牢な陣地を構築し、米海兵隊の前に立ちはだかった。

二日にわたる艦砲射撃と艦載機の爆撃、機銃掃射の後、この作戦で初めて使用される水陸両用車や上陸用舟艇による海兵隊の上陸が始まった。

「司令、あれ程の砲爆撃を受けて、私には、未（いま）だに敵兵がこの島に生きているとは思えません」

参謀長が双眼鏡を覗きながらスプルーアンスに話しかけた。

「ああ、我々がこれから先、島々で戦うことになる軍隊がどんなものなのか、ここで分かるだろう」

その時、島から猛烈な砲撃と銃撃の反撃が始まり、ほとんどの水陸両用車を擱坐（かくざ）させた。上陸用舟艇は、海岸線手前の珊瑚礁を乗り越えられず、首まで海に浸かり徒歩で上陸しようとした海兵隊は、銃撃の格好の的となり次々に倒されて行った。タラワの海軍陸戦隊は、あの艦砲射撃や空爆を、堅牢な陣地の中で息を殺して耐えていたのだ。慌てた上陸部隊は、一時上陸を中止し再度艦砲射撃と空爆を行なわなければならなかった。しかし、一旦橋頭堡（きょうとうほ）を確保されると三万五千の圧倒的兵力に押され、二十三日には玉砕することになる。日本軍の戦死者は四千七百名を超えたが、米海兵隊も三千三百名の死傷者を出した。正面からの強襲作戦の難しさであった。

このタラワにおける戦闘の衝撃は、「恐怖のタラワ」と呼ばれることになり、米国民にテキサス独立戦争で全滅したアラモ砦を彷彿させるほどのものであった。

「参謀長、なぜ日本の兵隊は負けると分かっていても、死ぬまで戦闘を止めないのだろうか」

「はい、最期は自裁（じさい）する者も多いようです。やはり、武士道の影響でしょうか」

「私には理解できないが、その理不尽さこそが戦争の本質なのかも知れない。ただ日本兵が強いことだけは良くわかった。恐らく米国がこれまで戦ったどこの国の軍隊より、強靭（きょうじん）であることを銘ずべきだろう」

そう言いながらスプルーアンスは、早く戦争を終結しなければ、お互いにとっての悲劇が続くことを、憂（うれ）いている自分に気付いていた。

十一月十九日にギルバート諸島に現れた米機動部隊に対し、マーシャル諸島のクェゼリン環礁やマロエラップ環礁の航空基地から、連日攻撃隊が発進した。この攻撃は第一次から第四次ギルバート諸島沖航空戦まで十日間に渡り行われ、空母だけでも八隻撃沈の大戦果を上げた。

「昨日また空母を撃沈したとの報告が来ているようだね」

伊藤が、中沢に諦めたような口調で尋ねた。

「はい、ギルバート沖航空戦だけで、空母八隻を撃沈したことになります」

「それならブーゲンビル沖航空戦と合わせれば、敵空母は壊滅したことになるが？」

「ギルバート上陸作戦当初、四群の機動部隊を確認しておりますので、敵空母の総数は、護衛空母を入れて十五、六隻と思われます。今回の航空戦で本当に八隻を撃沈したとしても、まだ八隻残る勘定になります。しかし本来であればこの八隻の空母は、先のブーゲンビル島沖航空戦で沈んでいなければならない空母なのです。全く辻褄が合いません」

「やはり誤認報告と言うことか」

「先日、艦隊からの報告は、三割として作戦を考えると言いましたが、これでも多すぎるかも知れません。とにかく、実態を見誤らぬよう情報収集に努めるしかありません」

伊藤にしても何か手がある訳ではない。中沢の言う通り戦況を見誤らないようするしか無いのだろう。この航空戦の戦果を受けて永野軍令部総長は、古賀司令長官に対し、再び天皇の勅語を賜るよう上奏していると言う。伊藤は、どこまでおめでたいのかとあきれかえっていた。

「敵の次の目標はマーシャル諸島か。兵員の増強は上手くいっているのかな」

「陸軍が中国大陸の部隊を転用するようですが、それでも全体で二万と言うところでしょうか。ただ、ギルバート諸島沖航空戦でマーシャル諸島の航空兵力は、戦闘機二十機、爆撃機四十機、さらに空襲による損失を入れると、ほぼ壊滅的な損失を受けたと言わざるを得ません。敵の来襲までにどこまで航空戦力を回復できるかが問題です」

「ニューギニア方面でもラバウルのあるニューブリテン島への上陸も懸念されている。東から南から、これじゃまるで四面楚歌(しめんそか)だな」

伊藤が、小さく息を吐くと目頭を押さえた。

「次長、ここまで来れば、あまり戦力の小出しをするより、最終決戦に備えた方が得策ではないでしょうか」

伊藤も中沢も、大局的にはその方向で合意している。しかし、一つ一つの島々も何らかの手を尽くさなければ、むざむざと奪い取られてしまう。だが、現状では兵員の輸送一つとっても上手く行ってはいない。

まず、輸送船が無い、おまけに油も無く、何とか揃えても護衛の駆逐艦がいない。いよいよ兵隊さえも足らなくなり、十二月には学徒動員の学生の入隊が始まるのだ。伊藤には、将来の日本を背負って立つ学生の徴兵が、残念でならなかった。

この若者達を救うためにも早く戦争を終わらせなければ、日本の未来は無いのだ。

「中沢くん、マリアナの決戦まで何とか前線を支えなければならない。その為になら私の出来ることは何でもする。そのつもりで作戦を考えてくれ」

中沢が、伊藤をじっと見つめると、声を落として言った。

「一つ考えていることがあります。戊(ぼ)号輸送作戦に『大和』を使えませんか」

戊号輸送作戦とは、ラバウルの防備を固めるため、ラバウルの北に位置するニューアイルランド島ガビエンへの陸軍増援部隊の輸送作戦だった。

中沢に、「大和」と言われても、伊藤はそれが戦艦「大和」だとは、すぐには思いが至らなかった。

「……あの『大和』か」伊藤は絶句した。

世界最大、最強の戦艦を輸送船として使うと言うのだ。「大和」はトラック島までの輸送だと言うが、伊藤は自分の思考が混乱していると感じた。

「大和」なら黒木である。伊藤は大声で黒木を呼んだ。

「『大和』を輸送船にですか……」

黒木もまた絶句し、膝に置いた拳をきつく握り締めた。

黒木の脳裏に、呉海軍工廠の造船船渠が浮かぶ。ある時は肌を焼く酷暑の中で、ある時は寒風吹きすさぶ極寒の中で、懸命に鋲を打つ工員達の姿が思い起こされた。

そして心に残っていた言葉が、思わず口をついて出た。

「ある人が言いました。例え鋲一本でも、溶接十センチでも自らの技術の粋を注ぎ込め、この工廠の工員にはそれだけの技と力量がある。それがこの艦で命を懸けて戦う兵士たちへ対する我々の責務だ。そして高度の技でできた物は、どんな物でもなぜか美しい。それに誇りを足せば、それは神々しくさえある。それがこの艦の宿命なのだ。世界最大で最強、そしてそれは人の目を奪うほど凛として、美しくなければならない。――この艦は桜の国、日本であればこそ生まれた艦なのです」

伊藤と中沢が、驚いたように黒木を見つめた。

「『大和』を建造した呉海軍工廠西島船殻主任の言葉です。大和には呉海軍工廠の延二百万人の男達の誇りと使命が凝縮されています」

そう言いながら、黒木はこみ上げてくる熱いものを感じていた。目頭が潤んでいるかも知れない。

「『大和』は誇り高き艦です。なぜ『大和』なんですか。同じ戦艦なら『長門』や『金剛』では、なぜいけないのですか」

黒木の何時もとは違う態度を見て、二人が押し黙った。黒木もそれ以上の言葉が見つからなかった。

伊藤が、暫くして重い口を開いたが、その顔は何かを決断した指揮官の顔だった。

「黒木くん、君の心情は良く理解した。君に話を振ったのが間違いだったのかも知れない。そこは謝っておこう。だが、私は決めた。『大和』を輸送船として使う」

黒木がはっとしたように顔を上げた。

「敵の西南太平洋軍のラバウル攻撃は近い、ここを支えきるための部隊輸送は、何にも増して重要と思う。足が遅くて無防備な輸送船では兵員を送り届ける保証は無い。いや、昨今の状況では不可能に近いかも知れない。だが、君の話を聞いて『大和』なら、必ずやその任を果してくれると信じることができた。君には不服かも知れないが、一千名の陸兵を守りきるのが任務と考えれば、これで『大和』の誇りを傷つけることは無いと思う」

中沢が説明を続けた。

「今回の輸送は、宇都宮独立混成第一連隊約千名、トラック十数台に大発十数隻、野砲や食料などを加えると、ある程度の輸送船団が必要になる。すでに大型の輸送船はなく、これを一隻で賄えるとなれば、大和型戦艦しかいないのだ。『武蔵』は連合艦隊旗艦なので、ここは『大和』の出番しかない。次長の言われる通りこの輸送は必ず成功するだろう。我々にはその成功の各率が欲しいのだ」

黒木は思った。

――輸送船団なら十ノット、確かに「大和」ならいざとなれば二十七ノットの高速で走りきることも可能だし、数本の魚雷を受けても沈むことは無い。四十六センチ砲は打たずとも一千名の兵隊を助けられるのなら、それも有りかと……。

黒木は立ち上がると、上官二人に対して頭を下げて言った。

「現実を直視せよと、お叱りを受けたのだと理解いたしました。感情に流された言動をお詫びいたします。『大和』の輸送作戦の成功を心より祈ります」

伊藤が、黒木を見て穏やかな笑を浮かべた。

「君の話で、私も『大和』の凄さを垣間見た気がするよ。……君らは素晴らしい艦を造ったのだな」

中沢が「同感です」とうなずいた。

雷　撃

十二月十六日、「大和」は駆逐艦三隻と共に横須賀に到着した。

独立混成第一連隊の将兵約千名が、坂本大佐を指揮官として乗船してきた。

将兵は空き部屋に収容され、歩兵砲や機関銃の銃器類は倉庫に保管されたが、然しもの広々とした「大和」の最上甲板も、トラックや大発によって埋め尽くされた。

陸軍の将兵を驚かせたのは「大和」の巨大さもあったが、冷房のある艦内と海軍の食事の良さであった。陸兵の一人は、出された食事を見て「今日は何か祝い事があるのですか」と尋ね、これが普通の食事だと聞かされると「海軍に入れば良かった」とつぶやいた。

将兵と物資の積み込みを終えた「大和」は、二十日トラック島へ向けて出港した。

「大和」は、横幅が広く揺れは極めて少ないのだが、真冬の外海は波が高い。船酔いの兵が続出した。食事に驚いた兵隊は、それでも無理して食事をかっ込んだが、結局は海へ散蒔く(ばらまく)ことになった。だが、それも二日も経てば、殆どの兵が旺盛(おうせい)な食欲を取り戻し、海軍の食事を堪能(たんのう)していた。

「大和」は、順調に航海を続け、明日にはトラック島入港となる二十四日の夕刻のことである。

艦橋にいた佐藤副長は、ズンと言う低い衝撃を感じた。艦橋にいた皆が感じた訳では無く、双眼鏡を覗(のぞ)いたままの者もいる。航行中に流木やクジラに当たることは、間々あることだが、佐藤の直感は魚雷を指し示していた。

「総員、配置に付け！」

佐藤の号令で、けたたましいブザー音が鳴り響き「総員配置！対潜警戒、厳となせ」と指示が飛ぶ。

艦長の大野が艦橋に上がって来ると「今のは魚雷か？」と聞いた。

「大和」は航行に何の影響も無く、第四戦速に速力を上げて疾駆していた。

「右舷後部に、甲板を越えるくらいの水柱を確認したとのことです」

現場確認のため佐藤が甲板に降りて、第三砲塔の右舷を覗き込むと、やはり航跡が乱れていた。

バルジを損傷していることは確かだった。その間に、艦橋には三番砲塔上部火薬庫に浸水の報告が上がっていた。

浸水量は、約三千トンと見られ、左舷注水区画に約八百トンの海水を入れた。当初の設定どおり四度の傾斜に復元し、何事も無かったかのように航海を続けた。

この魚雷攻撃で、一番驚いたのは陸軍兵たちだった。軽い衝撃が魚雷とは思いもしなかったが、総員配置で雷撃を受けたことを知ると、誰もが悲鳴を上げてわれ先にと甲板へ駆け上がった。だが甲板に上がっても「大和」は、何の異変も見せず悠然と航行を続けていた。

「何時もより、速力が出ているぞ」誰かが叫んだ。

陸兵たちの恐怖は、直ぐに安堵（あんど）へと変わって行った。そしてその次に生じた感情は、感謝と憧れだった。

「もし、普通の輸送船なら今の魚雷で轟沈して、俺らは海の底だったな」

「ああ、この船に命を救われたのだ」

「こんな戦艦をわしらのために用意してくれた海軍に感謝せにゃならん」

その時、あの食事に驚いた兵が、膝を折ると両手でその甲板を撫（な）でながらつぶやいた。

「『大和』よ、ありがとな、俺は今度生まれ変わったら必ず海軍に入る。そして、おめえに乗ってこの甲板をぴかぴかに磨いてやっからな」

そして、頬を甲板に寄せると、もう一度「ありがとな……」と言った。

翌朝、トラック島に入港した「大和」から、陸兵たちが艀（はしけ）に乗り移って行く。

最後に坂本連隊長と連隊旗が残った。

艦長が司令部へ報告上陸したので、佐藤副長が見送りに立った。

「短い間でしたが、我々陸軍部隊がこんな大鑑に乗船でき、光栄に思っております。我が連隊の将兵たちは、『大和』と過ごした誇りを忘れることはないと思います。『大和』のご武運をお祈りいたします」

佐藤は、この連隊の将兵が本当に感激しているのだと思った。だが、戦場が近くなったからか、連隊長の顔には不安の影が張り付いている。

自分も何か言ってやらなければならないが、この連隊の行く末を考えると言葉が見つからなかった。ジャングルに囲まれた南海の島で、強大な敵を相手にこの連隊が生き残る可能性は、ほぼゼロといっていいだろう。

「独立混成第一連隊の武運長久をお祈りいたします」佐藤はその言葉だけにしておこうと思っていたが、坂本の顔を見てつい口にしてしまった。

「いよいよの時は、この『大和』が連合艦隊を率いて救援に駆けつけますよ」

その言葉を聞いて、坂本の顔が一瞬ぱっと明るくなった。

この時、送礼の号笛が響き、佐藤を始め舷門当直士官ら全将兵が、一斉に挙手の敬礼をした。

佐藤連隊長が、満面の笑を浮かべると「身に余る送礼をいただき感謝します」と言って答礼をした。

艀に降りてゆく連隊長と軍旗を見送っていると、側にいた砲術長が「副長の言葉、連隊長に届いたようですね」と声をかけて来た。

「ああ、本当にいよいよの時、彼らが『大和』が来るかも知れないと思えば、何らかの生きる力になるかも知れない。我々が救援に行けることは、万に一つもないが、御守みたいなものだろう。だが、本当に『大和』に乗船した彼らにとっては、もっと大きな意味を持つのかも知れない」

艀の連隊旗が、小さくなって行くのを見ながら、佐藤は心の中で「生きてくれ」と叫んでいた。

遠くなった艀の上で、陸兵たちが両の手を振り上げているのが分かった。途切れ途切れに聞こえてきた「大和、万歳」の声に、佐藤は目を潤ませながら立ち尽くしていた
トラック島には、艦船の修理を行う工作船「明石」がおり、早速潜水夫を潜らせて調査を行ったが、バルジには横十数メートル、幅五メートルの巨大な損傷があるものの舷側甲鉄に異常は無かった。結局、浸水のからくりも不明確であるし、修理を行うにも現地で手を付けられるはずも無く、呉へ回航することになった。

「大和」は、年が明けた十九年一月十日、呉に向けてトラック島を出港した。

一月十六日、呉に到着した「大和」は、呉海軍工廠の大型修理船渠の空き待ちのために岩壁に繋留された。その間にも、両舷に備えられていた二基の副砲を撤去し、対空戦闘の機能強化のため十二・五センチ連装高角砲六基十二門、二十五ミリ三連装機銃二十六基七十八挺を増設し、その他に対空、対艦電探の更新などが行われる予定であった。


一月二十八日、「大和」が入渠した。

排水作業が終わり、真っ先に艦内へ躍り込んで来たのは「大和」の船殻主任を務めた西島中佐だった。

「大和」の船殻工事を完成させ艦政本部へ転出した西島は、商船の建造計画に携わっていた。

民間の造船所を巻き込んだ難題であったが、標準船の選定や建造方法を統一し、有無を言わせぬ強引さで計画を推し進めた。そこには戦艦「大和」を建造した祭の成果が凝縮されていた。曰く材料の統制・制式化、工数管理、ブロック工法、早期艤装そして電気溶接の大幅採用などである。当然軍の押し付けに民間造船所は反発したが、西島はこの様な効率化が、必ず次の世代の造船界の基礎になると信じて強行した。

そして、昭和十八年五月、西島は造船部作業主任として呉海軍工廠に戻ってきた。

だが、そこでも戦争遂行のための難題が、山積していた。

その最も大きなものが、生産量の倍増指令であった。西島は呉工廠自体の二十四時間体制を実施し、様々な効率化と人心の掌握でこれを達成し、さらにはＳＢ艇と呼ばれる戦車を上陸させられる武装輸送船の建造を進めていた。このＳＢ艇は、海軍工廠ではなく民間の造船所が建造するため、その教育や指導に飛び回っていたのである。

「大和」損傷の報を受けて、急遽駆けつけた西島は、桜井技師と岡本を連れて、水が捌けたばかりの三番砲塔上部火薬庫に降りて行った。

「外部の甲鉄には、異常は無いと言ったな」西島の問いに桜井が答える。

「先ほど私が確認しました。バルジは大きく損傷していますが、甲鉄は爆発による変色が見られる位です」

岡本が首をかしげながらつぶやいた。

「甲鉄の後ろには外板があり、その後ろには弾片防護隔壁があります。それから水防隔壁の三重構造なので、甲鉄が無事なら問題はねえのですがね」

「するとやはり内部構造帯に問題があると言うことか」

岡本が、火薬庫の外側の水防隔壁に通じる防水扉を押し開けた。排水直後の床面には海水が溜まっている。

「足元が滑るので注意してください」

まだ船渠からの電源は通じていない。岡本が先頭を歩きながら、懐中電灯で隔壁を照らした。懐中電灯の光が、壁を舐めるように前後左右に移動する。

「岡本さん、そこだ」と桜井が叫び声を上げた。

「これが、浸水の超本人か」足を止めて西島が唸った。懐中電灯の光りに浮かび上がった水防隔壁には、十センチ角の穴が空いていた。

「こちらにもあります。いや、ずっと続いています」

穴を追っていった桜井の声が反響している。

「まだあります。恐らく……数十箇所です」

その時、岡本が懐中電灯の光を留(と)めて「主任、これを見てください」と言った。

そこには、水防隔壁を突き破った金属様の物が、刺さったままで残っていた。

「岡本さん、これが何か分かりますか」

「こりゃあ、外板を支える支持材じゃないですか」

西島が桜井を呼んだ。桜井が水しぶきを上げながら走ってくると、照らされた水防隔壁を見て息をのんだ。

「桜井くん、これは何だ」

「外板の支持材です。でもどうしてこれが、こんな所に突き刺さっているんですか」

西島が、その支持材のささくれた断片を触りながら言った。

「恐らくだが、魚雷が爆発した衝撃で、甲鉄は内側に大きく反ったのだろう。その動きで支持材は押しちぎられ、その勢いのままに防護隔壁と水防隔壁を突き破って、この穴を空けたのだろう。その後、甲鉄は元の形に戻ったのだ」

西島は、自分の考えた浸水の構図に確信があった訳ではないが、この艦の建造時、設計主任の牧野が漏らした言葉を覚えていた。

「四百十ミリの甲鉄は、四十六センチ砲の砲弾に耐えられました。ただし、その甲鉄を支える構造材の強度が、本当の戦闘の際に耐え切れるのかは分かりません」

西島は、流石は設計の牧野だと思った。

奴は「大和」の弱点までも正確に予想していたのだ。

――設計屋のくせに弱点まで的中させる馬鹿がどこにいるか。

心の中で毒づきながら牧野の優秀さを、改めて思い知らされる。

すでに、一月の段階で工廠側と艦隊側の関係者の会合で、「大和」の躯体補修期間は二ヶ月と言うことで合意していた。

「大和」の艦長は、この時森下大佐に代わっていた。西島は、森下艦長に聞いた。

「連合艦隊は、『大和』をどこまで必要としているのですか。未だに実戦に投入された事もないと聞いていますが」

森下艦長が、苦笑を浮かべた。

「いやー西島主任、痛いところを突かれますな。確かにこれまでの『大和』の用兵は、中途半端だったと思います。しかし、四月からは、戦艦を中心とした第二艦隊と空母を中心とした第三艦隊を統合して、第一機動艦隊となります。これからの戦では、『大和』も全力参加することになります」

「私は、『大和』の入渠期間を二ヶ月と聞いていますが、艦長はとしてはどれ位をお望みですか」

西島は、自分でも厭味な質問だと思ったが、この艦長の「大和」にかける意気込みを聞いて判断しようと考えた。森下は、しばらく考えていたが、突然笑いだした。

「さすがに、呉工廠にその人ありと言われているだけのことはありますね。貴方は私の返答次第で工期をどうするか考えていらっしゃる。本音を言えば、それは一日でも早いに越したことはありません。一回の土下座で一日早くなるのであれば、五回でも十回でもそれを厭うものではありません。『大和』は、本来戦場にあるべき艦なのです」

今度は、西島が笑を浮かべた。

「艦長、じゃあ土下座を三十回やってもらいましょう。私が躯体補修工事を一ヶ月で請負います。戦艦の出番が無い方が平和な時だと思いますが、今は戦いの真最中です。『大和』を思い切り戦わせてください。『大和』をよろしく頼みます」

そう言って西島が頭を下げた。森下が驚いて尋ねた。

「本当に一ヶ月で補修ができるのですか。もしそれが本当なら……やはり貴方は、化け物だ」

「森下艦長、『大和』は私たちが造り出した戦艦です。誰よりも『大和』のことは分かっています。そして戦況のことも」

西島が指さした先には、傷ついた多くの艦船が繋留されていた。舳先の無い駆逐艦、艦橋を破壊された巡洋艦、船体に大穴を開けた改装空母、それは今の戦況を知らせるに余りある現実であった。

一瞬、森下が顔を曇らせたが、姿勢を正すと「御厚情を感謝します」と言って敬礼した。

本来敬礼とは、目下の者が先に行うのが決まりである。大佐である森下が中佐である西島に、先に敬礼することなど起こり得ないことである。むろん、艦隊側と造船側の立ち位置の違いはあるのだが、西島はこの敬礼に森下の心情を汲み取った。ゆっくりと答礼し腕をおろすと、不意に森下の腕が西島の肩を抱いた。

「たのむぞ」

西島は森下の声に何度もうなずいた。

西島の作業主任室に、桜井技師と岡本が顔を揃えていた。

「昨日、森下艦長と話をして、『大和』の躯体補修工事をひと月で仕上げると約束した」

西島の宣言にも、二人は黙ったままだった。

「何も言わないのか。予定の二ヶ月を一ヶ月で仕上げるんだぞ」

「主任が艦長と話をすれば、大方そんなことだろうと予想してました」

桜井の返事に、岡本もうなずいてみせた。

「主任、あっしらは、『大和』の補修であれば如何なる苦労も厭いませんよ。しかし、あの構造帯のままで、格好だけ付ける補修には納得がいきません」

桜井も不満そうな顔をしていたが、さすがに技術者としては打つ手が無いと思っていたのか、黙って岡本の話を聞いていた。

「君らの言いたいことは良く分かる。しかし、この構造帯の仕組は、『大和』の船体全てに及んでいる。もし、この構造帯を一からやり変えるとすれば、年体位の改修期日が必要となる。この急を告げる戦況の中で、そんな猶予が許されるはずも無い」

「しかし、支持材を補強するとしても、今回破壊された部分しかできませんよ。その弱点に目を瞑ったままで、『大和』を戦場に送り込むのですかい」

岡本の気持ちは、誰もが同じく抱く理だった。西島とてそれに変わりはない。だが、今の状況では、それを完全に補修することの方が、至難の技であった。

「君らの言うとおりだが、それでも『大和』は魚雷を浴びたまま、トラック島からこの呉まで何事も無かったように航海して来たのだ。他の艦であればこうは行かない。それほど『大和』の防御機能は、優れていると言うことだ」西島が息を継いだ。

「頭を切り替えろ。『大和』は並外れた強靭な体躯を持っていることが、証明されたのだと思えば良い。今回の損傷は致命傷ではない。それを忘れるな。……出来るだけの補強もやろう」

西島はこの席に牧野がいたら、もっとましなこと言ってくれただろうと思った。だが、我々は不沈戦艦を造ったのではない、世界最強の戦艦を造ったのだと思う以外に、この矛盾を解消することはできないのだ。

桜井も岡本もそのことは十分に理解しているのだが、やはり何とかしてやりたいと言う親心を打ち消すことは、西島の言をしても難しいのだ。

呉海軍工廠の誰もが、戦艦「大和」の生みの親なのだから――無理からぬことであった。

すでに呉海軍工廠は、常時二十四時間体制を引いている。だが、「大和」の工事となると工員たちの目の色が違った。

工廠は、「大和」の竣工間際の活気を取り戻していた。

トラック島

同じ頃、マーシャル群島にはスプルーアンスの攻略部隊が姿を現していた。

この時マーシャル群島には約二万を越える兵力がいたが、最も多いクェゼリン環礁で六千名、ジャルート環礁で二千を越える程度でしかなく、二月一日から始まった攻略戦では、四～五倍の兵力差に対抗することもできず、主要な環礁は二、三日で陥落した。

マーシャル群島の喪失によって、トラック島も敵航空機の攻撃範囲に含まれることから、連合艦隊は、今後の艦艇の泊地をパラオ諸島に変更し、主力艦艇の移動を開始した。

また、トラック島とマリアナ諸島の間にあるマーシャル群島のエニウェトク環礁は、日本にとってはマーシャル群島への中継地であり、米軍にとってはトラック島、マリアナ諸島攻略の前線基地となる拠点であったが、島嶼防衛戦略の立ち遅れた日本軍は、やっと防衛陣地の建設を始めていたところであった。

この時スプルーアンスは、米国海軍史上最年少の大将に昇任していた。

そのスプルーアンスは、エニウェトク環礁の攻略を実施するための補完作戦として、トラック島の空襲を計画し、ミッドウェーでも共に戦ったミッチャーの率いる第五十任務部隊にそれを命じた。第五十任務部隊は、空母九隻の機動部隊であり、約六百機の航空機を擁していた。第五十任務隊は、トラック島の哨戒機の既定コースを避けて接近し、二月十七日未明、七十二機の攻撃隊を発進させた。

　この攻撃は完全な奇襲となり、迎撃のために飛び立てたのは僅かに三十数機しかなかった。多くの航空機が陸上で破壊され、第二波の急降下爆撃で基地施設が崩壊し、続く第七波までの攻撃により、在泊艦艇もその多くが撃沈された。

　このトラック島空襲に先立ち、スプルーアンスは旗艦を重巡「インディアナポリス」から戦艦「ニュージャージー」に変更し、戦艦二隻、巡洋艦二隻、駆逐艦四隻の別動隊第五十・九任務群を編成していた。

「長官、第五十・九任務群はトラック島へ向かいます」

　幕僚の報告にスプルーアンスは、ゆっくりとうなずいた。

「ミッチャーが、腹を立てていることだろう」

　隣に立っていた参謀長が、笑を浮かべた。

「長官自らが、トラック島の脱出艦艇を攻撃すると言われて目を剥(む)いてましたね」

「ああ、私は彼にトラック島を壊滅しろとは命じたが、トラック島を逃げ出した艦艇を攻撃せよとは言っていない」

　スプルーアンスは、動き始めた戦艦の舳先を見つめていた。

「参謀長、これまで戦艦は海戦の主役だった。空から爆弾を落として直ぐに去って行く飛行機とは違い、戦艦の戦いは、まず広い海の上で敵を見つけることから始まる。そして艦隊運動を起し距離を縮め、弾を込め狙って撃つ、敵も相対してそれを行う。どちらの砲弾が先に当たるのかも分からない。そこに海戦と言う物語が生まれる。私は若い頃から日本海軍の東郷元帥を尊敬していた。それは日本海海戦における彼の卓越した戦術に魅了されたからだが、今回の別動隊にそれを望んでいるわけではない。海戦の主役から蹴り落とされ、ひたすら空母の護衛と艦砲射撃にしか役割が無く、くさっている戦艦や巡洋艦に、少し元気を出してもらおうと思っているだけだ」

「この別動隊に選ばれた艦艇の将兵は歓喜の拳を振り上げましたが、選ばれなかった艦艇の将兵は荒れに荒れたようです」

「まだ、戦いは長い。またチャンスが巡ってくるだろう」

そう言いながら、スプルーアンスは、トラック島の在泊艦艇に戦艦がいなかったことが残念でならなかった。

正午前、「ニュージャージー」は、進行方向に現れた小型の特設駆潜艇を発見した。

参謀長が、戦闘が始まることを懸念して、スプルーアンスに司令塔への移動を進言したが、スプルーアンスは「何が起ころうとも、私の席はここ以外にはない」と断固として動こうとはしなかった。

「参謀長、攻撃したまえ」

スプルーアンスの命令で、「ニュージャージー」の四十センチ砲が火を吹き、駆潜艇は轟沈した。さらに、米艦載機による攻撃で航行不能になっていた二隻の駆逐艦「香取」「舞風」とそれを護衛する一隻の駆逐艦「野分」と遭遇した。スプルーアンスは、二隻の戦艦で健在の駆逐艦を追撃し、残りの艦艇で、航行不能の駆逐艦を攻撃するように命じた。

そして、参謀長をり向くと「参謀長、ミッチャーに指令！」と叫んだ。

電文は「何があっても、あの三隻に手を出すな」であった。

「香取」と「舞風」は、艦隊の集中砲火を浴びて沈没したが、スプルーアンスが追った「野分」は、ニュージャージーの四十センチ砲の斉射を受け、至近弾により四名が死傷したものの、最大戦速三十五ノットで虎口を脱した。

スプルーアンスは、遠のいてゆく敵駆逐艦の艦影を見ながら笑を浮かべた。

「敵ながら天晴れな逃げ足としておこう。敵艦艇に向け主砲を何度も撃てたのだ。皆文句は言うまい。参謀長、帰ろう」


翌十八日もトラック島の空襲は続き、両日だけで合計十二波、延一千二百機にならんとする大空襲であった。

航空機の損害は、二百八十機に上り、ラバウル向けの補給戦闘機も地上で炎上した。また、戦闘艦艇の損害は、重巡三隻、駆逐艦四隻が沈没、特設艦船や輸送船は三十四隻約二十万トンが沈没する大損害を被った。この空襲による人的被害も膨大なものであり、陸上で六百人、沈没艦船や輸送船の兵隊を合わせると七千名にも上った。

ここに、日本海軍の真珠湾と言われたトラック島は、壊滅したのである。

そしてマーシャル群島最後の砦のエニウェトク環礁も、二月十九日の上陸開始から三日後には敵の手に落ちた。

さらに、米機動部隊は、武力偵察を兼ねてマリアナ諸島を空襲、航空機百四十機あまりを壊滅させた。

「ニューギニア方面のグリーン島ですが、十五日に敵の上陸が始まり、すでに制圧された模様です。グリーン島の守備隊は一千名、米軍は約六千名を投入しております」

中沢の報告に、伊藤は頭を抱えていた。

「また何時もの繰り返しか。数の上でもそうだが、戦力の差が大きすぎる。これでラバウルまでは僅か二百キロか、喉元に合口を突き付けられたようなものだな」

「はい、ラバウルのあるニューブリテン島の南半分も、すでに連合軍が占領していますが、今の所ラバウル攻撃の様子は見せておりません。恐らく周囲を固めて無力化する戦略と思われます。現在ラバウルには約六万の兵がおりますので、攻防戦による犠牲を考えてのことだと思われます」

伊藤が、今度は大きなため息をついた。

「余裕のある戦略だな。トラック島が壊滅して補給の見通しが立たなければ、早晩自滅することになるのか」

「連合艦隊は、すでにラバウルの基地放棄を念頭に入れており、残存機を他の基地へ移動させております」

「東からはスプルーアンス、南からはマッカーサーか、相手にとって不足は無いと言いたいところだが、今の私では、歯が立たないのが悔しいな」

中沢が、申し訳無さそうに頭を下げた。

「最後の航空艦隊決戦までは、止む得ないことかと思います」

「そう言えば、昨日大本営の参謀が、機動部隊決戦は恐らくカロリン諸島になるだろうと言っていたな。そんな分析があるのか」

中沢が憮然（ぶぜん）として言った。

「カロリンの方がマリアナより近場なので、ここに来て欲しいと言う虫の良い希望的観測でしかありませんよ。そんなものにこだわっていると足元をすくわれます。次長、我々はマリアナと考えて作戦計画を立案します」

「分かった。カロリンの線は忘れておこう。中部太平洋からはマリアナとして、ニューギニア方面の次の目標はどこだ」

「恐らく、ニューアイルランド島西方のアドミラルティ諸島と思われます。ここを押さえることでラバウル包囲網が完成することになります。進攻時期は待ったなしです」

中沢がそう言った四日後、連合軍は、アドミラルティ諸島のロスネグロス島に上陸を開始した。大本営は、ラバウルの守備を最優先としたことから、アドミラルティ諸島への増援を渋っていた。このため、その兵力は、ロスネグロス島と隣りのマヌス島を合わせても三千八百名にしかならなかった。

このロスネグロス島には、ガビエンの混成第一連隊の第二大隊約八百名が、なけなしの増援部隊として一月に派遣されたばかりであった。

「大和」を輸送船にしてまで運んだ兵たちである。

　連合軍はこの作戦に四万五千の大部隊を投入すると、やすやすと上陸を果たし掃討戦を展開した。混成第一連隊第二大隊は、三月三日総力を挙げて夜襲を敢行したが、敵の圧倒的な火砲の前に殲滅させられた。僅かな兵が海辺のジャングルに身を隠していたが、水も食料もなく次々に倒れていった。

　瀕死の重傷を負った兵の中に、あの「大和」の甲板に頬ずりした兵隊もいた。

　すでに虫の息になったその兵隊に、仲間の兵が耳元で叫んだ。

「おい、しっかりしろ！　見てみろ『大和』だぞ。『大和』が助けに来たぞ」

　その声に押されたかのように、薄らと目を開けた兵隊は「やまと」と薄闇の海に目を遣った。

　そこには連合軍の艦艇がびっしりと浮かんでいたのだが、その区別が分かろうはずもなく「本当に来てくれたのか……」とつぶやいた。

「そうだ、頑張れ、また『大和』に乗って日本に帰れるぞ」

　だが、その兵隊は「ありがてぇ」の一言に、命の源を使い切ってしまった。

　死に際の彼の脳裏に、最後に浮かんだのは「大和」の食事なのか、それとも「大和」の甲板だったのかを知る術も無いが、その口元には確かに、かすかな笑が浮かんでいた。

　戦友たちが、泣きながら声をかけた。

「おい、もう『大和』に着いたか……。俺らも、もうすぐ行くから、飯だけは残しておけよ」

「ああ、笑って死ねるなんてお前は果報者よ」

　——ありがとな、「大和」

島の岬を渡る風が、泣いていた。

著者プロフィール

北村　信（きたむら　まこと）

一九四七年生まれ。駒沢大学文学部歴史学科卒。佐賀大学、岐阜大学、東京大学、宮崎大学等の病院管理部門の部課長を歴任。定年後、専務理事として佐賀県鳥栖市の「九州国際重粒子線がん治療センター」の開設に携わる。在任中にセンター開設に至るドキュメンタリー「地の塩」を発刊。二〇二〇年から宮崎市在住。

櫻の艦　上

二〇二三年九月一日　初版第一刷発行

著　者　北村信
発行者　谷村勇輔
発行所　ブイツーソリューション
〒四六六・〇八四八
名古屋市昭和区長戸町四・四〇
電　話　〇五二・七九九・七三九一
ＦＡＸ　〇五二・七九九・七九八四
発売元　星雲社（共同出版社・流通責任出版社）
〒一一二・〇〇〇五
東京都文京区水道一・三・三〇
電　話　〇三・三八六八・三二七五
ＦＡＸ　〇三・三八六八・六五八八
印刷所　藤原印刷

ISBN978-4-434-32600-4